宋潜的问题

song qian de wen ti

赵渝 著

河南文艺出版社

·郑州·

图书在版编目（CIP）数据

宋潜的问题/赵渝著. —郑州:河南文艺出版社，2017.5（2019.9 重印）

ISBN 978-7-5559-0533-2

Ⅰ.①宋…　Ⅱ.①赵…　Ⅲ.①长篇小说-中国-当代　Ⅳ.①I247.5

中国版本图书馆 CIP 数据核字（2017）第 093083 号

出版发行　河南文艺出版社
本社地址　郑州市郑东新区祥盛街 27 号 C 座 5 楼
邮政编码　450018
承印单位　三河市兴国印务有限公司
经销单位　新华书店
开　　本　880 毫米×1230 毫米　1/32
印　　张　8.5
字　　数　182 000
版　　次　2017 年 5 月第 1 版
印　　次　2019 年 9 月第 2 次印刷
定　　价　32.00 元

印厂地址　河北省三河市北外环路南密三路东
邮政编码　065200　　电话　0316-7151808

充满迷茫的风景

——赵渝长篇小说《宋潜的问题》序

《宋潜的问题》是一部关于成长的小说。

中学生宋潜在生活中感受到了苦闷。这苦闷来自一个他无法厘清的问题，那个貌似情感的问题像终日不散的雾霾把他围困在里面，无边的迷茫使他感到压抑。于是，他鼓起勇气向班主任发问，希望能从这个他暗恋的女性身上找到答案。然而生活的路径总是南辕北辙，要么对方不明白问题的核心所在，要么粗暴地打断了一切。中学生宋潜的心灵因此受到了挫伤，终日为这道无法解答的人生课题而烦恼。

宋潜不想置身于冷漠的世界，但生活的现实使他无法理解，身边的许多事情并不是按照他的愿望来展开，现实与他的理想是相反的、决裂的。宋潜的天真受到了伤害，无法排解的孤独与所处的环境是截然对立的，拒绝感因不被理解而产生。

为克服隔离感而产生的痛苦使宋潜和同龄的问题同学艾小溪成了朋友，当这种自然而生的情感也受到伤害的时候，宋潜的情感与生活又延伸到了成人的世界。在宋潜的眼中，成人的世界充满了"假模假式"的虚伪，于是，他希望能做一个"生活的纠正者"，他在自己的潜意识中顽强地守护他理想中的世界免受世俗的污染。宋潜在爸爸的老友会上做梦，梦见自己和爸爸是同学，努力使爸爸"改邪归正"，考上大学，娶了妈妈。

　　少年的宋潜开始了对成人世界的好奇与探视，并在探视里获得了具体的经验，奇怪的梦境坚定了他对未来的信心，也让他逐渐成长和成熟起来。当宋潜约艾小溪来到一座建筑的顶层俯瞰城市、仰望明月的时候，他的内心得到了安慰，他才渐渐地认识自己，并希望自己与这个世界和解，希望今后能在世俗的世界中找到一个落脚之处，成为自己曾经鄙视过的那个世界的一部分。

　　阅读《宋潜的问题》，我想到了歌德的《威廉·迈斯特的学习时代》。从少年向青年过渡的群体往往是成长小说的主人公。在少年前往青年的人生路途上，主人公在处理生活中所遇到的事件时，往往是非常情绪化的，既充满激情又焦躁不安，在渴望生活的同时，内心又充满了迷茫。少年的怯懦与善良、单纯与稚拙在他们的言行里无不呈现得淋漓尽致。

　　认识赵渝是在位于郑州市宋寨南街的"书是生活"书

店的一次诗歌朗诵会上，时间是 2015 年的 1 月 24 日。两位年仅 20 岁的青年诗人——张树铭和朱赫，一边朗诵自己创作的诗歌，一边和与会者分享他们的人生经验。年轻的诗人以自己的亲身经历谈论目前中国教育所存在的问题，他们说目前的教育总是要告诉我们什么是对的什么是错的，比如说唯物主义是对的，而唯心主义是错的。他们发问，为什么不教我们进行思辨型思维？为什么不告诉我们事情的本源？年轻的诗人谈论他们被融入城市的痛苦过程，现在的乡村为什么显得这样凄凉？而我们自己就是这凄凉的制造者，是我们把自己的故乡抛弃了。我们抛弃了故乡，而故乡也抛弃了我们。

年轻的诗人用诗歌来表达自己对生活的不可知，表达对未来人生的不可知。当这两位与有着不同的社会背景和生活背景的年轻诗人在谈论收割是一种仪式的时候，有一个面容瘦削的先生，正静静地坐在一张土黄色的书桌前侧身聆听，他就是我后来认识的赵渝。

赵渝是当代小说家李洱在郑州师范学院任教时的学生。据说，赵渝的阅读量很大，而且时常对一些经典的文本进行分析研究。凭借我有限的视野，在郑州某中学任教的赵渝在 2016 年的下半年就分别在郑州的中原图书大厦和郑州大摩·纸的时代书店做过有关马尔克斯的《霍乱时期的爱情》、莎士比亚的《麦克白》、川端康成的《雪国》、海明威的《永别了，武器》、布尔加科夫的《大师和玛格丽特》、劳伦斯的短篇小说《菊花的幽香》六场品读会。这使我对赵渝的叙事能力产生了信任。《宋潜的问题》虽然采用了第三人称的叙事手段，但叙事视角是现代的。赵渝懂得尊重自己的小说人物，所以多处表现宋潜心理活动或感觉的文字就显得十分出彩。当我们合上这部小说时，一个对周围世界缺少判断能力、价值观念尚未完全形成的少年形象正从一片混乱的理性世界里向我们走来。

在《宋潜的问题》里，熟悉中国教育现状的赵渝力图通过宋潜的成长来对发生在现实社会中的种种事情做一次深入的研究。一个人的成长历程无法从他周围的环境中剥离出来，而我们人类最美好的品德往往在这个过程中被世俗篡改了，生活的复杂性与多面性因此得以表现并给我们以警示，使我们获得了对人生更深切的体验。

墨白

2017 年 2 月 22 日

1

　　十六七岁是个尴尬的年纪,这个年纪的孩子看世界尴尬,世界看他也尴尬。有些一辈子都莫名其妙的事情,说来就来了,来了还不走了。"骗人的,这一切都是骗人的,"中学生宋潜在某一个夜晚,推开书本,忽然对自己说,"我好像出了问题,是的,我肯定是出了什么问题。"他在纸上乱画,喃喃自语。那个钻进他头脑的问题,愣生生地顶着他,让他生厌、起腻、恼火,有时简直是绝望。这感觉有些时日了,他说不清道不明,不知该如何处理。他身体消瘦,面容憔悴。第一个关注他的人是一位已经不再教他课的美术老师,这位老师在楼梯上碰到他时,吓了一跳,问道:"你是宋潜吧?怎么瘦成这样?最近是不是生病了?要注意身体啊,身体垮了,考再好的学校也没用。"

　　宋潜就这样坐在自己的中学教室里,仿佛这里就是他的出生地,白色的教学楼白色的墙壁,红色的校训红色的标语,一切熟悉而又陌生。"如果我不是在这里,我会在哪儿?"宋潜问自己,"从无垠的太空中、无穷的时间里,我穿越茫茫星海漫漫云河，像一束光，投进这间教室，投向属于我的座位，我成为我，然而，从那时起，我也失去了我……""上课！"随着老师的一声命令，一切动起来，眼睛动起来，手动起来，书本动起来，窗外的梧桐叶动起来，这是课堂。这是全年级最好的实验班，每个人都是久经沙场的老手，他们从小学甚至幼儿园开始就一路过关斩将，补习班、练习册、奥数题、English（英语），这是他们生活的主旋律。踏着同龄孩子失败的泪影，他们凯歌高奏地来到了这里。他们屁股底下的方寸之地来之不易，他们的每一分钟都是遥远未来的成本。这群人里有一个人叫宋潜，宋潜不是自己的宋潜，他活在众人眼中，独树一帜，顶顶厉害，他的特别之处在于从不与人比较，却始终未被超越。你走近他，如同走近沙漠，走近海市蜃楼，走近谜。老师们喜欢他，同学们羡慕、嫉妒他，但他并不是明星。他冷漠、讷言、难于捉摸，人们看他时就像隔着一层毛玻璃，怎么也看不清，只好任他模糊在那里。当众人目光退潮，宋潜才是他自己，他那么普通，日日夜夜，像微尘飘浮。

　　如果真是一粒尘埃倒也好了，那样就没有苦闷，没有烦恼，无知无欲，无牵无挂，可他做不到，他的苦闷藏在内心深处，随时可能触发。阴天，教室的墙壁有点儿发青，一道不大显眼的裂纹就会让他胆战心惊半天。他问过老师"宿命"这个词是什么意思，老师说，大概就是命中注定无法逃脱吧，看他惊恐的眼神，老师赶紧补充一句，这是迷信的东西，千万别信。怎么能不信呢？这想法明明就在心里揣着、苦闷着，哪能说扔就扔得掉呢？所以，明明很讨厌，却还不时泛上心头。这时候，他很讨厌身边有人。有些人就是这么好事，比如张煊阳，经常莫名其妙地出现在他身边，一脸诡秘地问，刚才你在嘀咕什么呢？宋潜很讶异，没有啊，我没嘀咕什么呀？但是，等张煊阳走开后，宋潜又会十分仔细地回溯自己刚才到底在想什么，有没有说出口。总之，宋潜是绝不愿意将内心的苦闷倒出一丁点儿出来与人分担的，他信不过身边这些同学，再说，那样做纯粹是对苦闷的一种亵渎，把苦闷说给这些人？那怎么对得起自己内心近似于骄傲的悲哀啊！

最近，宋潜已经拿出很多的时间来开小差了，这是一种危险的放纵，但他居然还很愿意那样去做，有时候，他甚至恶狠狠地想，就算那样会使学习成绩掉下去，引来老师和同学们对他的厌弃也是值得的。因为那样能换来内心的平静，换来自己对成绩的蔑视，换来我行我素的自由——这似乎还专为做给那个问题看，你看，我不怕你，我想怎么样就怎么样。宋潜的这种想法渐渐地支配了他，他开始蔫头耷脑、心不在焉。这是挑衅，是蓄意搅乱课堂来之不易的和谐氛围，连他自己都忍不住想骂自己："神经病，你想干什么？"可奇怪的是，那出格的表现，为所欲为、偏来倒去的脑袋，不仅没有引起任课老师的任何不满，反而惹得他们纷纷扶着眼镜、托着下巴关注宋潜，目光中流露出同情、探寻和隐隐的感动："咦，瞧瞧这孩子，多专注！简直像个小哲学家！""唉，我儿子要是有他一半我就知足了。"那天碰巧路过这间教室的教务主任隔窗看到了这一幕，他也被宋潜若有所思的神情深深吸引住了，赶紧用手机拍下来传到网上。后来这张照片出现在学校的宣传橱窗里，照片下面配的文字是："轻些啊，不要打扰了学习标兵宋潜的沉思。"但是，照片仅仅展出了半日便被撤下了，据知情人士透露，校长看后问了教务主任一个问题："如果全校学生都像他这样偏着头听课，你怎么办？"

宋潜的这张脸经常出现在学校的宣传单中，有时候他自己看见了也会疑惑，这个人怎么长得这么像我？但他马上又摇摇头，这个人肯定不是我，你看这张脸怎么看都像一张纸，一张会变化的纸，今天变成这个人明天变成那个人，或许哪天不留神还会变成一只兔子、一株仙人掌，纸的东西都是骗人的。那个时候宋潜所表现出来的冷静会使他的好朋友李培实感到不悦，培实觉得宋潜这纯粹是在装清高，谁见了自己被宣传会不高兴？你这样的表情到底是瞧不起大家还是瞧不起你自己啊？培实不能理解。培实是个耿直而又善解人意的小伙子，一旦发现自己和宋潜意见相左的时候，他就会不动声色地离开，等什么时候话题凉了，他再悄没声地回来。所以，在宋潜的印象中，培实一直是个令人愉快的伙伴。

宋潜有时候表现出对什么都满不在乎，一副豁出去的样子，有时候又表现出对什么都谨谨慎慎，唯恐一失足成千古恨的样子。最近，他那谨慎的一面渐渐占了上风，说话明显减少了，不管对老师还是同学，也不管在校内还是校外，能不开口就不开口。他认为既然那个令他苦闷的问题暂时无法解决，那就索性不说话，用沉默来对付它，看看究竟是沉默厉害还是那个问题厉害。培实是第一个感受到他这种决绝态度的人，因此他在宋潜面前出现的次数也渐渐少了。宋潜倒没觉得什么，毕竟无人打扰更有利于自己专心与问题缠斗搏杀。这样，他一放学就急急往家里奔，回到家就钻进自己的房间不出来，生活得简简单单无声无息。由于他一向独来独往,这样做倒也没有引起任何人的注意。

　　宋潜独处的时候,越来越泛起一种想照镜子的冲动,这是最近才有的事情。他站到镜子前,一声不响,良久地注视着自己,有时还从衣柜里翻出各种衣服试穿,在镜子前转来转去。这引起了宋潜妈妈的注意,妈妈一边拽着爸爸出来看,看他们的宝贝儿子在干什么,一边对宋潜说:"我们家潜潜知道打扮了,是不是班上哪个漂亮女生注意你了?"宋潜当即不屑地撇撇嘴:"说什么呢,人家就照照镜子,你们能不能别那么大惊小怪啊。"宋潜对镜子的感情自然是爸爸妈妈所不能理解的,他们哪里知道宋潜半夜起来上厕所都要特地对着浴室镜子照一照。他凝视镜子里的自己时,从头发、脸庞到眉毛、鼻子,一点点地将目光聚焦到眼睛,每到那个时候他就会莫名地感到惊恐,他慨叹如此与自己毕肖的一个副本,居然就这样堂而皇之地待在镜子里,不加掩饰暴露无遗,令他和镜中的自己面面相觑。不过,说也奇怪,他越觉得惊恐还越想要看个究竟,这也许是少年特有的猎奇心理使然吧。

2

黄昏,天空中飞流着几段暮云残片。

宋潜吃过饭从食堂出来,眼前的一幕吸引了他:左边,成群的普通班学生穿着各式各样的衣服,高矮胖瘦不等,奔跑着在操场上抢篮球、踢足球,人声鼎沸;右边,不约而同相伴而行的实验班学生身着统一校服齐刷刷径奔厕所。看到这一幕他笑了,他为这种强烈的反差而笑。人,竟是如此的雷同,而又如此的迥异。他突然间冒出个神奇的想法:如果把我遇到的问题均匀地分配给每个人,就像静脉注射一样注入他们的脑子里,那么他们的反应会怎样? 会不会有人承受不了当即崩溃而死? 想到这儿,他觉得有一丝莫名的快慰——毕竟我是自由的。

晚自习前,政教主任过来撵人,操场的吵嚷声很快消失得干干净净。有个衬衫被汗渍湿了一大片的学生舍不得走,多投了两个球,被主任逮住一顿臭骂。宋潜躲在厕所旁的紫藤架下看主任骂那个学生,主任似乎带着气,骂完后还顺势在他头上扇了一巴掌,那个学生梗着头,用带了血丝的红眼瞪着主任。主任用手指着他："咋啦，你还想打人啊？你再瞪眼，再瞪！"那个学生朝地面啐了一口，两眼冒火地跑开了。宋潜呆呆地看着，没想到主任已经走到了自己身边，他屏住气闭上眼，心里怦怦直跳。他听见主任那熟悉的方言飘进耳朵："他妈的个驴熊玩意儿，跟我操蛋，想死了吧！"那一刻，他感到有一股难过与委屈的泪水忍不住要奔涌出来。他不该听到这句话却听到了，现在，无论如何也没法把这句话从耳朵里倒出去了，这句话把他的心扎得生疼。

晚自习是数学，他已经迟到了，数学老师虔诚地盯着黑板上的几何题，似乎难以分心来责备他。他坐下来看着几何图形，平行线拭干了他的泪水，弦切角抚平了他的伤痛。当他终于找到证明所需要的关键条件时，数学老师却因心不在焉而迷失了思路。今天数学老师的状态很不好，整整一个小时只讲了两道几何证明题。宋潜觉得这两道题本来没那么难，也已经有同学证明出来了，但老师似乎中了邪，非要把他那条错误的思路进行到底，这样一来倒真的成了谁也解决不了的难题。宋潜不由得摇头，替数学老师感到难过。数学老师看到他不住地摇头，慌得汗都出来了，在讲台上踱来踱去，身子不由自主地往空调跟前凑。宋潜索性不去看老师，他心想人非圣贤孰能无过，也不能全怪老师，自己不也一样被简单的问题困住吗？想到这，他忽然眼前一亮，扯下一张纸写道：解决此问题需要两步：第一，将问题写出来，如果实在写不出，写出苦恼也行；第二，必须找到真正能帮助自己的人。写好这几句话，他把纸叠起来正准备往裤兜里塞，没留意数学老师早已绕了一大圈，从教室后面迂回过来，伸手就夺了过去。数学老师展开纸大声念道："解决此问题需要两步：第一……"他停了下来,"这是什么东西?什么苦恼、帮助?什么乱七八糟的东西!你在想什么呢,宋潜?"全班顿时哄堂大笑。宋潜的脸一下子红到了脖颈:"老师,没,没什么意思,您还是接着讲题吧。"数学老师其实一点儿也不生气,他早就想找个人帮自己解围了,于是,老师拍拍身上的粉笔灰,笑着说:"好吧,我老了,那就让年轻人来亮个相吧。宋潜,去,把你的两步展示一下。"全班又是一阵狂笑,有的捂肚子,有的抹眼泪,有个同学把水杯碰翻,洒了前排同学一背,教室里呈现出一派难得的欢快气氛。在这种情况下,宋潜的一举一动都成了笑料,仿佛他浑身都安装了笑声合成器。宋潜在大家的笑声中轻松地完成了这道题,底下的同学一边点头还一边抹眼泪。数学老师伸着胖胖的脑袋看了半天,仿佛才看懂似的,也跟同学们那样点点头:"哎,对,你这个方法也不错哟,大家都看明白了吧?"然后,他抬起手来做了个 OK(好)的动作,那一刻,同学们早已笑得前仰后合了,数学老师的脸上终于又恢复了自信的微笑。

作为笑声合成器的宋潜本人倒是一直保持着平静,课后也没忘去老师那儿要回自己的字条,并向老师认了错。数学老师好奇他字条上的内容,宋潜说是写着玩的,老师也就没再追问,老师说:"宋潜,好好学,将来必成大器,老师看好你哟。"

第一节晚自习后还有一节真正的自习,老师不讲课,学生自己写作业,这就是俗称的"晚二"。晚二时,每个人都忙着写自己的作业,完成各项复习、预习任务,大脑高速运转的同时,外表却安静平稳。班主任袁心菲老师离开了,班长吴是坐在讲台上。在没有老师的情况下,吴是的形象变得高大起来,他的坐姿、神情都成了大家模仿的对象,从他那里发出的一切指令都成了一股不可抗拒的力量,因为袁老师不止一次地说过,她不在,吴是就如同她的化身。其实在大家心目中,吴是比袁老师的分量还要重,吴是不知道从哪里学来一套领导术,总是能够创造性地发挥袁老师所交代的任务,这种创造逐渐赢得了大家的臣服与膜拜。可惜宋潜对此反应迟钝,他才不管谁坐在上面,反正就这么多任务,完成就是了,自己与他们井水不犯河水,没必要去关心那些七七八八的事。虽然成绩一直优秀,可宋潜从小到大真的没有当过一天"官",他和他老爸一样害怕触碰那些不可控制的事情。他习惯于将身子尽可能地靠近桌子,约束自己动弹的空间,将头埋下潜心扎进书本里,大脑在一个个知识点间急流勇进。今天固然有问题那苦涩的分泌物在他的思想深处流淌,难免让他感伤,但崇高的责任感以及长期养成的刻苦学习的习惯还是帮助他扫除诱惑,认真地有条不紊地完成各项任务。在那种安静的忘记时间流转的氛围中,他那沉稳细致的个性得到了最好的舒展。

任务完成了,日光灯管发出轻微的电流声,远处传来夜间火车呼唤似的鸣笛,宋潜的目光渐渐离开书本,在教室里漫无目的地逡巡——谁是真正可以帮助我的人呢?这是问题的第二步,也是最重要的一步,没有这一步,问题似乎就得永远那么存在下去。

宋潜无意识的目光碰到了吴是,吴是发来一个严厉的警告似的目光,让他很不舒服地低下了头,他只好闭上眼在心里咀嚼每个同学的名字。那些名字似乎天然地印刻着他们的性情以及他们和宋潜的交往程度,宋潜在心里念出这些名字,一张张面孔就鲜活地跳跃起来。令宋潜失望的是,五十三个同学中真正值得他信赖,可以让他一吐衷肠的太少了,如果将那个问题拿去求教他们,无疑是一件可笑的事情。一种痛苦的感觉爬上心头。五十三个名字像五十三张空白纸牌在空中飞舞,宋潜因无法回忆起更深的往事而怅然若失,可悲呀,同学之间的交往仅限于借支笔撕张纸抄个作业,至多不过是一起上厕所聊聊游戏开个玩笑而已,论及交心,那仿佛是从来未曾想过的事情。军训、综合素质训练确也是难忘的回忆,至今还依稀记得几个室友夜里翻墙买零食,被罚太阳下站军姿流下的眼泪,但那终究只是无知、幼稚的往事。

　　在宋潜思想开小差的当儿,教室里已经泛起了各种窃窃私语,吴是好像也在这私语的潮流中,宋潜虽闭着眼,但一些声音还是爬进了他的耳朵。他们似乎在策划一个什么活动,具体不太清楚,一些人在相互转告意见。仿佛刻意回避着宋潜,声音一到他身边就陡然地变低了。他也不动声色,任意识像趴在云端的顺风耳飞快地吸收和过滤着各种信息,他觉得自己身上正有一种特异功能发挥着超乎寻常的能耐,这种能耐本身是有生命的,它的鼻子比狗鼻子还灵敏一百倍。宋潜不想知道那么多,不想让那种特异功能给自己带来更多的负担,他宁愿相信自己是病了。他希望自己得一种特别的病,从此不认识自己,该做什么仍旧去做,就是不打着自己的名号,有没有这样一种病呢?他不管不顾地伏在桌上小睡起来。睡眠中,教室里不断地有人走来走去,不知道大家在忙什么,也许是在交作业吧。可是,竟然有人抑制不住地喊起来:快跑啊,快跑啊。这声音很不真实,仿佛遥远地方传来的回音,接着是收拾书本的声音,杂沓的脚步声,课桌、凳子、垃圾斗的碰撞声,最奇怪的是还有袁老师嘶哑的喊声:"别收拾东西了,快跑,这是地震!"他倏地醒了,身子本能地弹起来,随着人流就往外跑。跑步的过程费尽力气,却仿佛是假的,每个人都做着可笑的慢动作,终于凝滞不动了,彼此傻愣愣地瞧着对方。为什么不跑了呢?画面缓冲,卡住了,活见鬼!楼也没动,快看,月亮旁边的那片云也没动,楼下烤羊肉串的烟气也没动呢,这是什么情况?仿佛老天故意给人喘息、回味、发出疑问的时间,等大家快要明白点什么的时候,忽然间,咔嚓一声,楼板裂了。宋潜都不知道自己是滚下来还是跳下来的,一瞬间,人就站到了校园操场上。放眼望去,操场上密密麻麻全是人,楼还在那里摇晃,却没有倒下来。大家都仰着头看,一边心惊胆战地听楼板发出咔啦咔啦的断裂声,一边看楼到底倒不倒,仿佛它不倒大家心里就不舒服似的。宋潜也那样看,一边看还一边数数,一、二、三……"轰"的一声,楼塌了,楼真的塌了。突然,宋潜疯了似的在人群中寻找自己,他怀疑自己根本没有跑下来。他扳过一个人看看不是自己,又抱住另一个看看还不是自己,在大家错愕的目光里,他不得不承认操场上根本没有他。我在哪里?他呼喊着,他的幻觉使他在操场上汗流浃背,而他的真身却因为跑出来太晚,一出教室门就被绊倒了,持续不断的强震令他再也没能爬起来,眼见得天塌地陷,群星摇坠,他像一枚脱落的秒针在表盘里剧烈地晃荡,眩晕的感觉最初是剧烈的疼痛,接着是温暖的融化,蜜糖的滋味,最终他飞了,飞得那么高,像一枚秒针飞向无垠的太空,飞向数不清的世界……

妈呀,他从梦中惊醒,一场多么可怕的噩梦!原来自己在课堂上睡着了。眼前,几个课代表正站起来扯着嗓门收作业,一个同学走到他身边本来准备冲他头上摸一把,无意间看到他流在数学练习册上的口水,马上如发现金矿一般大喊起来:"哈喇子!哈哈,宋潜流哈喇子了!"宋潜一把把练习册撕了,坐在座位上一动不动。直到放学,宋潜再没有说一句话。

两步,只需要两步就能解决那个问题,宋潜在心里喃喃自语。他有点儿饿了,具体是哪两步也想不太清楚了,还是什么都不要想了吧。

3

入夜,宋潜拖着沉重的身子回到家,觉得又饿又困,有心想吃口饭却不由自主地来到床边,身子一歪就睡着了。夜里,风很紧地刮了一阵,接着就"唰唰"地下起雨来,有只野猫在车棚上一边奔跑一边喵喵地叫,他猛地惊醒过来。宋潜觉得身体很轻,可以飞起来的样子,他躺在那里一动不动,却看见另一个自己翻身起来,走向阳台,一使劲登了上去,于是双臂划动空气,两脚轻松地踩踏着,竟然一步步走到了夜幕下的楼宇间。雨停了,森林般的楼丛中有银色的月光泻下,他看见无数个自己从阳台排列开,像一排透明的小糖人,沿着一条悠长的弧线,光闪闪地向无限远方走去。

那是多么奇妙的景致!他忍不住伸手去抚摸,手还没有碰着,冷不防那些小糖人在空中"嘣嘣嘣"地裂成万千碎片,一片片都落进了黑夜的深渊里。

他在床上翻了个身,将脸向着墙,希望能够尽快再次入睡。那个问题却又阴魂不散地飞了出来,他要找的真正可以帮助他的人在哪儿呢？他叹了口气，在黑暗中蹙起眉头。自从那个问题纠缠他以来，他更加无心照顾身边的世界了，原本至少应该关注一下自己的好朋友在做些什么，可最近几天他几乎已经忘记了培实的存在。在家里，他也很少跟爸爸妈妈说话，点头、摇头成了日常语言。这些让他内心滚过一股愧疚的热浪，再次坚定了他想要解决问题的决心，他发誓等到那个问题解决之后，他一定回来弥补一切，向一切关爱他的人道歉。

全班同学的名字已经在他的心里过了一遍，把任何一个名字跟那个问题放在一起都会令宋潜内心战栗，他信不过任何一个人，甚至包括李培实。培实当然不会嘲讽他，但他那现实的眼光也足以让宋潜无处遁形。宋潜知道自己在未来可以想象的时间里都将只能是孤孤单单的一个人，这是由他的气质和追求决定的，他只是一直回避不愿意承认罢了。现在面对问题，他也不想替自己辩解什么，也许他需要的是另一种勇气，冲出学生这个狭小的圈子，到更大的圈子里去，至于那个圈子在哪儿，他现在还不知道。

忽然，他的心里跳出一个名字——袁心菲，是啊，班主任袁老师一直是他所仰慕的，虽然他从来没有私下跟袁老师说过一次话，但他凭着在课堂上的印象断定袁老师是个值得倾诉的人。袁老师态度温和，做事讲理，对学生一片赤诚，这是全班同学都公认的，但另一方面，袁老师家住哪里？她常常匆匆来匆匆去是在忙什么？这些就没什么人知道了。所以，宋潜既为自己大胆的想法而激动，同时又怀着一份犹豫不决。他想，不管怎样明天总得试试才好。后半夜，他终于迷迷糊糊地睡着了。

第二天,他醒来的时候觉得大脑无比清爽,胃口也不错,喝了两碗小米粥,吃了三个花卷,连平日里厌恶的煮鸡蛋也几口吞下,这真是个美妙的早晨啊。

他走进教室的时候,一支歌在心里还没哼完,剩余的旋律尚在脸上飘荡着,冷不防迎面冲过来一个同学。这个同学人高马大,身手却很敏捷,仿佛一下子就弹射到了他面前,同时干净利落地扔过来一句:"宋潜,你完了!"紧接着班长吴是驾到,他把宋潜拉到一边,严肃地质问:"宋潜,昨天晚上是咋回事?都说你跟老袁要求调到第六组,有这回事没?"

"什么?我?调到第六组?没有啊……"宋潜莫名其妙。

"是他,就是他,昨天一下晚自习就跑去跟老袁要求退出咱们组,还不承认,脸皮咋恁厚呢。"

"说,老实交代,有没有这回事?"一群人把宋潜围在当中。

这种突如其来的围攻局面在最初的一分钟里确实令宋潜手足无措,他真的不知道昨天晚二后发生了什么,这说出来大家肯定不会相信,他能清晰地回忆起昨天一整天的经历,但唯独那段时间他是糊涂的。他想一定是那之前的小睡导致头脑不清醒,自己莫不是恰恰在那段不清醒的时间里,像患了梦游症似的去跟袁老师说了什么话吧?不过,这也未免太荒唐了吧,对自己根本不知道也不相信的事怎么能承认呢。短短的一分钟也让宋潜看清了一个事实,那就是这群人如果得不到他的认错和悔改是不会罢休的,他心念一转,马上向众人解释道:"好,我承认是我昨晚主动找袁老师要求调组的,但是……"他想接着说,但是现在他就去找袁老师收回这个请求,他的话还没来得及说完就被愤怒的人群打断了，原本替他说话的那部分同学也觉得无力替他辩解了，整个情形出现了一边倒。人群中不可克制的愤怒在蔓延，有人说这算什么，这就是典型的暗箱操作，典型的不公平竞争；有人说，老师的红人就是牛，一句话就可以换来换去，说白了，我们就是被老师当猴耍；有人说，宋潜这号人最阴险，成天不吭气，装好人，关键时候在背后捅我们刀子……终于有人装着站不稳的样子重重地撞在宋潜身上，眼看局面就要失控，吴是低低地吼了一声："乱啥？都给我回座位上去，这件事等老师来处理。"他声音不大，却立刻收到了效果，讲台前还原了安静。吴是冲着宋潜说："现在别解释了，说什么都是苍白的，知道吧？会有机会让你开口说真话的。"

上课铃响了，宋潜一个人愣愣地站在那里，心中充满了委屈。内心那问题的火焰尚在熊熊燃烧，原本定好的计划因不得实现已经快要将灵魂炸裂，现实又暗地里向他射来凶狠的一箭。不过这倒好了，与其在问题的乌云下四处闪躲，惶惶不可终日，不如跳出来承认一个叛徒、内奸的名号，去和众人的目光、口水甚至拳头斗争，让这场无厘头的暴风雨驱散那可耻的问题的乌云吧。他原本就没有想过要解释什么，只是对这件事感到厌恶，希望它马上结束，现在既然如此，就不要解释了，不要结束了，就当叛徒就当内奸就当第六组的人，让第三组的伪君子们对着墙角去哭泣吧！他下定决心，果然从早到晚没有再讲一句话。这种沉默极大地侮辱了众人，因为在大家的印象中，还从来没有哪个人竟敢猖狂到与全班为敌，众人搞不清楚宋潜这是想干什么，在班主任袁老师没有公开表态前，只好满怀愤怒地等待着。这种等待使全班空前团结,在最短的时间内目光达成一致,形成一只巨大的随时准备挥向宋潜的铁拳。

目光是世界上最神奇的东西,明明什么都没有说,可你会觉得什么都在里面。在目光里有另一个世界,那个世界是完全开放的,你无可回避;同时它又是暧昧的,仿佛一切并不那么理直气壮,这个世界随时可能翻盘。一个人不可能在目光里待太久,那样会觉得很疲累,因为目光本身有一种隐形的力量,不管是善意的还是恶意的,目光都会使承受它的人因接纳或抗拒而消耗精力。但今天的宋潜却是一个例外,他在众人目光里过得很坦然,甚至有种故意挑衅,希求与更多目光对抗的意思,这一点是许多同学始料不及的。大家觉得宋潜这人隐藏得太深,这无论从哪个角度讲都是极其恶劣的,甚至连本身受益的第六组同学也觉得宋潜太令人难以理解。这个人将来一定是个坏人,有人这样直言;当然也有人说这世上本来就没有永远的朋友,也没有永远的敌人,只有永远的利益,所以,根本不存在什么叛徒。

宋潜被众人包围在话题的中心,这对宋潜本人来说,还真是不多见的事。宋潜自己想想,从小到大,他都是个边缘人物,即使作为学习标兵上台领奖的时候,他也总是站在靠边的位置,那单薄的身躯,指给人看也不会引起注意。可就是这样一个宋潜,今天站到了风口浪尖,更令人不解的是他居然不难受,不掉眼泪,脸也不红身子也不忸怩,甚至在他偶尔流露出的表情中,人们还隐约地捕捉到了某种神秘的力量,真是活见鬼了! 他吃了熊心豹子胆了吗?

4

宋潜的好朋友李培实外形上和宋潜很相似,也是一样的瘦削,两臂修长,从身后看去两人就像是重影,说不上谁是谁的影子,只是少了一个时,那剩下的一个会觉得残缺不全。现在这一个就在找那一个,宋潜在心里呼唤着他的朋友:"培实,你跑到哪儿去了? 你也在躲避我吗? 难道连你也认为我疯了?"

宋潜一边呼唤一边使劲地揉着眼睛,似乎这样就能揉出他的朋友似的。他呼唤着,委屈的泪水悄悄地流了出来,他也不去擦,只是用手捂着脸不住地喘息,他沉浸在一个人的悲伤之中,直到培实来到他的身边,两个人在放学后空荡荡的教室里再次叠合在一起。

"你,去哪儿了?"

"我一直在你旁边。"

"我怎么没看见你?"

"你忘了你一直看着他们,根本没有看我。"

"是吗? 你知道发生了什么事?"

"我知道,他们怀疑你。"

"你相信他们说的吗?"

"怎么会?"

"那,你为什么不替我说话呢?"

"宋潜,我觉得今天上午你很不一样,"李培实停下来看了看他的朋友,"你好像被很多想法包围着,可是说不出来,嗯,其实我也不太清楚,总之……"

"培实,我有个问题。"宋潜使劲地咽了口唾沫,"我,我……唉,算了,现在不知道怎么说了。"

"有什么不能说的,如果谁存心欺负你,那我李培实第一个不答应。"培实很想安慰一下他的朋友,他伸出手来撑住桌子,一激动站了起来。

宋潜抬头看着他的朋友,忽然间觉得朋友的形象异常高大,这种高大不是身材上的,而是内在的,一种平平静静面对一切,内心没有疑虑的精神姿态。这一刻他多么希望成为朋友那样的人,用朋友的思想去看待一切。他想,人如果能随意地变成他人或者完全忘掉自己该有多好啊!

学校里已经快没人了,他俩关了灯从教室里出来,刚走出教室门就听见背后有人叫宋潜,宋潜扭头一看是班主任袁老师。袁老师从光线昏暗的走廊那边过来,脸一半在月光下一半在灯光里,看上去挺神秘的。她一边走近一边对培实说:"李培实,你先去楼下等着,老师跟宋潜问点儿情况。""老师再见!"培实晃着他的双肩包,消失在楼梯口,宋潜觉得自己身上的某部分也随朋友一起下了楼,他甚至在不停地从楼梯上回望站在老师身边的自己,即使隔着楼板墙壁,他依然能清晰地看见自己轻飘飘的身影并听见自己紧张而沉重的呼吸。宋潜不能确定袁老师此刻在想什么,对年长者宋潜总是怀有一种本能的畏怯,想到他们可能猜透自己的心思,他就禁不住地发抖。宋潜很少直视袁老师,他对袁老师的敬畏是由衷的,在他的意念里,袁老师没有长相,袁老师的学识就是长相,声音就是长相,甚至她的咳嗽、她的叹气、她的欲言又止都是长相。所以,此刻,宋潜依然是用耳朵、用心在看着袁老师,袁老师把他拉到阳台栏杆旁,关切地问他:"宋潜,今天你好像有点儿不太舒服,生病了吗?"

宋潜想说"没有",可实际上却点了点头。

袁老师摸了摸他的头,关切地说:"学习上悠着点儿,不要太累了。把你调到第六组只是希望用你专心学习的态度影响一下他们,带动他们的上进心,让他们……预先没有征求你的意见,就把你调过去,是老师的不对,你不会埋怨老师吧?"

袁老师说这些话的时候,语速很慢语气舒缓,她不想给宋潜带来任何思想压力,她希望宋潜能明白自己的一片良苦用心。但是,很明显她并未讲清楚把宋潜调到第六组的真正原因,真正原因另有一个,不容易说清楚,她唯一可以相信的就是宋潜不会反对她。

宋潜本来是有勇气反对老师的,他今天在同学们面前失去了太多颜面,已经成了一个众叛亲离的异端分子,所以做点儿更出格的事也是无所谓的。虽然此刻,他仍然低着头,像只温驯的绵羊,但实际上他的内心已有一种强烈的冲动在酝酿着。可是事情恰恰就是这么奇怪,他的本能情绪竟然又被另一种更为强大的力量所左右，那股力量来自一直潜伏在他内心想问又问不出来的那个问题。现在真正可以帮助他的人就在眼前，此时此刻向她提起那个问题是最合适的时间哪，管他什么第六组第三组呢，那有什么重要的！一想到要向人生导师般的袁老师问那个问题，他禁不住内心狂跳不已，太突然了，没有准备啊！那个问题！这个时间！唉，到底该不该问？怎么问？

袁老师讲完前面那段话，本来就准备结束了，她看不清宋潜的脸，也不知宋潜在想什么。她其实只是例行公事地讲完那几句话，之后，她不需要听到宋潜的回答，因为她料定宋潜也不会有任何回答，充其量不过点点头而已，所以她没再看宋潜，而是侧着脸看月亮，她只需要看上几秒钟月亮就可以收场了。

宋潜果然没有任何反应，袁老师拍拍宋潜的肩膀，宣布道："好，既然没什么，那咱们今天就说到这儿，这么晚了，你早点儿回家吧。"

宋潜低着头，迷迷糊糊地下了楼，他忘记了问题，忘记了说老师再见，忘记了楼下还有培实在等他。他什么也没问出来，那个问题在关键时候打败了他，他恼恨自己为什么一言不发，他在心中朝自己怒吼："你白天的勇气都去哪儿了？面对全班所有人的目光你都无所畏惧，可一个袁老师就把你吓得噤若寒蝉！"他像一个失恋的人一样，沉浸在弥天的失意里，看什么都虚幻，看什么都稀奇古怪，看什么都模糊一片……

宋潜跟李培实推车出了校门，他喃喃地问："培实，你刚才等了我多久？"培实说："也就十来分钟吧，怎么啦？""没什么，你见到袁老师了，是吧？""是啊，怎么啦？"宋潜不说话了，二人推车走在飘满羊肉串和五香猪蹄气味的街道上，嘈杂的市井之声和暗红的夜色掩盖了他们脸上微妙的表情，他们就这样默默地走了一程，终于，李培实像猛然想起什么似的说道："我们现在不在一个组了，以后怎么办？"宋潜也被他这个问题吓了一跳，不由自主地停下来，一想到今后也要和最好的朋友成为敌人，他不禁万分后悔。他后悔刚才没有在袁老师面前大胆地表示反对，那是最合适的让老师收回成命的机会啊，可是，那一刻他什么也没有做，就这样让一股强大的隐蔽力量扼住了他的喉咙，也扼住了由此可能发生的一切。

"宋潜，你不觉得咱们班现在的分组很奇怪吗？"培实若有所思地问宋潜，"你看全班就剩下两个组——第三组和第六组，其他的组先后都被淘汰了，也就是说番号都没了，整个儿被取消了。以前吧，我也觉得这没什么，竞争嘛，难免成王败寇，难免有人沦为牺牲品，而且实际上这些人也并没牺牲，他们只是被实力更强大的队伍收编了，这看起来也是件好事。可今天怎么忽然就觉得有点儿不那么对呢。"

"哪里不对呢？"宋潜一副奇怪的眼神看着培实。

"宋潜，就拿你来说吧，你本来在第三组，现在忽然给调到了第六组，成了第三组的敌人。那么，第三组犯了什么错要接受这一惩罚呢？第六组又凭什么得到天上掉馅饼的好处呢？抛开你个人的利害关系不说，这件事本身就缺乏公平性，这件事只会让人想到它背后一定有黑幕，宋潜你其实就是一颗棋子。"

"我是一颗棋子？你这么说有人在下棋？……是班长和袁老师在下吗？"

"我看差不多是这样，但我不明白的是他们为什么要下这盘棋。咱们班已经和别的班很不一样了，宋潜，你注意到这一点了吗？"

"我注意到了。但我觉得这没什么，本来每个班就有每个班的特点嘛，哪能完全一样。"

"不对，我是说咱们班的火药味儿也太浓了，而且这种火药味儿吧，反正不是在跟知识作战，是跟人，你明白吧，把朋友当敌人一样的。"

"可是这不重要，培实，这其实只是一场游戏，大家都在游戏里面，游戏就必须分出敌我双方，必须决出胜负，最终给胜利者颁奖，失败的一方也并不会真正死了，不服气还可以重来嘛。"

"宋潜，你错了，这不是游戏，这已经变成了生活，你、我、我们就生活在其中，你难道没感觉吗？我们在这种生活里面，思想都变形了，我们成了机器，通过学习来杀死别人——我有时候都会梦见自己拿着剑在角斗场里和同学拼杀，当我杀死了对手或是被对手杀死的时候，我感觉那就是世界末日……我不知道自己到底是一头动物、一架机器还是一个人。"

"有这么严重吗？我没有这感觉，学习就是学习，成绩就是成绩，干吗想那么多。"停了一会儿，宋潜又说，"今后我们不在一个组，还一样是好朋友，一样搞好自己的学习，事情总会朝着好的方向发展，是吧？就像思品老师说的'前途是光明的，道路是曲折的'……其实今天我本来有更重要的事跟你说，可惜没有时间了……明天吧，明天再说。拜拜，赶紧回家吧。"

这一晚,两个朋友间的交谈就这样结束了,各自都觉得该说的话还没说完,甚至连话题的大门还未触及就又缩了回来。两人都意识到,因为思想的成长,他们之间已经出现了不大不小的隔阂。

　　宋潜回到家还在想,这一天怎么这么乱,我其实根本没有要求调到第六组啊,袁老师是怎么把我忽悠过去的？昨晚放学后到底发生了什么？我这个脑子呀!

5

妈妈对宋潜这么晚回家很有意见,她已经通过微信和袁老师联系过了,袁老师说她留宋潜谈话,所以回家会晚点儿。这一来,妈妈又把怨气撒到了袁老师身上,留这么晚,不顾孩子的健康吗?孩子要几点写作业,几点睡觉啊?可这气话说了袁老师也听不见,她于是抱着这怨气在家里转了一圈,忍不住只好朝宋潜的爸爸发了一通脾气。爸爸平复了一下心情才劝慰妈妈说:"好,我保证从明天起,早饭我来做,晚上有时间就去校门口接儿子。""爸,不用你接,这么近,用得着吗?"宋潜马上反对,他解释说,"晚二后,课代表收作业过关什么的肯定都会耽误时间,不可能放学那么准时,你们不信可以去问老师。"妈妈眼圈红红的,她主要是担心儿子睡眠不足,影响身体发育。

第二天宋潜起得很早,但还是看见爸爸已经在厨房里忙碌了。他居然发了木耳,洗了青菜,削了土豆,还正在炒肉,这一派景象让人觉得中午快到了。宋潜和爸爸妈妈一起坐到饭桌前,他头一回认真地打量这两个人,忽然觉得自己和他们长得真像,他们的笑容纹路里似乎写着自己神秘的未来。宋潜想对爸爸妈妈说两句感谢的话，但不知从何说起，他对着爸爸妈妈笑了一下，可能这笑没能正确地传递信息，妈妈误以为他有某种难言的苦衷。妈妈不高兴地说："有什么就说，别那么一脸苦相，一直跟你说要做个阳光男孩，你就不听。看看人家二楼的宇志，啥时候都是抬头挺胸，笑容灿烂的，你就不能学学?"

"我有哪点不好? 干吗要学他?"宋潜最讨厌妈妈动不动就拿自己和别人比较，他想说宇志好，那你让宇志去当你的儿子好了，但这话他说不出口。他想马上找个镜子照照，看自己是不是真的像妈妈说的那样一脸苦相。他奇怪为什么妈妈总是和他看的想的都不一样，往往是他很想表现得好一点儿的时候，妈妈就冷不丁地给他当头一棒，这对他和妈妈都不会有好处呀，难道妈妈不明白这一点?

宋潜和妈妈长期周旋得出的经验是，妈妈的话必须反着听。妈妈说的话和她的意图往往是相反的，在这种情况下，听妈妈的话就意味着黑的得照白的理解，坏的得照好的理解。所以，什么阳光男孩，狗屁! 我就是我，我这种男孩才是别人学习的对象。

一顿早饭吃得沉默、尴尬、各怀心事，冲出门的那一瞬，宋潜长出了一口气。去学校战斗吧，他在心里对自己说。

宋潜确实想去战斗，即使这战斗没有更大的目标，至少它可以让自己获得暂时的喘息。昨天就很成功，他欣喜地发现自己问那个问题的欲望变淡了，是不是可以不用问那个问题了? 只要它不再那么追债似的逼着我，我愿意和它妥协，最后谁也不要惹谁，就当它从来不曾出现过，他这样自我安慰着，把自行车扎在校门口的一处墙角。因为有了战斗的愿望，他的动作都变得粗鲁起来，锁车的时候手笨拙地碰在车把上，疼得他直骂自己。

他向学校大门走过去的时候，整个身体都是僵硬的，如果有可能，他真想从身体里跳出来把自己好好地拍打拍打，打得柔顺了富有弹性了再进学校去。他不想给人一副出土文物的感觉，因为早餐时的表情问题，他连笑也要小心了。趁着没人，他用手快速地在脸上抹了几把，对，就这样，打起精神来！

学校门口像个舞台，学生、路人和周围居民像排着队过场的群众演员，校长和政教主任像导演，这幕戏从早到晚不停地演出。尤其是一大早，学生三三两两地招呼着往里冲，路人和周围的居民横着从马路牙子挤过来，夹着公文包打手机的，穿着裤头背心晨跑的，遛着狗拎一袋早餐的，熙熙攘攘，不亦乐乎。宋潜混在人流里左顾右盼，他有时候默默地和人比身高，有时候远远地窥视某人的脸。最奇特的是，一走到校门口治安室附近，就在这前后不错五米的地方，他总是会生出些可怕的念头，他会觉得迎面而来的人不怀好意，仿佛洞悉了自己的内心，而且跟自己有宿仇，一副要杀人的样子。他一方面很害怕，一方面又自我宽慰道，这不过是一种幻觉，可有时候这幻觉也太真实了，想杀他的人有血有肉，走近时能听到怦怦的心跳，而且眼珠子也恶狠狠地朝他瞪了过来。他仿佛已经看见对方从袖筒或是衣角里扯出尖刀，带着一股寒凉之气向他捅过来。尖刀刺进自己的胸膛或小腹，他和那人还在做眼神交流，对方满脸狞笑，看着他倒在血泊中。他飘散如一缕烟，在空中看着一动不动的自己，听着周围响起凌乱的脚步声和嘈杂的呼喊声。这场景一般发生在早晨，如果早晨没有出太阳,天空灰蒙蒙的,空气里充满煤屑和秸秆气味的时候,这种惨事十有八九便会发生。

后来,他在多次经历这种体验后,得出结论,这种幻觉是无害的。第一,身体不会受伤;第二,心理上的痛苦感其实反而会转化为对真实生活的适应力。所以,他欢迎这种被杀,有时候甚至主动投入这种体验中去,让刀锋刺向殷红的恐惧,把自己刺得神经麻痹全无想法。

6

班长站在讲台旁,正进行早读前训话,班主任袁老师站在一旁,表情冷漠,全班同学都注视着班长。

"班主任不可以这样!不可以用权力威胁同学!"班长的这句话跳进宋潜的耳朵,把宋潜吓了一跳,"据我了解,宋潜同学被调到第六组不是他个人情愿的,我怀疑袁老师威胁宋潜。"

"是的,前天和昨天我都看见袁老师和宋潜单独谈话,你们敢公开谈话内容吗?"一个声音在下面附和,紧接着吵嚷声一片。

"都安静下来。吴是,你先回到座位上去,听我给大家讲。"袁老师语气平稳。

"不,老师,你必须给大家一个说法!不然咱们这个小组竞争就没法进行下去了!"班长固执地站在讲台旁,声音越来越高亢。这种情形是从来没有过的,但今天似乎合情合理,连对手第六组的同学也默默无言。

"同学们,吴是说得也没错,大家应该知道事情的真相。不过事情的真相是宋潜同学私下来找我,要我把他调到第六组,我觉得这是好事,第三组本来实力就比较强,匀一点给第六组,这样竞争才更公平些。可能昨天我没有解释清楚,引起了一些同学的误会。"袁老师想尽可能地把话说得委婉些,可这番话显然理由不充分,第三组的学生几乎集体发出了嘘声。刚才发言的那个同学直接跳到了讲台上,激动地对着全班同学大喊:"同学们,你们看看,这公平吗?原来分的好好的组,说调人就调人,这公平吗?"这位同学因为激动,脸涨得通红,大概由于全身的热血都集中到了面部的原因吧,他整个身子有些摇摇晃晃,仿佛马上就要摔倒似的。但他终于说出来了,这番话让他的胆量一下子突破了极限,在强烈的荣誉感和自豪感的冲撞下,他几乎是扶着讲台才走下去的。

袁老师一时有些手足无措,她的脸也红了,在这一刻,她的年龄仿佛被减去了十岁,光芒从身上迅速消退,取而代之的是燥热与冷汗。她依然冷静地环视着全班,但目光中显出呆滞、疑惑与若有所思。她在人群中寻找力量,寻找自己曾经把握现在却弄丢了的理由,终于她找到了梳着马尾辫咬着厚厚嘴唇的第六组组长任雨洁。

"任雨洁,你发发言。"袁老师投去期待的眼神。

任雨洁慢吞吞地站起来,代表着她那个沉默的大组,代表着广大的看客。她把眼睛在心里擦亮,想要看清眼前发生的一切,但她并没有真正去看,她习惯于用本能做出判断。现在本能告诉她,袁老师的做法有点儿欠公平,于是她用大公无私的表白给了袁老师致命一刀:"袁老师,你能把宋潜调回第三组吗?我们不需要他。"

同时,她转过身面对本组成员,突然大声地近乎歇斯底里地激励道:"第六组的同学们,我们能不能争口气,用我们的实力打败第三组?"

"能!"第六组有几个同学醒了,他们的热血在汇聚。

"再大声点儿回答我,我们能不能打败第三组?"任雨洁懂得怎样唤起组员的斗志,她和她的组员们都需要热情的火焰和胜利的信心。

"能!"这一回,大家热血贲张,群情激昂。

任雨洁坐下了。

吴是愣了片刻,也机械地举起拳头:"第三组必胜!"

"第三组必胜!第三组必胜!"

袁老师做了个手势,大家停了下来。她冲着宋潜示意:"那好,宋潜,你就还回到第三组。"

"同学们高涨的热情让我很感动,老师也希望你们像所说的那样去做,真正把学习搞好,不辜负老师、家长对你们的期望。"她说完这句话已经感觉有些累了,幸好上第一节课的老师也走进了教室。她默默地出来,一个人在走廊上有些委屈地站了一会儿。

宋潜的目光一直没有离开袁老师,今天早上的这一幕无论从情感还是事实的角度对他来说都是复杂的。他不能理解袁老师为什么要说谎,他根本没有向她提出调组的请求,他甚至不知道袁老师是什么时候向全班同学宣布的这个决定,那时候,他还在自己的世界里稀里糊涂地挣扎着。现在,她当着全班同学的面说谎为什么脸都不红？不对,她脸红了,但那不是为我而红的,她是被吴是和第三组的同学们逼得无话可说才脸红的——我真替她感到害羞！枉我把她当偶像一样崇拜,原来她只不过是个又阴险又软弱的小人。想到这儿,宋潜忽然觉得自己太嫩了,无论是在袁老师面前还是在班长在全班同学的面前,自己都显得那么糊里糊涂犹犹豫豫没有主张。我要向今天发言的这几位同学学习,学习他们身上宝贵的勇气,没有勇气活着还有什么意思呢！可是,我连问题都不敢问……他又想起了那个问题,他想,那些发言的同学应该不会受到那个问题的困扰,因为他们的勇气足以把那个问题撕得粉碎。虽然我的学习成绩还算优秀,可是我做人也太缺乏力量了,我像商品一样被人买卖,像礼物一样被人赠送,自己却不发一言,唉,我怎么会这样！

宋潜觉得自己仿佛被掏空了,像个玩偶似的坐在那里,第三组还是第六组,谁获得最终的胜利,跟自己又有什么关系呢？这样下去,自己永远不会有扬眉吐气的那一天。怪不得妈妈嫌自己不够阳光,现在连自己也嫌自己窝囊了。我应该拥抱同学们,和同学们真诚地交心,但我到底该拥抱哪一个呢？我到底该和谁交心呢？他们整体上看去都是那么好那么有情有义敢作敢当,但单个看上去又面目模糊深不可测,我和他们真的不像是一个世界的人。那么,培实呢？我可以拥抱培实吗？不,我们之间也生疏了,我越来越不了解他,不知道他在想什么,我们越来越像两条亲密的平行线,永远无法相交。

宋潜就这样恣情地开着小差,一晃半节课都过去了,他感到小腹微微有些胀痛,想上厕所。

厕所清扫后 84 消毒水的气味还未散尽，他方便完一边提裤子，一边不经意地向窗外瞥去，那一刻，他意外地发现袁老师在自己经常独处的石凳上坐着。她的面庞正好笼罩在一片绚烂的晨光里，显得那么娴静而又忧伤，他显然是被这一幕惊到了，他没有想到自己一向不敢直视的袁老师竟然如此之美。那一刻，他突然觉悟到原来美可以是这样的，直接、简单、没有理由、无须注解，就像一道闪电、一股激流、一曲欢歌快乐而勇猛地冲进他的大脑。那一刻，他产生出强烈的晕眩感，整个人被一种复杂的情绪围裹着，泪水夺眶而出。我真是个瞎子！他想，我的眼睛是瞎的，心也是瞎的，我竟然怀疑袁老师撒谎，那是个天大的误会！那天晚上，在我一门心思寻求问题答案的时候，一定是梦游般地做了什么，我一定是对袁老师说了什么。对，那个调到第六组的请求一定是我主动向袁老师提出来的。我不知道自己为什么要那样做，但我可以肯定袁老师不会撒谎，而且我当时头脑很不清醒，做出这种事情也是完全有可能的。

宋潜从厕所里出来，他旋开水龙头，接了一大捧水将脸狠狠地埋进去。袁老师是个可怜的人，她为了我在全班同学面前威信扫地颜面尽失，而我却在埋怨她诅咒她，我真不是个东西呀！他任水哗哗地冲洗着自己的脸，在一片朦胧中，仿佛看见袁老师向自己走来。她就像是自己的姐姐，满脸关切，递过来一方手帕，轻声说，把脸擦干，去上课吧。他看清楚了，那就是他的袁老师，满头乌黑的秀发，一双慈怜的眼睛。所有疑惑都烟消云散了，他像换了个人似的快活地回到了教室。

7

"这一来，吴是就更加有恃无恐了，我担心咱们班早晚会成为吴是的天下。"培实对宋潜说出了自己的隐忧。

"不，袁老师心里有数，才不会让他胡来呢。"宋潜对袁老师的信任更加不可动摇，他甚至觉得自己有义务在适当的时候站出来做袁老师的保护神，以他瘦削的肩膀扛起护卫袁老师的重担。

"可是，今天的事你也看到了，吴是他们哪是在讲理，纯粹就是在挑衅、示威，我都看不过去了。不知道袁老师今天怎么这么好脾气，任他们胡作非为。我要是班主任，立马把他们全都揪到政教处停课反省。"培实气愤不已。

"你想多了，培实，这件事就事论事来说袁老师处理得很好，最后大家都表态要团结一心提高学习成绩，这不很好吗？这既是袁老师的愿望，也是我们大家的愿望，至于它由谁提出来怎么提出来我觉得没什么重要的。"

"你这么说，我也不想跟你辩了，咱们就瞅着吧。"

宋潜和培实在十字路口分了手，宋潜今天难得不去想那个问题，他推着车慢慢地想袁老师，想她说话的姿势，想她的口头禅，想她娴静而又忧伤的样子。由于想得出神，他一时没扶稳车把，车子不听话地歪向路边，就在他猛然回过神来，想要努力扳回自行车的时候，莫名其妙地，一辆尖啸的摩托车仿佛从天而降，自他的身旁疾驰而过，将他重重地撞倒在路上。他感到一阵麻木和眩晕，挣扎着想要爬起来，但身体仿佛打了麻药似的不听使唤，他就那么虚弱无力地躺着，躺在一片被知觉抛弃的幻海里。是什么让他躺在这里？为什么他还不回家？竟然有比疼痛更强大的力量让他怎么也生不出疼痛的感觉来，这一切多么怪异！

眼前是一条冷寂的小路，没有路灯，夜里也没有商贩出摊，所以躺在地上的宋潜过了好久才被人发现。发现他的是一个小女孩，小女孩坐在妈妈的自行车后面，无意中看见了地上的黑影，她搂紧妈妈的腰，颤颤抖抖地说："妈妈，我好像看见了一个死人。"然后那位妈妈也望见了黑影，她停下来，扎了车，有些胆怯地凑过来。她呼唤着这个瘦长的孩子，直到他醒来坐起身子，她问他住哪儿，需不需要给父母打电话，他摇摇头，表示自己能够回家。女孩和她的妈妈走了，宋潜艰难地从地上爬起来，手上腿上处处刺痛，车圈也掉了。他向家的方向望去，远远地，在一片阴凉的树林后面，一排高楼天宫般耸立着。

他几乎是一步一挪地回到了家，连小区门口的保安都吓了一大跳："这是怎么啦，孩子？要不要包扎一下？"宋潜平静而坚定地摇了摇头，比起疼痛，他更讨厌陌生人的关心。他害怕别人看到他这个样子，要不是必须回家，以免爸妈担心，他真想找个地方躲起来,慢慢舔舐自己的伤口。现在他脑子里一片混沌,怎么也想不清楚刚才到底发生了什么,只想洗把脸,快些除去身上的血迹。

他到家的时候,家里正有一位爸爸的朋友前来拜访。他们在客厅里的一片袅袅茶香中促膝交谈,谈兴正浓,猛不防一个血肉模糊的孩子闯了进来,着实把朋友吓得不轻。等那位朋友弄清楚孩子的身份以后,觉得自己很是尴尬,又想告退又觉得应该帮点儿什么忙,他搓着手和爸爸一样不知所措。妈妈的心都快碎了:"孩子,这是怎么啦?谁把你打成这样?"一边说一边怒嚷地命令爸爸,"还愣着干什么?还不赶紧去叫出租车?不,赶紧去拿云南白药来!"朋友也终于反应过来,忙说:"快,坐我的车!"

一夜忙碌。止血纱布。白大褂。夜风。忽明忽暗的行道树。回到家妈妈还想问什么,宋潜已经软绵绵地睡着了。

"别忘了明天一早给袁老师打电话请假。"妈妈抱着宋潜,坐在床头没有睡意。她仔细地看着儿子身上的每一块纱布,看着儿子瘦削的脸和深陷的眼窝,一滴泪滚落到儿子胸前。

半夜里宋潜醒来,下意识地喊妈妈,妈妈靠着床头睡着了,宋潜把身体从妈妈怀中抽出来。他的伤口发出阵阵疼痛,头脑昏沉沉的,十分口渴,他想起身烧点儿开水喝,下了床才发现爸爸和衣睡在沙发上。他刚一走动爸爸就醒了。

"潜潜,要喝水?"

"嗯。"

"别动,让爸爸给你烧。"

"爸，你没睡？"

宋潜的身子蜷成一团，缩到沙发里，看着爸爸的每一个动作。菊花茶在养生壶里沸腾，烟气在壁灯的微光下飞升，爸爸端来水，想找些话问他，不知是没找到合适的话还是没找准合适的口气，半天没词儿。宋潜看了爸爸一眼："爸，你去睡吧。"

爸爸想了想说："潜潜，你最近话特别少，好像有心事，能告诉爸爸吗？"

宋潜不回答，爸爸看着宋潜，叹口气又假装笑笑，接着就讲起他那段中学时代一边上学一边帮着家里种地的经典故事。宋潜很想问爸爸在他这个年龄的时候喜欢过什么女孩，但爸爸脸上严肃的表情令他感到自己的想法十分猥琐，他咽了口唾沫把这个问题压下去了。他想，爸爸大约是不喜欢女孩的，可是，妈妈当时难道不是一个女孩吗？从照片上看，妈妈曾经是一位女青年，穿着连衣裙扎着蝴蝶结的女青年，但是这位女青年和妈妈之间似乎毫无联系，那张照片似乎只是一件电影道具，一把灰色的大锁将照片锁在了过去。妈妈只能是现在这个样子，她属于当前，属于这不断被咀嚼的时间，属于她的围裙、睫毛膏和蓬松的胸罩。多少年来，爸爸妈妈的生活可以用"科学"两个字来概括，科学地安排时间，科学地计划开支，科学地付出感情，科学地展望未来，这种无处不在的科学从宋潜的角度看上去，分明就是死亡的另一种形式。想到这儿，他把头扭向一边，装出瞌睡的样子，不想再听爸爸的任何一句话。爸爸拍拍他，见没了动静，只好去屋里取来毛毯给他盖上，然后带着余兴未尽的光荣回忆，趿拉着宽大的拖鞋回屋睡觉去了。

8

　　一到天亮，宋潜就焕发了精神。现在他满身伤痛，又有了隐隐的情爱冲动（情爱这东西，书上、电影电视上是一回事，心里有了又是另外一回事，他明白，那就是情爱，不敢公开却又喜不自禁，隐隐的幸福，隐隐的可耻的感觉。他想要消灭这种感觉，但越这样想就越是明确了它的存在），他要去学校，去做那件事——问那个问题，向袁老师、向培实、向班上随便哪个同学问那个问题。这是最合适的时候，他浑然不怕别人笑话，因为伤疤就是他的勋章，情爱就是他的战马，他要冲过去，冲向学校那个爱恨交织的地方。

　　妈妈看他去拿书包，被他吓了一跳："我的乖，你是不是摔糊涂了，浑身是伤还准备去上学吗？你老爸早就给你请过假了，今天就在家休息，乖乖的，哪儿也别去。"

　　"不，我要去学校！我就要去学校！"宋潜把书包往背上一拷就往外跑。

　　"你给我回来！"妈妈急了，一边拉住宋潜，一边叫爸爸出来帮忙。爸爸扶住眼镜,一只拖鞋飞出老远,忙不迭地问:"怎么啦怎么啦?"

"怎么啦?你的宝贝儿子抽风了,就这样还要去上学。"

爸爸把拖鞋套上脚,半天憋出一句话:"他不难受就让他去呗。"

宋潜拽过书包,一溜烟出了门。

今天的宋潜当真是发疯了,他就这么浑身裹着胶布、纱布往学校跑,起初跑得还慢,后来越跑越快,简直飞奔了起来。他好像在追赶什么即将错失的东西,越跑越奋不顾身,他把身体里的每一份力量都拿出来奔跑,跑得酣畅淋漓,从来没有如此舒展过。在街头出现的这一奇景引得路人纷纷驻足观看,一个少年,满身裹伤,在清晨的大街上飞奔,这算不算是一条新闻呢?

宋潜为自己的奔跑叫好,他真想停下来请路人给自己拍张照片,记录这一非凡时刻。这一刻,他苏醒了复活了,像一个初生的婴儿,看着一切都那么新鲜好奇。他一边奔跑一边想,我什么都不怕了,什么都不在乎了,管他呢,让想看的人去看吧,看个够!

他跑着跑着忽然好像跑丢了什么似的停了下来,大口地喘气,离学校不远了,我可以走一走,走一走也无妨。他于是放弃了奔跑,有些不自然地走了起来。

可是,刚才我为什么要莫名其妙地奔跑呢?这一问冷不丁地击中了他的要害,他摇摇晃晃差点儿歪倒在路边,幸亏伸手扶住了一根贴满广告的电线杆。是啊,我为什么要奔跑?我为什么要高兴?为什么觉得自己苏醒了复活了?难道今天真的有什么不同？他看看自己看看路人，没有得出任何答案。

见鬼！我去学校干吗？带着这身伤，这副样子，还要去见心爱的袁老师，是不是有病啊？看来我还真是有病，病得不轻，他的内心一阵刺痛，扭转头。趁没有熟人看见，赶紧回去吧，他对自己说，待在家里比什么都强，何必到学校去自讨苦吃！

他正准备返回，一眼瞥见爸爸穿着一身西装踩着他的山地车赶来，爸爸骑车的姿势既别扭又滑稽，让他忍不住想笑。

"爸爸，我想回去，"他说，"我不想去学校了。"

爸爸推着车和他一起缓缓地走回家，之后爸爸去上班，他仍旧蜷缩成一团窝在沙发上。他看到自己一点一点地变小，小到一只飞蚊的样子，然后仰起头看着天空一样高远的天花板，眼睛眯成一条缝，把双臂伸开，在客厅广阔的空间里纵情翱翔。这是属于他的时刻，一个无精打采而又浮想联翩的时刻。

中午培实来宋潜家，他站在门口把宋潜看了半天，问宋潜伤得重不重？去医院了没？宋潜奇怪培实怎么会知道他受伤了，培实神秘地晃晃脑袋，说他不仅知道宋潜受伤，而且还知道昨晚那辆摩托车是故意撞宋潜的，骑摩托车的是去年被学校开除的一个混混，人高马大圆头圆脑的，外号"飞鱼"。"啊，这是怎么回事？"宋潜莫名其妙。培实解释道："就刚才放学的时候，我去学校对面的小卖部买笔，正好听见两个不三不四的家伙，站在门口一边抽烟一边说这事。他们没提你的名字，但我一猜就是你，你想，你得罪了吴是，吴是会饶了你？"

"可是，"宋潜还是不解，"我已经回到了第三组，风波已经平息，干吗还要报复我呢？"

培实同情地看着宋潜，半晌才说："宋潜，你太老实了，你得罪了吴是都不知道吗?"宋潜摇摇头，这时爸爸走过来招呼培实进屋，培实说了声"叔叔再见"，一转身下楼了。

　　宋潜把这件事反复想了想，越想越觉得好笑，他禁不住笑出声来，当然他表现出来的依然是那种苦笑。妈妈皱起眉头，她觉得儿子的笑是病态的，一点儿也不阳光。她多么希望儿子能像楼下的宇志那样挺直、舒展，富有青春朝气。她带着气恼的情绪又朝儿子多看了几眼，宋潜猛地喝下一大口汤，浑身不自然地嚷道："你老看我干什么!"

　　下午，宋潜还是跟妈妈嚷嚷着去学校了。头两节是公开课，同学们都到录播室去上课。宋潜没穿校服还浑身裹伤，实在太扎眼，袁老师就让他留在教室里自习。他心想这算怎么回事，来了也上不成课，还不如待在家里。不过一个人的教室和一个人的家还是有很大不同的，教室因为平时人多声杂的缘故，只剩下一个人的时候就显得特别安静，时间静止，有一种旷古的幽寂。整整两节课，宋潜像沉入深海一般享受着孤独的滋味。他整理完笔记，做了好几道几何题，把文言文重点注释和课外古诗也都默写了一遍。做完这一切，他取出同桌塞在抽屉里的一本小说看了起来，这是一本奇幻冒险小说。他从一开始就把文中的男女主人公假想成了自己和袁老师，这一点连他自己也没有意识到。他面对小说想入非非，几乎忘记了自己是坐在教室里。小说中，他和袁老师携手同行共历险境，危急关头为了保护袁老师他抱着黑熊一起滚下山崖，袁老师轻抚他的伤口，为他唱起童年的歌谣……终于，他醒过来，人在教室，窗外小鸟啾鸣，长空湛蓝,午后的阳光像蘸了蜜汁一样涂抹在他的身上。但是,他想,这一切是可耻的,这不属于我!我属于那个不敢问出的问题,我是逃避,是躲藏,是无限期的拖延。如果内心真的住着一个真实的我,那么这些可耻的幻想不但不能喂饱这个我,反而会将他投入万劫不复的异次元空间——这才是事实!我不能再有"鸵鸟心态"了,尤其是再也不能用对老师的遐想痴迷来消耗自己的生命了。

就这样,他在反省自责中过完了这一日。

9

在第二天早读后,袁老师走出教室时,宋潜快步跟了出去。

"袁老师,我有个问题要问你。"他嗫嚅着。

袁老师回转身,稍感错愕,但很快就果断地说:"宋潜,我明白,这件事情我一定会调查清楚,然后再给你答复。"

"不,不是那件事,是……"他说不下去了,他看到袁老师眼里满是怒火,那怒火并非冲着他,但火焰已经升起,火星四溅,他只好知趣地退了回来。

当他回到自己的座位后,同桌在课桌底下伸出大拇指,一脸神秘地冲他笑,他忽然明白自己又引起了别人的注意。这也是没办法的事,有时候总得面对这样的情形,总有人站在你的对面,巴不得看你的笑话。

"下周三、周四是考试时间,九科全考,"吴是在讲台上得意扬扬地宣布,"第三组的同学们,大家努力加油!"他做出个斩首的手势,这手势又邪恶又令人发笑,台下顿时一片混乱,到处都是哦哦的叫声,仿佛这考试是世界末日,而在这末日来临前,人们必有一场不甘心束手就范的歇斯底里。

宋潜对于吴是的鼓动无动于衷，因为他根本不知道该往哪儿使劲，他只是定定地注视着台上这个人，仿佛在观看一部离奇古怪的黑白影片。吴是站在镜头中央，背景是白如雪的墙和黑如墨的黑板，二者所形成的强烈反差将吴是的身体平分为两半，一半在黑里，一半在白里，黑的在上面动，白的在下面动，这两片身体动来动去玩着追逐游戏。忽然"嘭"的一声爆裂开来，形成无数彩色的碎片，每一个碎片都是吴是，花朵般漫天飞扬。镜头里飞出他的脸部特写，健康、红润、热血充溢，看上去如红珊瑚一般美艳。光滑的下巴冒出胡楂，转眼间就疯长成金色丝绒状的胡须，那胡须迎风飘拂，引得班上女孩子们禁不住伸手去抚摸。镜头再拉近是吴是的眼部特写，眼皮如层层花瓣，花瓣后面包裹的眼珠像激光打磨的弹球，晶莹透亮。那眼珠随心思的转动辉耀出五光十色，任多少人、多少学校、多少城市的高楼大厦都被它吸了进去，再钢花飞溅似的往外喷射出千千万万的数字、公式和精密程序。

宋潜不想再看了，他觉得这个人太可怕了，他必须逃开。他这样想着的时候，人已经站起来离开了座位，于是就毅然地向外走去。没有人阻拦他，一切都在默认中进行。老师是不存在的，课堂是不存在的，就连那令人恐惧的考试也是不存在的，一切不过是习以为常的默认而已。原来，他一直顺从于这种默认，臣服于它，做它的奴隶，今天他不知从哪来的勇气，竟可以蔑视这种默认的力量。他一下子痛快地走出了这个神秘的圈子，走出了这张宽大的温床，虽然这张床上摆满了鲜花、礼物和奖品，但现在,他忽然厌倦了,他觉得干渴,想要找到一个巨大的水源,一口气喝个够。于是,他被自己的身体带走了,带向本能指引的地方。他从五楼的走廊上快步走过,看到每一间教室都像结满蛛网的墓穴,里面传出的积蓄经年的腐朽气息,令他忍不住作呕。在这里,五楼,这个他日日安身的地方,有很多东西是他所陌生的,包括紧闭的门窗、课程、时间和整齐划一的表情。这里作为全校的制高点,端坐着从全区选拔出来的精英学子,每个人都像僵尸一样守着有关机构为他们制定的考试范围,一遍遍地念经,每个人都觉得自己快要得道成仙了,就差一点点,但就是这最后的一点点要了他们的命。他们将死于一场盛大的欺骗之中,我熟悉他们,因为我就是他们中的一员。

走到楼道的尽头,宋潜才猛然明白为什么没有人拦他了——学校为使五楼的宝贝们不至于受到下面四层楼普通班学生的打扰,早就在两边的楼道口安装了隔离门。不仅如此,学校还派保安专职看守他们,除了上下学和吃饭时间,没有班主任批条,没有人可以从这里出去。所以,不管宋潜多么任性而骄傲地走出教室,大家都清楚他至多不过是去楼道上吹吹风,去厕所里闻闻味儿而已。他一定是气昏了头,忘记了这一点。现在他走到楼梯口,铁门紧闭,怎么办?他想编个谎话,或者直接让保安给袁老师打电话,但这样做值得吗?有什么意义呢?他想起同学们中间流传的一个笑话:有个普通班学生因为从来没有上过五楼,有一次竟然昏了头,趁人不注意偷偷溜上来,结果被政教主任捉住后暴打一顿,靠在墙角像个可怜的乞丐一样哭个不停。据说这个学生后来退了学仍旧天天来校门口,什么事都不做就是不断地踮着脚向五楼仰望。这个笑话背后的心酸内涵，今天终于被宋潜从完全相反的方向理解了。

他不再想从这里下去了，那是另一个世界，五楼以下的世界。虽然每天都经过那里，但从前那里对他来说是不存在的。每天上学时，他的眼睛随着台阶向上向上再向上；放学时，那里早已没有人，是一片寂静与黑暗。现在那里的一切隐约活了起来，那里不知有怎样的欢笑与呻吟，一座深埋的庞贝古城！他不知该用什么来描绘此刻复杂的心情，极目远眺，城南黑云翻墨，正有一场暴雨在匆匆集结。

10

考试的指针一旦转动起来,其他的一切就都不存在了。几天来,班里只剩下静默。袁老师的调查有结果了吗?袁老师没有说,宋潜也没有问,宋潜想袁老师是应该尴尬的,对于答应过的事怎么能没有下文了呢?他把头埋在书本里,不去看任何人,他以想象中袁老师的尴尬为精神寄托——既然袁老师欠我一个答复,她就得默念着我。这想法让他内心隐约有种甜蜜,也就不在乎被那些知识点和习题占满脑子了,至于那个一直追着他的问题,它似乎沉得更深了,融入了血液,秘密地流动,他已经看不见它了。

考试是件奇怪的事情,大家越盼它,它来得越迟,好像一个噩耗未经证实,总在人们耳边飘忽,就是不肯落地。大家屏息凝神地盼着考试,当然不是因为喜欢它,而是因为恨,恨得切才盼着早有一个了结。宋潜想,有什么好盼的呢?我们总是在等着某一场考试,这一场完了还有下一场,所以完全没必要着急。考试什么时间来都行,反正它是一记漂亮的重拳,我们尽管被它打倒就是了,倒了再站起来,等着再次倒下。面对考试,宋潜这种平静、超然的态度倒是引起了本组不少同学的注意。这小子一定是有秘方的,他们想,于是装着无意地在他身边晃来晃去。宋潜当然明白这些人的目的,但无所谓,反正都是我们本组的人嘛,谁考好还不都一样?为本组争光嘛。他把自己的作业本、笔记本、纠错本、模拟卷等一一摆放在课桌上,任由大家观摩。有几个人喜滋滋地过来翻看,翻来翻去像寻什么宝物似的,最终满脸狐疑地离开了。第六组的人也想凑过来看看,可他们仅仅那么一想就招来无数锐利的眼光逼视,想干什么?想挑起一场世界大战吗?

宋潜学累了,趴在自己的作业本上睡觉,知识点在他的脑子里乱云飞渡。他的知识点是忧伤的,每一个知识点都直通他生命中那些无人知晓的隐秘,在他的生命深处掀起狂涛巨澜。他用这种方法将知识点牢牢记住且运用灵活,但他以此为悲哀,他学到的越多,这悲哀的程度就越重。这悲哀仿佛是一种性格,与生俱来难以摆脱。他怀着这种悲哀度过考试,并且随着这悲哀的起伏而忧心欲绝,直到考试结束的那一天,绵绵不尽的悲哀彻底将他击倒,他会找一个无人的地方泪流满面。他回来的时候,整个人活像害了一场大病,面容憔悴,虚弱不堪。

这就是考试吗?是的。

它已经过去了吗?已经过去了。

当考试真正过去之后,五楼上没有出现太多轻松愉快的笑脸,或许是大家太过投入,考试结束后反而有一种强烈的不真实感。一连几天,好多人都像刚坐完过山车一样心有余悸。正当大家言不由衷地开着彼此的玩笑时，考试结果出来了：宋潜第一，吴是第二，第三组以平均分 2.5 分的优势完胜第六组，他们班的总平均成绩名列全年级第一。这个结果是意料之中的，可很多人并不愿意相信。且不说其他，就宋潜考第一这一点，就让他们很不舒服。他们喜欢的是吴是，吴是代表着明快、洒脱和力量，而宋潜算什么，让人吃不准、摸不透；吴是的成功一看就是大把汗水换来的，至于宋潜的成功嘛，倒好像是冷不丁从哪儿偷来的。宋潜坐在座位上一动不动，他像一条活的谜语供人观赏，但没有人看得懂他，就连老师们也不得其解。宋潜以前总觉得自己幼稚，现在他才发现好多人比自己幼稚得多，自己的弱点如此明显，可他们就是看不出来。他们只知道死死地盯着他，却无法抓住他心中那道忧伤——要知道那才是他宋潜，才是全部的秘密所在。第六组的人也跑过来看他，他们像看一位圣者，想从他的行为和神态上看出些什么，优点或者缺点都行，他们不用再考虑怎么战胜这位高人了，因为他们已经是一个组的了，六组已经自然销号并入了三组。但他们总还是想知道自己是怎么失败的，并且现在再也不用考虑组别差异，他们满可以放肆地看个够了。

六组并入了三组，这意味着什么？很多人没想过，李培实却对它想了很久。他对宋潜分析道："分组就是为了便于老师管理，可是吴是却给袁老师提出个小组竞赛，强组吞并弱组的方案，结果吞来吞去，现在就剩下一个第三组。第三组的组长是吴是，班长也是他，你说他这么做到底有什么目的呢？他大包大揽也不嫌累。袁老师也是的，任由他这么胡作非为也不管。关键是全班同学都默认吴是的做法，而吴是又确实让咱们班弄了个第一，这事情还真复杂！"

他分析来分析去也只是在陈述事实，对于真正的原因却说不出个所以然来，因此，他虚心而热切地期待着宋潜能为他指点迷津。

按说这个话题宋潜是应该有兴趣的，并且他也有能力比培实分析得更深入、更接近实质一些，可惜的是，此刻他俩的关注点再次不在同一个频道上。宋潜觉得自己已经做好了足够的准备，他想要找到袁老师直截了当地问他的问题，并且还想把所有希望跟袁老师说的话毫无保留地倾吐出来。这个忍无可忍的大胆的决定让他提振起全副的精神，就差起身行动了。

培实看他半天不吱声，有点儿急了："宋潜，你有没有在听我说话？你不是又病了吧？"他伸手去摸宋潜的额头，宋潜轻轻地挡了一下说："你等等，我先出去会儿。"宋潜说着站起来就往外走，他走到门口，又跑回来神经兮兮地对培实说了句："将来总有一天，人们会发现学校是多余的，会把它们全都关掉的！"

培实愣了半天，心里喃喃道："可是，我们生活在现在啊。"

11

"袁老师,您能出来一下吗?我想给您说件事。"宋潜看见袁老师在教师休息室里,这次他说话艺术多了,等袁老师合上电脑走出来,他恳请袁老师到楼下,"要不……我们去楼下……这里……"

他们来到塑胶跑道边的雕塑前,袁老师还在询问宋潜最近的学习情况,冷不防宋潜问道:"袁老师,你觉得我是个什么样的学生?"

"你?"袁老师没想到宋潜会冒出这么个问题,她有些尴尬地拂过一丝笑容,"怎么会问这个?"

想了想,袁老师慢声细语地说:"你是一个很聪明、很细腻的男生,身上的优点很多,不过因为你平时不大爱表现自己,所以我们知道的可能也不太多。"

宋潜觉得袁老师这话有点儿敷衍,尤其是她以"我们"而不是"我"的口气来说,这让他略感失落。夕阳把高大的杨树影子投射到他们身前,跑道上一片金辉,宋潜的心随着光影而悠游飘荡。他在捕捉一个更合适的话题,这个话题仿佛已经在某一瞬间灵光乍现,可它变幻不定,稍纵即逝。

"老师,我有个问题在心里憋了很久,想跟你问……可能你听起来会觉得很荒唐,但我想它是真话……老师,你知道,真话很难说……嗯,怎么讲呢……"宋潜心里明白这时候的语无伦次是正常的,这种吞吞吐吐恰恰就是最精确的表达。他努力地说着,像是在黑夜里寻路的人,一边辨认着星空,一边小心着脚下。

"老师,我想问,一个人,一个真正的人……应不应该怕死?"他这样问出来马上又觉得问错了,完全问错了!他要问的肯定不是这个!

"宋潜,来,我们坐到草地上,"袁老师拉了他一把,等宋潜坐下来,她说,"你以前和谁谈论过死吗?就是很正式、很认真的那种,开玩笑的不算。"

"没有。我很想跟人谈,但不知道该跟谁谈,没有人会认真谈这个问题。"

"那么,宋潜,老师告诉你,老师也曾经和你一样问过这个问题,怕死……"袁老师一时不知如何表达,她的眼神里似乎交织着某种矛盾的东西,连她自己也说不清楚。

就在这时,离他们不远的地方,一个两三岁的小男孩从裁判员铁架台上滑了下来,他摔在地上哇哇地哭起来。这应该是某位老师的儿子,他的爸爸或妈妈不知因为什么不在身边。袁老师本能地跑过去抱起孩子,帮他擦拭泪水,安抚他,宋潜也跟着来到孩子身边。袁老师捡起孩子的小水壶,用夸张的表情和语气逗着孩子，宋潜看到这一幕，想起自己小时候的种种情形，一时呆立不语。那一刻，他和袁老师之间建立起一种奇异的联系，这种联系是全新的，不同于以前任何时候。但同时，他的那个问题，也像脱手的氢气球一样飞向了遥远的天际。不一会儿，孩子的妈妈慌慌张张地跑过来，果然她就是同年级的一位数学老师，她憔悴而僵硬的脸上写满了歉意与自责。袁老师和她攀谈起来，两个女人之间的谈话把宋潜封闭在外，他站在夕阳下的球场上，无聊地看着几个普通班的学生挥汗如雨地奔跑投篮，忽然感觉到自己很荒唐。刚才，就在几分钟前，他还在和自己心爱的老师试图探讨一个深不可测的问题，转眼之间，两个女人的家长里短就使那种努力变成了一个笑柄。你能想象一个眉毛拧成疙瘩的人去拥抱奶粉、肚兜和汤勺吗？宋潜感到自己和问题本身一样愚蠢，他跟两位老师打了个招呼，就满怀羞愧地上楼去了。

宋潜回到教室后无法安下心来，他觉得身边的人是如此幼稚无知，他们只是活在书本里，却把整个宇宙都荒芜了。渐渐地，他垂下眼皮，内心生出一股骄傲的忧伤情绪。

"今天晚上，放学后，我要独自留下来多待一会儿。"他在心里对自己说，想到这，他拿起笔抓紧时间开始整理笔记、写作业。

放学后，李培实过来等他，他指指自己的作业本，冲培实做了个手势，让培实先走。培实点点头离开了。等大家陆陆续续走出教室后，宋潜站起来伸了个懒腰，准备到窗户边去，忽然，后腰被人轻戳了一下，他吓了一大跳，扭头一看，原来是后排的女生艾小溪。

"你怎么还没走？"他有点儿不自然地问。

"我……我收拾东西呢。"她吞吞吐吐地说。

"你，你快走吧。"他很不舒服的样子。

她不明白他为什么要赶她走，她其实是因为一个简单的原因留下来的，可他的口气一下子令她觉得事情复杂了。

"宋潜，你凭什么赶我走？我就不走！"她的倔脾气上来了。

宋潜根本没打算跟她生气，为了保护好原有的那份平静，他只好选择自己离开。艾小溪看他要走，竟然一下子红了眼圈，她带着哭腔对他说："你能不能听我说句话，本来我就是为了跟你说句话才留下来的……"

她这么一说，宋潜才恍然明白，原来她是专门等他到现在的，他心中陡然升起一股暖意，当然这股暖意也只是缓缓地谨慎地向上升起，像渔夫在风向不定的大海上，尝试着张起的帆。

"我听他们说，还要再教训你一次……我想告诉你小心他们……"她的声音里透出紧张与关切。

"你说的什么呀？他们是谁呀？"宋潜听得一头雾水。

"还能有谁？吴是，我亲耳听见吴是跟八班那人说的。"

"好吧，谢谢你。"看得出宋潜毫不在意，连他自己都奇怪，什么时候变成了一个勇敢的人，一个面对危险毫无畏惧，甚至还有点儿病态地期盼的人。总是有一股强大的力量从内往外顶出来，仿佛这股力量一直都在，却又不跟他商量，弄得他尴尬不已。

艾小溪看着他复杂的表情，还以为他害怕了，她想安慰他，于是像个大姐姐似的伸手拍了一下他的肩膀说："没事儿，宋潜，我会保护你的！如果他们真的敢做什么的话，我就叫我的姐儿们来堵校门，看不活剥了他吴是！"

宋潜听她这么说，想想她平时的凶悍样子，不觉想笑。

"不许笑，看你一副弱不禁风的样子，还总想笑话别人，你知道吗，这是你最不好的一面。"

"哦，我不好，我不好你为什么还来帮我？"

"滚！好心当了驴肝肺，给我滚远点儿！"

宋潜真的就滚了，没有一丝留恋地滚了，他边走还边纳闷，我今天到底为什么留下来呢？真是莫名其妙。

12

课间时分,李培实没事就喜欢在教室里转几圈,看看这个,瞅瞅那个,那是他最放松的时刻。他看俞悦悦手握22张大阿尔卡那塔罗牌,像个神神叨叨的女祭司,让同桌切牌;他看冯博把一块异形魔方玩得如同飞舞的钢管,羡得熊大熊二俩胖子口水都快淌下来了;他看田春雷像旋转汽车方向盘一样制造饮料瓶里的龙卷风……他继续加快脚步在教室里疾走,看到有人编头发、有人照镜子、有人埋头做题、有人大嚼五香饼、有人哼歌、有人掰手腕、有人蒙头大睡、有人上蹿下跳、有人生闷气、有人笑哈哈、有人练双手支撑、有人挠胳肢窝、有人凭窗远眺、有人面壁发呆、有人扮酷、有人装深沉……当一个人撞上另一个人,另一个人又推倒了前面的人,于是,没有撞到的人也假装倒下,多米诺人肉骨牌顿时混乱不堪,紧接着上演全民大追赶直到老师走进教室。当所有人都安静下来后,李培实还在心里疾走,他总要魂不守舍地想上一阵子,他想这些人其实都挺没心的,为什么没有人发现吴是在利用全班民意架空袁老师?吴是每天趾高气扬到底凭什么？如果班级是个国家，我们班这个国家可是有点儿大权旁落，他想，历史上有没有类似的例子值得殷鉴，他想到了董卓、秦桧、魏忠贤、和珅、慈禧这些人。可是，一个学生取代老师也许没有那么严重，再说，吴是也并没有祸国殃民，我们班不是还取得了全年级平均分第一的好成绩吗？但不论怎样，李培实心里就是不舒服，他不喜欢吴是这个人。他搞不清楚袁老师是怎么想的，他觉得袁老师有点儿像清政府，太软弱，没有立场。他这种思绪并不长久，想想也就无果而终了。他明白，自己是浅水，不是深水，也就够照个影儿，不可能沉下去寻出什么宝贝。这是他跟宋潜的区别，宋潜是一直在往深处游，游得已经快让李培实看不见了。

一晃到了星期天，李培实没想到宋潜主动来他家了，以前都是培实去宋潜家，宋潜来他家还是头一回呢。宋潜背着书包，一副来学习的样子。

"你没有补课吗？"培实一边把宋潜让进自己的小屋，一边问他。

"本来有，我把它推了，推到下周，今天咱们好好聊聊。"宋潜正说到这儿，看培实的爸爸推门进来，不由得站起来，怯怯地说了声"叔叔好"。

"好，没事，你们继续。"培实爸爸拉过一把椅子坐下来，并且打开报纸，看两个孩子一脸茫然，又补充了一句，"你们该学习学习，别管我。"

宋潜心说这是什么情况？他用眼睛问培实，培实挤眉弄眼也表达不清，就轻轻撕了张纸，在上面写道："我爸一向这样监督我学习,来了同学也不例外,你看怎么办?"

宋潜看了看,在纸条背面回道:"你先出去,我跟你爸单独聊聊。"

看到这行字,培实惊奇地睁大了眼睛,鼻翼翕动了一下,迟疑地站起来,什么也没说,出去了。

培实出去后,他爸爸坐不住了,身子在椅子上扭了几扭,终于咳嗽了一声,向宋潜搭话道:"你是宋潜吧?培实同学在我面前没少提起你。"

宋潜只顾嗯嗯地应答,没有更多的话,培实爸爸站起来,想看看培实干什么去了。宋潜不知哪来的勇气,冒了一句:"叔叔,你是不是对培实不放心?"

"不,不是的,我只是关心他,害怕他……有时候不自觉。"

"叔叔,我曾经有个问题,总想听听别人的答案,但一直不知道该问谁。"宋潜竟然在此时此地想起了那个问题,他这样提出来,显然是在计划之外的。看得出他想冒险一试,他想,毕竟是培实的爸爸,虽然不了解,但也应该会比较容忍我吧。

"哪方面的问题?说来听听。"培实爸爸兴趣很大。

"哪方面?这个我也说不清,应该算是人生问题吧。"

"你说,你说。"培实爸爸把手中的报纸扔到了一边,饶有兴致地看着宋潜。

"我想问……人,怎么才算活着?"

"嗬,这个问题问得好大,好深刻!"培实爸爸赞了一句,他的眉头立刻皱起,同时手指不停地摩挲着胡子楂儿。他作势要站起来,但好像力量没攒够,两手狠劲地往椅子上一按,说道:

"人，只要能吃能睡就算活着，但是，"他说到这儿刻意停顿了一下，"你问的肯定不是这个，对不对？"

宋潜点点头。

"那么，你要问的是什么呢？"他用一种充满自信而又得意的口气说，"你要问的肯定是人除了吃和睡以外，还需要做什么，对不对？"

宋潜点点头。

"人啊，人是高等动物，会劳动会思想，有欲望，不对不对，应该是有追求，"考虑到听众是一名未成年人，他用心地更改了说法，"啊，是不是？"

宋潜点点头。

"嗯，那个……我说到哪儿了？"培实爸爸有点儿尴尬，他的演说好像不够顺畅，这对他似乎是很严重的事情，他想找张手纸或毛巾，因为他觉得自己要出汗了。他喊了声培实，培实的妈妈过来了，她冲宋潜点点头，对培实爸爸说："喊什么喊，我让培实理发去了。"

"来来，我给你介绍一下，这是培实的同学，宋潜。"培实爸爸指了指宋潜，"这小伙子不错，一上来就给我这个老文艺提了个新问题。对了，宋潜，你提的问题是什么呢，什么那个……"

"就你，还老文艺、新问题，"培实妈妈打断了他的话，冲宋潜招呼，"别听你叔在这儿胡说八道，别听他的。孩儿，你坐，阿姨给你削个苹果去。"

宋潜坐那儿什么也不说，他心里美滋滋的，就算培实爸爸还剩下一箩筐的话要说，他也不怕了，反正他可以安安心心当听众了。

　　培实爸爸后悔接了宋潜的问题，他埋怨自己一向谨慎，今儿个怎么就放松了警惕——人为什么活着？这分明是个哲学问题嘛，我一个小公务员活了半辈子也没整明白，怎么回答？他绕了半天，最后绕出一句："小小年纪，还是不要问那么多问题，好好学习，将来长大了自然就明白了。"

　　宋潜安安静静地坐在那儿，他眼里的问号一直闪亮地挂着，培实爸爸可怜地解释来解释去，也没能把那个问号给掰直了。当培实一脸轻松地回到家时，他看到爸爸 T 恤的前襟都湿湿了，禁不住奇怪："爸，你怎么不开空调啊？"

　　培实爸爸把空调打开，从房里退出来之后，就再也没有进去了，他对培实妈妈说："宋潜这孩子不错，比咱培实有思想，让培实好好跟他学学。"

　　两个孩子在空调房里终于获得了自由。这一天，宋潜过得轻松愉快，他觉得自己很聪明，甚至有点儿卑鄙。当然，这个卑鄙应该加上引号。

13

　　宋潜搞不懂,为什么每次自己将要接近袁老师,或者袁老师将要接近自己的时候,就会有人跳出来截住袁老师,问问题啦,请假啦,汇报班里的事情啦,时间不早不晚,位置不前不后,正好把自己跟袁老师隔开,就好像预先设计好了似的。他无可奈何,只能怨老天不公。想起那天他跟袁老师在操场上的对话,他觉得实在遗憾得很,什么都没说就被打断了。如果没有那个小孩儿的干扰,他一定会收获很多,说不定会大大地改变他的人生,可是现在,在班里,众目睽睽下,那种对话的可能性已经完全不存在了。那么,再次请求袁老师到操场上去,还行吗?有几次他鼓起勇气抬头向袁老师望去,却发现袁老师根本不往他这儿看,她是有意在回避吗?他于是生出强烈的挫败感,他的勇气与努力换来的终究是这般冷淡冷漠,他的问题也如同飞机失事,坠入了无边无际的沙漠。他再次强烈地感到口渴,感到孤独无助。

　　中午,当他骑行在燥热的街道上时,一辆洒水车迎面驶来,他看得呆了,恨不能扑上去一口喝下整车的水。所以当洒水车经过他身边,水花飞溅的时候,他一点儿也没有躲闪,结果一霎间变成了落汤鸡。他那狼狈不堪的模样引来身后一串水灵灵的笑声,他回头一看,原来是艾小溪。艾小溪手拿一袋爆米花在他身后不远处,正好看见这一幕,禁不住笑得前仰后合,爆米花被她撒得满地乱蹦。笑完了,她不知从哪儿摸出一包纸巾,递给宋潜:"喏,赶紧擦擦吧。"宋潜没有接她的纸,只顾推着车子往前走。"你不载我一段吗,学霸?"艾小溪拉住了他的车把。宋潜心里很讨厌她,忍不住吼道:"你自己跑回家去吧,疯妞!"但是艾小溪死死拽住他的车把不放手,他只好停在那里,重复那个难听的词:"疯妞!疯妞!你知不知道你是个疯妞!"

"疯妞?好啊,我就是疯妞,怎么啦?你喜欢疯妞,对不对?"艾小溪一点儿也不在乎宋潜骂她疯妞,她用更加火辣的目光逼视着宋潜。鬼知道是怎么回事,那一刻,艾小溪不假思索的接话竟然意外点中了宋潜的穴位,他感觉仿佛有一杯甘甜的水,直接从嗓子眼灌进了胃里。这是从未有过的事,一向谨慎的宋潜在这个疯妞面前突然防线崩溃,他一语不发,默默地站在那里。"那就走吧,还愣着干什么?"艾小溪主动坐上车,宋潜湿着身子、厚着脸皮载她到了她家楼下。枇杷树。冬青丛。花台泉眼。秋千院落。她跳下车,准备感谢他,他却连看都不敢看她一眼,埋着头,跨上车子飞也似的逃走了。他觉得自己做了一件错事,一件很严重的错事,这件事的后面好像还拖着个长长的尾巴,但他又不能不承认这是他近期来所经历的最开心、最过瘾的事。他想,我到底是怎么了?

从小到大,宋潜没有载过女生,这是他的第一次。可以说他放下她的那一刻,才真正载起了她,她像一条语法不通的喜讯发布在他的私人空间里,令他突然间变得富有。他不知如何表达,骑着车在那个小区门口转悠了好几圈,才依依不舍地离开。他接受了这一事实,承认了眼前这种幸福的真实性,但他拼命地压制住内心的激动,力图使自己跟平常人一样。他不希望任何人知道这件事,因为在他的内心深处另有一种怀疑、害怕甚至否定这种幸福的力量在滋长。他装作若无其事地回到日常生活中,连他自己都觉得可以了不必再装了之后,才笑眯眯地奔向课桌,展开书提起笔,像一条鱼跃入静静的海洋。

14

"那个问题是什么？"艾小溪捅捅宋潜的后背，递过来一张小纸条。

她怎么会知道那个问题？宋潜很是惊讶，回过头看了她一眼，暗暗地又觉得这也没什么。于是，他跟她开了个玩笑："什么问题？我看你就是那个问题。"

不一会儿，纸条又递了过来："我怎么会是问题？我是那个问题的答案还差不多，你说是不是？"

他忽然觉得她简直是高深莫测，就像一个女福尔摩斯，在她面前自己暴露无遗。他反问她："你知道那个问题是什么？"

"要我来说？那好啊，放学请我吃仙草冰。"纸条上画了张大大的流口水的笑脸。

宋潜看到纸条后笑了，他从那张笑脸中看到了生活。他知道自己一直站在生活的门外，对于生活，他是个彻头彻尾的门外汉，他想了解生活，可生活似乎远在天边，他像个可怜的人，永远也到不了那里。现在艾小溪这个疯妞好像一本敞开的画册，让他忽然觉得生活离他那么近,对此,他十分感激艾小溪。他想起自己两次问问题都没个眉目,原因一定是没有把问题问到底。"我应该继续问下去,"他想,"不管别人怎么看,我要有勇气把问题继续问下去,直到问出结果为止。"

下午第四节课,一场精心筹划的班级经验交流会在袁老师的安排下开始了。交流会由吴是和任雨洁主持,他俩穿上校服真是风度翩翩神采飞扬。家长们来了,校领导来了,其他班的班主任也来了,大家就这样密密实实地挤在一起,像观看演唱会一样竖起耳朵,瞪大双眼。家长们既表现出某种兴奋,又故作神秘地沉默着,他们中不乏有识之士,能从细节之处看出学校的管理、班级的特色,他们用高傲的眼神检视着这间教室的角角落落。他们之所以还保持着某种程度的紧张,没有将人与人之间温情的笑意流淌出来,主要是因为每个家长心中都忌讳别人问起他们孩子的成绩,而这才是本次交流会中最重要的内容。和家长们的心情不同,同学们此刻几乎没有什么想法,每个人都觉得自己倏然变小,如同幼儿园的小朋友。因为家长的出现,同学们更像未成年人了,他们一声不吭,仿佛道具一样摆放在教室四周——他们是站着的,站在四面靠墙的位置。宋潜就这样站着,时间一长,他的注意力都到了自己的腿上,他不停地将身体重心在左右脚之间交换。除此以外,他还对自己的校服有点儿不满意,直到今天,他才发现它松松垮垮,一点儿也不合身。宋潜站在一幅鲜红的标语下,从正面看那句标语像是从他头顶上冒出来的,他挡住了最底下的感叹号,他的屁股在那感叹号上蹭来蹭去,空间太局促了,他蹭不开,身边两个胖胖的同学限制了他屁股的自由。他不知道袁老师为什么搞一个这么隆重的交流会，校长来干什么？难道要向全校推广我们班小组竞争的方法吗？吴是一直在照着PPT（演示文稿软件）介绍这种方法，还不时插入一段激动人心的音乐，家长们、全校的班主任们、校领导们都用心地倾听着，教室里静得只剩下咳嗽声和呼吸声。

　　PPT上出现一长串优秀学生的名单，成绩辉煌，十分喜人！不过，宋潜盯了半天也没有发现自己的名字，连袁老师都觉得不对劲，让吴是停一停，为什么没有宋潜？吴是看了看，哦，打漏了。袁老师只好向大家作口头补充，宋潜同学不仅是我们班的第一名，而且是全年级的第一名，他长期保持着这项殊荣。家长们本能地往四周瞅，有人往东瞅，有人往西瞅，结果彼此瞅了瞅，笑了。宋潜在人群中太不显眼了，以至于有些人到最后也没搞清楚谁是宋潜。人群的喧哗对宋潜来说似乎很遥远，坦白地说，他一点儿也不喜欢这样的交流会，到后来他索性靠着墙，把眼睛闭上，什么也不看。但声音是挡不住的，他的听力变得愈加强大起来，每个词都像轰炸机一样朝他俯冲过来，声音与他的幻觉渐渐形成默契，画面在闭着的眼睛里活动起来。校长、主任、家长们、班主任们离自己越来越远，近处只剩下倚墙而立的同学。但见吴是把任雨洁闪在一边，他站上了讲台，身形高大，像一尊骄傲的雕像，手臂高高扬起，挥手间，同学们东倒西歪，如麦浪翻滚。校长的大胖脸在教室外，贴着厚厚的窗玻璃往里看，他的脸越来越扁，最后变成了一张漫画粘在玻璃上，揭都揭不下来。家长们也想往里看，无奈被这张画挡得严严实实，什么也看不见，只好竖起耳朵来细细听，可是耳朵们都往窗前挤，根本挤不下，有的耳朵就跳起来在天上飞,这样多自在!一部分耳朵听见了,呈现出喜不自禁的神色,另一部分没听见,则深怀仇恨。

校长的胖脸终于穿窗而入,他站到讲台上,忽然变回了年轻时候的样子,不胖,很清秀,眉宇间有一股凛凛的英气。他看着吴是,像是看见了自己的孪生兄弟,于是他俩热烈地拥抱在一起,现在分不清谁是谁了。同学们看着这两个吴是、两个校长,同时倾听他们两张嘴里发出的青春的声音。他们说:"同学们,青春是人生最美妙的时光,这最美妙的时光应当怎样度过呢?你不要沉迷于网络,不要抽烟、喝酒,不要打架,不要谈恋爱,不要无所事事,你们要将所有的时间投入学习,投入竞争,因为只有在那永恒的学习中、竞争中,你才可以掌稳人生的舵,扬起希望的帆。直到有一天,你考上了最好的学校,找到最好的工作,为社会做出最多的贡献,拿到最多的 money(钱),然后你们就可以自由地上网聊天、打游戏,随便抽烟、喝酒,想谈多少恋爱就谈多少恋爱,想收拾谁就收拾谁,想去哪儿就去哪儿。"

"不对,你说错了!"他们中的一个猛地停下来,指着另一个说,"你说错了! 应该是'你们就可以成为高尚的人,纯粹的人,有道德的人,脱离了低级趣味的人,有益于人民的人'。"

"好吧,我说错了,我向你道歉,向大家道歉!"另一个态度转变得也挺快。

"不,你侮辱了大家,我绝不饶你!"另一个举起拳头将他打倒,两个人迅速地扭在一起,一会儿这个骑在那个身上,一会儿那个又翻身起来骑在这个身上。全场哗然。同学们呼啦围上去,掏出手机拍照,拍完了都往自己的 QQ(即时通信软件)里

发,发得好多,网路都堵塞了。好不容易发完之后,每个人又忙着埋头打字:

"惊悚!校长打学生!"

"最新消息,校园再现禽兽校长!"

"学生再也无法忍受校长的压迫,奋起反抗啦!"

"学生打校长,真是无法无天啦!"

"哈哈,长这么大,终于有幸要进新闻镜头了。"(发这个内容的同学不失时机地来了个吐舌自拍)

…………

唯一令人遗憾的是,这两个人打来打去还是一个人,他俩长得一模一样,完全无法区分。这让大家很泄气,发出去的照片没有任何新闻价值,分明就是一对双胞胎在闹着玩嘛。

大家没兴趣了,收起手机回到自己的位置,继续站得端端正正,好像什么事也没发生过一样。

15

"听说这个小组竞争制是咱们班上的吴是同学提出来的，是吗?"校长将头偏向袁老师问道，待袁老师点点头，他又接着说，"这是一个创举啊! 吴是同学小小年纪就提出如此有见地的方案，非常了不起，我为他点赞!"说着他伸出大拇指，转向吴是，又转回来面向大家，大拇指仍然高高地举着。

"我举这个大拇指，是为吴是同学的见识点赞，我认为他准确地把握了当今社会最核心的主题——竞争。竞争是推动社会发展的根本动力，没有竞争，这个世界就是一潭死水;没有竞争，这个社会哪来的发展和进步啊?"说到这，他顿了顿，看看大家的表情，大家的表情一如既往地"掖"着，你没有告诉我该不该有表情，该有什么样的表情嘛。校长皱了皱眉头，又重复了一下:"啊，是不是?"这下指令到位，所有学生鼓足劲齐声答是。

宋潜没有回答，他只是呆呆地看着校长，他的目光落在校长沁出汗珠的蒜头鼻子上、光溜溜的秃脑门儿上、油滑肥厚的大嘴上。声音似乎从那里一点点蒸发出来，带着烟酒味儿、茶渣味儿、麻辣火锅味儿，向四周弥散着。他忽然对校长感到十分陌生，这个人和我们有什么关系？他每天都在想些什么，忙些什么？宋潜知道校长就住在对面的塔楼上，那是一座孤零零的点式楼，楼高也是五层，校长的办公室就在五楼，奇怪的是下面四层全都空着或只放些杂物，整个楼上就只住着校长一人，仿佛他是这楼的看守者。校长不喜欢在这楼上接待来客，全校的人都知道那是他的私人领地。没有人到过校长办公室，同学们戏称那里是办私室，更有人戏称是"藏娇室"。"藏娇？你看见了？""看见了，有一回晚自习后，校长办公室的灯忽然亮了，窗帘背后有两个人影，一个矮胖，是校长，另一个曲线婀娜，肯定是女的。"有人说那是校长夫人。马上有人打断："不，不是，我见过，校长夫人比校长还胖。"……这样的传说时不时地泛起，成为无聊生活的调味品，不过，传说终归是传说，日常所见依然是窗帘四季都拉着，墙上爬满常青藤，空调外机锈迹斑斑结满蛛网。难道就没有什么人去敲过校长大人的门，造访过他的"殿堂"吗？没有，从未听闻，从老师到学生，谁也不曾进过校长的办公室。宋潜听说曾有一个老师因为评职称的事，觉得不公，掂了块砖怒气冲冲地想要爬上去和校长理论，结果就在他快要爬到五楼楼梯口的时候，一个不留神，自己摔了下来，后来住院了。再后来呢？同学们就开始背那段经典的课文来告诉你："南阳刘子骥，高尚士也，闻之，欣然规往。未果，寻病终，后遂无问津者。"

班上倒是有位同学不甘心，从家里带来一只300倍的红外线望远镜，经过窥察，发现空调外机里有只死苍蝇，绿头的。算了，这事太无聊了。

校长的声音又爬进了耳朵:"同学们,你们见过斗鸡吗? 真正厉害的斗鸡是不叫的,它灰头土脸、蔫头耷脑,但极其能斗,一到斗鸡场上就像吃了兴奋剂似的,而且凶神恶煞,吓都要把其他鸡吓死了! 嘿,你们别笑,真能训练到那种境界,天地都会为你让路,日月都会为你亮灯,你绝对战无不胜。"宋潜记得自己好像在哪本书里读到过这个故事,最后,那个训鸡的人发了大财,皇帝很器重他,古代的皇帝就是这么无聊。可是校长为什么要讲鸡呢? 难不成都让我们去做鸡? 是啦,我们做鸡,校长看斗鸡,这倒是蛮有趣的呢。

"这是宇宙真理,同学们,竞争无处不在!"校长这一句振聋发聩,仿佛把自己毕生的体会和对未来的期盼都熔铸其间,"我们唯有饱尝了学习的艰辛,经受住了竞争的考验,才能胜利到达理想的彼岸,而且这样的胜利也才更有意义,更有价值,更激动人心。同学们,少年心事当拿云,谁念幽寒坐呜呃。长风破浪会有时,直挂云帆济沧海!"校长演说到此,神色凛然,一副天将降大任于是人的表情。他的声音停了下来,听得见窗外汽车驰过路面发出的沙沙声,掌声愣了一下子才轰然响起。

对校长的讲话,宋潜有不同的看法,他很想和校长辩论一番,但他此刻又困倦又沮丧,一点儿也提不起精神。他无力地看看周围的人,他们都处在亢奋之中,他想,他们是喜欢亢奋的,因为他们除了亢奋之外不知道还可以喜欢别的什么。他们没有问题,没有爱欲,甚至没有仇恨,所以他们才那么容易亢奋,容易被点燃。不过,他们真的没有这些吗? 还是我完全不了解他们? 人,是多么复杂的动物! 从每个人脸上你可以看到不同的表情,每个学生、每个家长、每个老师,他们的脸上都显露出各自对生活的愿望,对周围环境的紧张感,以及对未来的难以言说的迷茫。他咽了咽唾沫,很想坐下来,因为窗外已被夜色笼罩,他们已经站了很久了。

校长演说完,用手帕擦擦汗,推开门走了。吴是走到讲台中间,宣布今天还有一个压轴的好节目,请大家擦亮眼睛,准备接受惊喜吧。家长们心想,该有补习班或者应考秘籍之类的硬货出来了;班主任们心想,袁老师该上台领着孩子们宣誓、煽情了;宋潜苦笑了一下,还有呢?

节目是个小品,吴是亲自担任主演,小品的名字叫《悔恨》。

第六组的几个同学捧着满纸红叉的试卷上场,主动跪在台前。吴是头戴监斩官的官帽,坐在太师椅上,宣读圣旨:"奉天承运,皇帝诏曰:兹有第六组组员任雨洁等若干人,学习不努力,于小组竞赛中完败于第三组,愿赌服输,咎由自取,特革除其班籍、校籍、国籍、球籍,取消学习权、吃饭权、娱乐权、撒娇权终身,判处死刑,立即执行。钦此。"吴是宣读完毕,就有几个膀大腰圆的第三组组员冲上来,抖开从体育器材室借来的拔河绳将任雨洁等人五花大绑,捆了个结结实实。第六组两个有血性的男生实在看不下去了,"嗷"一嗓子窜上来想劫法场,被吴是用手中的鹅毛扇一扇就灰溜溜地退下去了。宋潜仔细一看,发现扇上题着"法制社会,谁敢胡来"八个大字。

接着,谢欣儿扮演的老妈妈推着自行车上来了,她喊了一声:"我的妞儿啊!"就直接背过气去了,一旁同学忙上来掐人中,灌矿泉水,老半天欣儿才醒转来。醒来后,她边抹眼泪边唱,泣不成声。听她唱："妞儿啊，这么多年了，为学习你没日没夜苦了自己，没吃过一顿囫囵饭，没睡过一个囫囵觉。"台下众人无不落泪。同学们哭自己，家长们哭孩子，观摩的老师们哭自己的孩子，泪水混合成一曲悲歌，动人衷肠。唱完一段后，欣儿探身去取车筐里的饭盒，嘴里念念叨叨："妞儿啊，这是妈给你做的最后的晚餐，有你最爱吃的……咦，我的饭盒呢？"她抹着泪四下里瞧，一时红了脸。一个男生赶紧往上送饭盒，由于跑得急差点儿摔倒，台下众人憋不住，全笑了，一边笑还一边接着哭，几个情感丰富的妈妈都忍不住打起嗝来。

这边吴是冷着脸发话了："好了好了，送君千里终有一别，那位阿姨请站一边，下面刀斧手准备，行刑开始！"

咔嚓，咔嚓，几位第六组的同学应声倒地。

一切都太逼真了，随着台上同学的倒地声，台下也倒下去几位家长，场面有点儿失控。袁老师本来早就想叫停，可她犹犹豫豫，一直没有找准合适的时机，现在看到这么多人倒下去，才感觉节目确实有点儿过分了。她站起来对吴是做了个手势，意思是让他马上结束，但吴是不知是没有会意，还是存心不听，继续得意地摇着他的鹅毛扇走过去，从袖子里取出一小瓶液体，冲几具尸体的嘴滴下去："醒来吧，看在你们父母的面上，让你们起死回生，还不快过来谢还魂之恩？"

袁老师走上讲台，直接把吴是的帽子摘了，对着台下说："不好意思，家长们，这个节目预先没有彩排过，我不知道会演成这个样子，对不起大家！"

台下几位晕倒的家长也已经醒转来，大家叽叽喳喳地议论了一会儿，一致认为这个节目演得好，应该让孩子们继续演下去，从中受到教育。当然，其中也有一位愤怒的家长想说些什么别的话，但众人一拥而上把他请到外面去愤怒了。

接下来台上继续表演，还魂的同学回来谢恩，并表示吴是是他们的再生父母，所以愿意为他当牛做马。吴是呢，也不客气，直接就让一个同学趴下，他骑到那个同学的背上，侃侃而谈："尊敬的家长，亲爱的老师们、同学们，今天我们的这个节目就是要让大家明白，当今社会适者生存，也许您的孩子在学校吃了些苦受了些累，但那都是值得的。歌中唱道：不经历风雨，怎能见彩虹？没有人能随随便便成功。即使我们不去追求成功，就算是为了生存，我们也必须努力，不努力就得死，不死也得为人当牛做马。同学们，你们愿意当牛做马吗？家长们、老师们，你们愿意孩子去死吗？"台下的人都听呆了，他们无论如何都不敢相信这些话就出自台上这个十几岁的孩子之口。但他就是说出来了，句句在人心头砸出深坑，像狂风吹乱你的思绪，又像皮鞭抽打着你，任你怎么清醒都觉得不够。

16

交流会将要结束的时候，宋潜终于晕倒了。他隐约记得家长们还在那里议论纷纷，整间教室像一片沸腾的海洋，袁老师是大海波涛中的一座灯塔，但是那座灯塔好像电量不足了，灯光昏黄，只能照到身边一小圈的海水，而自己却在遥远的地方，越来越黑暗，越来越孤单……

他醒来时，发现自己躺在社区诊所里，袁老师就在身边。他想问袁老师自己这是怎么了，可嘴巴张了张没有发出任何声音来。袁老师接了杯水让他喝下，然后很有耐心地静静地看着他说："你晕倒了，医生说喝点儿水躺一躺就好，没什么大事。"

他仍旧翕动着嘴唇，仿佛有很多话要说，一时却不知从何说起。他就这样躺着，任袁老师的目光爱抚自己，任奇异的暖流从心头滚过。这是放松的时刻，他想，自己没有必要再问什么了，此刻需要说些什么的是袁老师而不是他。他静等着袁老师的声音飘进耳朵，就像童年时躺在乒乓球台上等待一阵凉风拂来一样。

袁老师说:"宋潜,我跟你妈妈交流过,听你妈妈讲,小时候你走丢过一次,受了些惊吓,所以思想上有些敏感——我这样讲你不会介意吧?"

"不会,老师,您接着说。"宋潜听着,就像在听一个陌生人的故事。

"虽说你是咱们班的第一名,可老师平时对你关心并不多,主要是因为你各方面表现都很优秀,老师对你放心,所以老师就把精力更多地放到了那些相对落后的同学身上,这一点你不会怪老师吧?"

宋潜点点头,又马上摇摇头,他听得很专注,就像在听数学课新单元的第一课。他要把老师说的每句话每个词快速准确地分类、整理、比对、推演,脑子高速地运转着,思维在句子与句子的缝隙间飞奔。他的眼神给袁老师以鼓舞,让袁老师感到这样的表达是有意义的,这样的沟通是一种快乐的创造。

"上次你问老师那个问题,很不好意思,老师一直没有回答你。你问一个真正的人应不应该怕死,这个问题确实太深了,老师也回答不好。真的,老师以前没有想过这类问题,现在想想,也得不出一个可靠的答案。首先我对你说的'真正的人'就不是很理解,这几个字这几天一直在我的脑子里萦绕,真的很抱歉,我说不清楚……我想,那是不是你自己内心的一种理解?比如说,你把人分为两种,一种是真正的人,一种不是,你是这样想的吗?"

看到袁老师这么认真地思考、分析自己的问题,宋潜感动得背过脸去,他觉得喉头哽咽,怕控制不住自己的情绪。他终于明白这里没有"一个陌生人的故事",只有最熟悉的人——他和袁老师的故事,一切正在发生着的就是生活,就是自己一直渴望抓住的东西。

"袁老师,其实我不知道自己要问什么……上次那个问题是我临时想到的,我想问的可能是别的,但是我问不出来。'真正的人'这个说法就算是我的杜撰吧,我也不知道……不过……我应该不算是一个真正的人。"

袁老师沉默了,下垂的眼睑、交握的十指泄露出感伤的秘密,这是无法掩藏的。宋潜知道成年人喜欢用语言编织梦幻,但他们的身体欺骗不了他。当一个人开始思想,他的身体就会发生某种化学反应,这种反应从眼神、面容、躯干、四肢无意识地表现出来。他记得某本书里的一句话:在每一个细节里都藏着整个宇宙。现在,袁老师的宇宙完完整整地呈现在自己面前。

袁老师的宇宙清晰而又浩瀚,她的感伤是五彩的,时而有春逝的飞红,时而有秋去的枯黄。她站在季节交错的岔口,翘首凝睇,迎接宋潜这列青春列车的到来。宋潜的列车驰过原野,驰过森林,驰过无数的黑夜与白昼,向着亲爱的老师飞来。

宋潜在列车里长大了,筋骨如列车一样强健,思想如列车一样迅疾,梦想、自由、灿烂的前程都在这列车的护送下飞向远方!列车两侧的车窗,一面映现儿时的画廊,一面掀开未来的蓝图。童年的天空与未来的美景奇妙地结合在一起,仿佛两者都无限遥远,无限深邃,却近在咫尺,触手可及。

宋潜的列车继续飞驰,无法停下,眼看就要驰过袁老师那一站,他砸开车窗伸出手去,袁老师奔跑着,欲飞身上来,但就差那么一点点,两只手永远定格在相距五厘米的地方。错过了,永远地错过了！他听到耳畔传来袁老师的声音,那仿佛是来自另一个世界的絮语:

"宋潜,其实老师很不称职,在工作上,老师没有操太多的心,可能是把精力放到了别的地方。所以,就像你看到的,我把好多事情都交给了组长、班长,美其名曰是对大家的锻炼,其实就是自己偷懒了。你也看到了,这半年来班上的事都是吴是在主持,他需要什么,我就提供帮助和支持,就是这样。"

宋潜静静地倾听着,他没有想到袁老师会这么坦白地给自己交了底儿,这无疑是把他当成了一个可以平等对话,甚至可以交心的大人来看待。但他还不能理解老师如此放低身段的用意,他感受到的只是老师并没有为这个班尽全力的歉意,他有些不理解,这和他心目中的袁老师有很大的距离。

袁老师的这些话真的是她心里所想吗？宋潜很怀疑,但他还没有勇气反驳袁老师。他拐了个弯问袁老师:"老师赞同吴是的小组竞争吗？"

"小组竞争这件事本来我也有很多疑问,可是我看同学们也都支持,并且结果也不错,我想只要能使同学们成绩进步,就值得支持吧。毕竟现在社会、学校、家长要的还是成绩。"

说到成绩这个话题,宋潜就变得讷言了,他从内心厌恶学校的分数至上论,他想不明白袁老师为什么会支持。宋潜有种感觉:袁老师在做着自己不喜欢的事,说着自己不喜欢的话,换言之,她此刻便不是一个真正的人。

宋潜无话可说了,他不想让这样的谈话再继续下去,这是对他的幻梦的扼杀,赶紧停止吧。他苦闷地闭上双眼,一场满怀期待、燃着烈焰的交谈就这样冷冰冰地结束了。

这样的结果完全出乎他的意料之外,想想又在情理之中,这就是真实的生活,多么不尽如人意,仿佛我们活着的每一天所做的种种努力,只是为了去证明这一点。他像被人掏空了心遗弃在大街上,一时不知去向何方,他甚至忘了问袁老师是不是有吴是找人打他那回事,算了,已经都过去了,这一切都不重要了!那么,什么是重要的呢?"袁老师,"他在内心问自己,"你是一个什么样的人啊?为什么我把你看不分明?"

他想要离开诊所,当他努力想要坐起来时,艾小溪上来扶住了他。他诧异地看着艾小溪,看了好半天才问道:"你,你怎么在这儿?"

"我怎么不能在这儿?别忘了是我和李培实把你送到这儿来的,"艾小溪还是那副黏人的表情,"我还等着你请我吃仙草冰呢。"

宋潜往左右看看,奇怪地问:"袁老师呢?刚才还在这儿呢。"

艾小溪用手摸摸他的额头:"我们的宋大秀才烧糊涂了吧?你好好看看是谁在这儿,从你来诊所,就我跟李培实在这儿陪你,哪来的袁老师?"

"宋潜,袁老师看你晕倒了,就让我送你来诊所,还给你妈打了电话,"李培实解释道,又指着艾小溪说,"至于她,是乘乱自己偷着过来的。"

宋潜坐直了身子,才一点一点地清醒过来。"是啊,袁老师那么忙,怎么可能过来单独陪我?我这想法也太自私太离奇了。"他这样想的时候,一股深深的失落感袭来,仿佛刚才那列承载幻梦的列车直接从春天的花海驶入了冰封的雪国。

17

　　三个中学生一边聊着,一边走向飘满烧烤烟味的闷热的夏夜,夜市似乎永远是那么红火,在那里吸引人的是沸腾的美食和簇新的话题。人们在白日里所受到的严密的禁闭,此时终于可以释放了。他们得到的补偿虽然只是几瓶啤酒、几支烤串,但那种能量的宣泄却是纵情的。宋潜透过层层烟雾看到一张张色彩斑斓的脸谱,这些脸谱是用看不见的气体描绘成的。戏台上的脸谱无非忠勇、猛智、奸诈、妖邪诸类,此刻夜市上的脸谱却要丰盛得多,可以说它包罗万象,千人千面,让你有永远看不够的感觉。这些脸谱是动态的,它们之间彼此渗透,相互冒犯,有时沆瀣一气,有时又分道扬镳,像一部永远演不完的电视连续剧。宋潜觉得自己也在这剧中,导演和摄像师就在附近看不见的地方盯着他。他们盯得很仔细,每一个人都不放过,他们的目光甚至穿透肌肤,盯住了每个人身体里奔流的血液、涌动的思想和不安的灵魂。宋潜并不怕人盯着,他甚至觉得有人盯着,自己更自由,想怎么样就怎么样,可以再迷糊些,再夸张些,再奔放些。任你们怎么看,我就是一朵云、一团雾、一缕烟,我混在周围的嘈杂声或窃窃私语中,是如此的悠闲自得。酒精、烟草、辣椒和汗水的味道在夜空中氤氲着,氤氲着,还有那些说出来的、未说出来的话,在每个人嘴里、心里上下流窜。这一切边发生,边消失,像灿烂的节日焰火,噼噼啪啪,绚丽在天际。

宋潜他们坐定,两个大男生傻傻地看着艾小溪吃仙草冰。仙草冰并没有堵住艾小溪的嘴,她是吃的主角,更是说的主角,一张快嘴"叭叭叭"地不停歇。她讲袁老师把吴是狠批了一通,讲吴是认错态度很好,讲任雨洁她妈妈哭得最凶了……"任雨洁考得不好吗?不,她考得很好,这你们是知道的,"艾小溪忽然很想评论一下,"可是,她妈妈还要那样……这是赤裸裸地碾轧我们这些学渣啊,还让不让我们活了?唉,不过,她妈妈也可能是被现场气氛感染了,是吧?你们说是吧?你们怎么不说话?真是两个闷葫芦。"

"不过,吴是编的那个节目确实不错,就算我妈回去打我一顿,我还是要说那节目真心好。"

"那节目好?我怎么就没看出来。我看咱班人现在都疯了,眼里只有成绩,只有名次,现在连你艾小溪都开始为吴是叫好了。我还真奇怪了,难道你们谁都看不出吴是就是个阴谋家吗?"艾小溪的话终于戳中了李培实的兴奋点。准确地说,他不是兴奋,而是义愤填膺。他很想揭示出什么,虽然此刻他还没有能力看清事实真相,还不能集中火力,痛快地一举击倒对方,但他不能沉默了,他必须亮明自己的态度。他两眼喷火,把艾小溪当成了整个对立的世界。

艾小溪才不会示弱,他不屑地瞅着李培实:"毛头小子,你懂什么!知道咱班为什么是全校第一吗?靠的就是吴是,吴是一个人带动全班,我们大家其实不是非要听他的,服从他的指挥,而是他说的做的都有道理,你不服不行。袁老师为什么那么信任他,也是因为这个原因,袁老师一定是觉得自己亲力亲为还不如交给吴是去冲锋陷阵。你们看,这不是很好吗,我们大家在这个班里进步都很快,你们看不出来吗?"

"你觉得吴是说的做的都有道理,那你就讲清楚,怎么个有道理法。"李培实脸都涨红了。

"我看你今天下午的交流会算白参加了,成绩是硬道理,竞争是硬道理,懂不懂?"艾小溪继续带着挖苦的表情说道,"你爸妈都在那儿一个劲地点头,你是傻呀,还是没长大呀?"

李培实奇怪地盯着艾小溪,他觉得此刻的艾小溪一点儿也不疯,这根本就不像她,这样一个全班公认的疯妞都认为吴是是对的,可真让人匪夷所思。

艾小溪看见宋潜还是一言不发,好像忽然想起什么似的问:"对了,宋潜,你妈呢?袁老师给你妈打过电话了,怎么没见她来啊?"

宋潜忽地站起来,一拍脑袋:"哎呀,我得赶快回家了。"

他们三个从饮品店出来,走了不远,宋潜就在人群中看见了妈妈的背影,原来妈妈去诊所扑了个空,正准备往家赶呢。宋潜想起妈妈今天加班准备公司评估,爸爸又出差,连家长会都没空开,一定忙得不得了,自己还在这儿添乱,不由得内心充满愧疚。

妈妈回转身看见宋潜,她的第一反应就是儿子没有另外两个孩子阳光。对于这一点,她有着极其敏锐的洞察力,即使是在昏暗的路灯下、蜂拥的人群中,也毫厘不爽。她对着儿子看了又看,仿佛仅仅通过看就能了解到儿子的一切似的。宋潜以为妈妈对他晕倒的身体不放心,于是挺了挺胸,做出一副健康的样子,但这恰恰让妈妈会错了意。妈妈觉得儿子的这一动作极不自然,她皱着眉头,不发一言。也许眉头皱得太厉害,让艾小溪和李培实觉得自己犯了什么错误似的,忙在一旁结结巴巴地解释。

妈妈的期望宋潜了如指掌,但他就是做不到迎合妈妈,他总是不由自主地做出让妈妈厌恶的举动,真的不是故意,完全是出于本能。此刻,他太清楚妈妈在想什么了,她一定在想:儿子面容憔悴,精神萎靡,哪里像个中学生?活脱脱就是一个未老先衰的病秧子嘛。你瞧他身后那两个孩子,男生衣着整洁、气宇轩昂,女生活泼可爱、明眸善睐,这才是中学生该有的样子嘛。宋潜斜眼看了一下他的两个小伙伴,内心也不由得赞叹,艾小溪就不用说了,连培实这个男生白净的脸上竟也嵌了一只梨涡。

妈妈终于开口,埋怨像连珠炮似的发射出来。宋潜带着既惊讶又似乎理解的目光看着她。妈妈的埋怨不像要摧毁什么,而是在寻找什么,她把刻毒的话语当寻找的工具,在宋潜身上努力搜寻着她想要的东西,仿佛这些话语落到宋潜的身上,便能如照明弹一样摸清敌情。宋潜当然不是敌人,但他有可能成为一个可怕的人,而且现在已经成了一个令她厌恶的人。她厌恶什么呢?她自己也不清楚。

宋潜感到尴尬与悲哀,两个小伙伴还没走,妈妈就这样旁若无人地大发脾气,不觉得难为情吗?她难道不想哪怕只是暂时地遮掩一下这个"家丑"吗?不知道是怎么回事,宋潜越这样想就越惹出妈妈怨愤的激情,她更加口不择言地讽刺挖苦他,使他感到自己若不在某方面痛改前非,便会被她无情地取消掉"儿子"这个称号。两个小伙伴其实早就想抽身离开了,可听到宋潜妈妈话语里频频提及他们,吓得气不敢出,腿不敢迈。

妈妈就是这样一个人,宋潜心中绝望地想,一旦你惹了她,事情便没有办法停息。是不是世上所有的妈妈都是这样?至少培实的妈妈不是这样的,他想起培实妈妈招呼自己坐,给自己削苹果的一幕,心中顿时涌出许多委屈。但宋潜不愿在妈妈面前表现委屈,或者说,他根本不敢表现,因为那非但不能博得妈妈的同情,反而可能招致更大的风暴。

幸亏此时一个卖盗版书的胖女人骑着三轮儿挤过来,不小心撞了妈妈,话题终于转移,所有的目光指向了那个女人。女人长得胖,心也挺宽,承受了妈妈一番疾风暴雨似的谩骂后,没怎么还嘴,拉着书走了。这一来,妈妈的激情消耗殆尽,方才赦免了三个孩子。

18

　　疲惫,难以抗拒的疲惫,让宋潜眼睛都睁不开,但宋潜还是固执地坐在书桌前。他必须首先完成今天的作业,然后再仔细过一遍最近所学的功课,整理笔记。他勉强写完第一项作业后,就趴在桌上睡着了。妈妈进屋来,心疼地叹了口气,把他往床上挪。孩子大了,虽然很瘦,可长胳膊长腿的,也挺沉,妈妈费了好大劲才把宋潜挪到床上,给他脱了鞋,盖上夏凉被。儿子的屋里有只蚊子,她伸了几下手都没打着,后来她撩开顶灯,找到了那可恶的家伙,一巴掌下去,粉白的墙上绽开一朵殷红的梅花。她想擦去那痕迹,一时却找不到合适的东西,只好静静地坐下来,看着儿子的睡容发呆。她看了好半天,忽然被儿子熟睡时的表情烫了一下——儿子熟睡时也是皱着眉的。

　　夜里,宋潜醒来,冲了杯咖啡,一鼓作气把作业写完了。他不知道时间,这倒更有利于他利用时间。白天他被疲倦打败了,现在却又神勇无比地杀了一个回马枪。他爱夜晚,夜晚能让他兴奋,让他灵感迸发,让他从命运的旋流中夺回自己。这是一场不间断的战斗,而我比睡梦中的人们多了这么多时间,这漆黑的夜就是一笔巨大的财富,就是我的武器和神力,我是夜的国王,可以自由支配这浩瀚的富有想象力的时间。

宋潜觉得自己此刻就像一位老到的拳师,在躲过了对手如雨的进攻后,开始猛烈地还击了。他把几本教科书摆出来,一本一本地复习,然后将笔记上的知识点画成思维导图。随着思维导图的绘制,知识点像路灯一盏一盏地亮起来,最终照彻整本书——这就完成了对夜的王国的唤醒,他想,没有什么比串联成体系的知识更具有强大威力的了,这一点,成了他行走学习江湖的利器。

他没想到,所有这一切都做完了天还没亮。有时候,夜是如此之长,它似乎怜悯他的辛苦,可怜他,想让他再去香甜的被窝里眯上一阵子,但他骄傲地拒绝了。他有比被窝更香甜的内容要想,他决定用天亮前的时间来好好想想袁老师和艾小溪。

他忆起艾小溪在诊所里,用她那沁凉的小手摸过他的额头,那抚摸因为他当时正处在迷糊当中不甚在意,几乎算是浪费了。现在他完全苏醒了,苏醒了记忆,也苏醒了那抚摸,那抚摸温润、灵活,像春潮发源于曙光,小鹿奔跃于梦境。他拥有了那样的抚摸,就如同拥有了幻想城堡的门卡,那是多么奇妙的感觉,而他居然浑浑噩噩地沉睡了半个夜晚,几乎要与之擦肩而过。

其实,艾小溪到底是个什么样的女孩,他一点儿也不清楚。他曾经简单地认为,她就是个疯妞,现在,他又多了一些认识,觉得这个疯妞也有单纯、可爱的一面,甚至有时候显现出他和培实都没有的智慧的眼光来。不过,他并不关心她是个什么样的人,他关心的是那种感觉,那种女性气质,温婉、柔和,还带点狡黠。令宋潜奇怪的是,明明艾小溪就是个疯妞,为什么给他的印象却越来越像个淑女?难道是她刻意在我面前装出来的吗?想到这,他心中不禁暖流阵阵。

很快,他的思想滑到了袁老师那里,进入袁老师的国度需要更丰富的想象力,这一点,他从不缺乏。他把袁老师的国度想象成草原、森林、雪山、大海,那里视野开阔,风光旖旎,但也正是因为那里的美和自由过于诱惑,反而给人一种不真实感。他提醒自己要多加小心,这里的风景可能有毒,这些美可能会被奇怪的欲望烧成灰烬。这种既想纵马驰奔,又恐跌入万丈深渊的心情令他茫然无措,最终他放弃了对虚幻世界的探索,开始思考一个具体的问题:为什么自己会对女性如此感兴趣?

其实,所有关于女性的知识一直禁闭在他的头脑中,诗歌、小说、黄段子、荤笑话、生理科学、影视镜头,早就如疾风暴雨般驰骋于他毫不设防的内心沃野。起初,他断然地将这一切归入荒淫、无耻、堕落之列,他给这些思想判了罪,投入了监狱,却无法将其消灭。可能是他的心慈手软给这些思想留下了死灰复燃的机会,一旦得到某种话语、动作、眉眼、嘴角、气息的暗示,这些不羁的想法就会猖狂地扑过来。后来,他且战且退,遁入一座胡思乱想的孤城,天马行空而又画地为牢。这时候,他开始给自己找各种借口。慢慢地,他发现那些思想也并非十恶不赦,它们以各种面目出现在生活中,有时候毁灭人,有时候也成就人,要想把握好这种思想完全是个技术活儿。生活中有很多重要的、非常需要技术指导的事情,课堂上老师反而不教,同学之间倒是相互为师的,当然,这种同辈间的学习,充满了各种离奇、悖谬的色彩。比如,性知识可能来源于游戏、开玩笑、打赌、冒险偷窥等,这样的知识是不成体系的、混乱的,甚至错误的,所以深受其害者不在少数。宋潜曾在网上论坛里看到一个家伙的留言,这人扬言要把自己的鸡鸡剪了,而且准备现场直播,宋潜吓坏了,他想,这个人一定是疯了。

当袁老师和艾小溪熟睡于她们各自的梦乡时,她们无从知晓这间朴素的男生卧室里发射的带电的思绪,她们不曾赠予这个男生任何财富,却使他一夜间成为精神的帝王。作为帝王,他的朝政就是嘉奖王国的两位臣民,将她们载入史册,用自己的生命和尊严捍卫她们的美丽、善良。他既然已经做了帝王,本可以任娶三妻四妾七十二嫔妃,但他却怀着神圣的信仰,阻止了其他女性的进入。现在对他来说,女性即专指袁老师和艾小溪,而且这两个人经过他反复的思念,早已合二为一,艾小溪就是袁老师,袁老师就是艾小溪。这种大胆的创想使他在黎明到来之前,终于登上自我意志的巅峰,以一个不朽的情种的身份迷迷糊糊地睡着了。

19

"嗨,那个问题,想到了吗?"宋潜走过艾小溪身旁的时候,冲她打了个招呼,并递过去一个他认为只有他们俩才能明白的眼神。他问得那么轻松,仿佛在帮一个不相干的人打听什么事。艾小溪眯起眼,微微一笑:"嗯哼,of course(当然)。"他问过后却变得沉重起来,因为艾小溪的眼神明确告诉他,有一件事情与他有关,而且旁涉他人——终于来了,他对自己说,我所担心的那条尾巴终于露出来了。我早就应该明白和艾小溪在一起没有这么简单。他收起自己的问题,悻悻地回到座位上,心想,开玩笑竟然开出一头汗,看来我的弦还是绷得太紧了,也许……艾小溪的眼神里什么都没有,我这纯粹是自己吓自己。

宋潜本来觉得有那个问题在手,自己是完全可以压得住艾小溪的,他不相信艾小溪能够回答那个问题,别说回答了,她根本就不可能说出那个问题,但现在艾小溪一副你不解释我也知道的表情令他迷惑了。没有人可以蔑视那个问题,除非他已经知道答案,宋潜不知道艾小溪到底属于哪种情况,她的真真假假形成一座宋潜捉摸不透的迷宫——迷宫的价值不在于漂亮，而在于令人迷惑。

平时，艾小溪并不和宋潜走得太近，也不和宋潜说很多话，但这并不代表她要冷落宋潜。他们之间的关系，艾小溪掌握着主动权，艾小溪想说话，他们就说话；艾小溪想热乎，他们就热乎。在这种关系中，宋潜像个踏不准节奏的士兵，怎么走也走不好，走不好还得努力走。

艾小溪和宋潜之间这种奇怪的关系引起了袁老师的注意，袁老师找宋潜谈话了。袁老师讲："宋潜，你应该珍惜自己的才华，不要让它荒废了。你和艾小溪是不是走得太近了？这会影响你们俩的学习。宋潜，你是个心里什么都明白的孩子，要注意抵抗诱惑，千万不能陷进去。"

宋潜问："老师，什么是诱惑？"

袁老师讲："诱惑是外界那些吸引人的东西，现在社会那么复杂，各种物质诱惑扑面而来，有时会让人难以招架。"

宋潜问："老师，艾小溪是物质诱惑吗？"

袁老师讲："艾小溪爱吃穿打扮，心思不在学习上，她跟你不一样，你不要受她的影响。"

宋潜问："老师，那我影响她可以吗？"

袁老师有些惊讶地看着宋潜，她忽然觉得宋潜变了不少，他变得不那么听话了。袁老师讲："宋潜，你要是能从正面影响艾小溪，那当然是好事。"

宋潜回答道："那好，老师，我争取做到。"

看着宋潜挺直的脊背，袁老师疑惑，这孩子到底想干什么？

从这天起，宋潜没事就在演草纸上画问号，画各种各样的问号，大的小的单个的成组的虚影的实心的墨黑的彩色的。他画的问号越来越艺术越来越好看，简直像电脑打印出的矢量图，他把这些问号递给艾小溪看，艾小溪也很喜欢。后来艾小溪把他给她的问号订成本，在问号的空白处或侧畔填写一些优美的诗句，比如"人生若只如初见""一寸相思一寸灰""半缘修道半缘君"之类的。宋潜不管艾小溪怎么对待他的问号，他只负责持续不断地生产问号，他画问号上瘾，一有空就画，画完了就递给艾小溪。艾小溪已经词穷了，他的问号却方兴未艾。宋潜能严格区分学习时间和休息时间，学习时间，他会全力以赴致力于钻研问题，休息时间则几乎全部用来画问号。画问号的时候，他也是聚精会神，一点儿都不开小差，他画出的问号，越来越摄人心魄，看的人仿佛真能从那里看到自己的问题似的。当他画到差不多一万个问号的时候，他的思想、身体和问号已经完全融为一体，终于，大家在他的演草纸上再也看不到问号，问号完全回到了心里。艾小溪这段时间辛苦地题诗也终于可以告一段落，她疲倦极了，趴在问号丛中诗句丛中睡了一觉，醒来后，她下定决心以后永远跟着宋潜走，宋潜让她往东去，她绝不向西行。

　　越来越多的同学加入了画问号的行列，宋潜这项个人爱好竟然带动了全班，形成了一时的风尚，仿佛画问号就走到了时代的前列，而不画问号的就会被历史无情地抛弃似的。袁老师一开始想阻止这股潮流，但办不到，因为连吴是也加入进来了，这成了民心所向，成了渴望自由的象征。按说吴是是宋潜的死对头，在宋潜最初画问号的时候，他还曾经将截获的宋、艾二人的诗配画交给袁老师,作为他们不好好学习的证据,强烈要求袁老师召开一次整顿学风的班会。但是后来不知怎么的,风向变了,他的态度来了个一百八十度大转弯。他的态度变化不是因为随大流——他不是个没主见、跟风的人——而是因为自从第三组获得全面胜利,他的吞并计划完成后,在这个班上、目前的状态下,他暂时失去了方向,不知还能做些什么,所以,带着这种疑问,他也加入了画问号的大军。

已经有好几个老师拿着他们缴获的大大小小的问号,来向袁老师告状了:"菲姐,你们班这是怎么啦?"

袁老师看看问号,看看他们:"怎么了?"

"怎么啦?一个班的孩子都在画问号,你再不管,咱们班可真就成个问题班了。"老师们异口同声,群情激愤。

"那么,成绩下滑了吗?"袁老师看看问号,再看看他们。

"这倒还没看出来。"

"有多少人上课画?"

"总有五六个吧。"

"好,我会召开班会,及时解决这个问题。"

袁老师要拿问题开刀的消息迅速传遍全班,不少人已经收起了他们的作画工具,把问号扔进垃圾箱,准备告别画家生涯。另一些人还在观望,盼着事情会有转机,他们实在舍不得那些自己辛勤画出的问号,那问号凝聚着他们思考的汗水、内心的祈望和苦闷的慰藉,那是他们十几年来少有的个人精神产品,是坟头的春花,是透进铁窗的阳光,是茫茫沙漠的一眼深泉。他们舍不得丢弃,舍不得放下,让他们离开问号,也就斩断了他们思想的藤蔓,拔去了他们希望的幼苗,焚烧了他们灵魂的蜃景。以前他们从未感受到自我那样强烈地存在着,自从他们画了问号,才觉得自己从墓穴中直起了身子,透过缝隙射来的追求真理的阳光,让他们第一次觉得自己是个主人,虽在墓穴里,跳动的却是自己的心脏,没有人可以代替自己活,没有人可以替自己幸福或悲伤。现在,如果袁老师要夺走这一切,他们不能答应,决不能答应!

班会就在这种气氛中召开了。这是一个普普通通的班会,没有请家长,没有请校长,也没有外班老师观摩。袁老师讲:"关起门来,这是我们自己的事情,同学们,我们是一家人,家里的事情大家一起商量,怎么做更合适?我想先听听大家的意见。"

同学们心里憋着很多话,可此刻却都沉默了,让我们讲?我们怎么讲?我们讲什么?我们除了好好学习,空余时间画画问号,还能怎么样?学校除了吃饭、上厕所,还给了我们什么自由?我们就只是辛苦地学习,前方也许有一所更好的学校等着我们,也许什么都没有——只有辛苦,只有拼命,只有考好了还要再好、更好,没有别的。这样讲行吗?这只是一种埋怨,并不能解决实际问题,袁老师怎么能认可?

袁老师站在讲台上,如同一个长途跋涉的旅人面对浩瀚的沙漠,她的身体形成一道冰冷的阴影,顺着桌椅的缝隙流淌下来,渗透到每一粒沙中。沙漠似的教室,沙粒似的学生,这已经是很久的事情了,居然从不被觉察。袁老师觉得自己的身体干涸了,她像最后一茎枯草,紧紧地抓住地面,不由自主地颤抖着。

是谁制造了这沙漠？她不敢推卸自己的责任，所有原因中一定有她的一份，而且很有可能是最大最直接的那一部分，但她又是那么无辜，她一直想把这个班建设成幸福的乐园来着。她掠过重重叠叠的复习资料和学生的发梢看过去，教室的角角落落摆满了花盆，有铁线蕨、常春藤、绿萝、金边兰，连门背后放笤帚的地方也挤着几盆仙人掌、文竹。西北角的书柜里整整齐齐地排列着同学们捐来的书籍，虽然很少有人去翻看，但那些家喻户晓的书名还是日日温暖人心。前面，黑板两侧综合素质量化表、作业收交情况统计表、各科背诵进度表、卫生值日安排表，哪一样不凝聚着她的心血？墙上的标语无声地呐喊着，像一个永远不知疲倦的朋友，那么关切，那么催人奋进。可是，这一切在问号的追迫下却显得苍白如纸柔弱无力。到底是哪里出了问题？袁老师觉得让她心塞的正是这一问，是自己的问题问住了自己。她也深陷在问题里，只不过没有画成问号罢了。那么，这样就能容许孩子们的问号继续存在下去吗？这么多的问号如风般卷来，沙漠早晚会吞噬家园，到那时，一切就不可挽回了。

猛地，她想起宋潜一直要问的那个问题，她没有好好回答出来，是的，那个问题一定还在宋潜心里。她将目光移向宋潜，那一刻，宋潜也正谨慎地将目光移向她，二人的目光撞在了一起。袁老师从宋潜的目光里看到了一束微小的火花，那双眼睛有天真，有胆怯，更多的是一种与年龄极不相符的冷静与沉着。也许他能像从天而降的小王子一样，打破眼前的寂静，拯救这间教室，毕竟，第一个问号是他画出来的。

问号，在他那里，有没有可能开垦出一片绿洲呢？

20

宋潜的目光与袁老师相遇的那一刻，他几乎从袁老师的眼睛里看到了自己，他整个人都亮了。他的眼睛里闪耀着惊喜的光芒，因为他发现问号在袁老师那里得到了回应，袁老师以一种难以理解的神奇力量触及了他的问题。现在，他恍然明白了一点，问题也许不必说出，它可以凭着心灵相通的方式传递过去，这样的效果恐怕比说出来更好呢。问题叮叮咚咚跳进袁老师的心里，又哗啦哗啦地流淌出来，奔向宋潜。这种心灵的沟通太神奇了，它瞬间滋润了大地，染绿了原野，击溃了沙漠的进攻。

宋潜站起来，有些兴奋地说："老师，我想到了，我想到了……"

但他停了下来，忽然觉得自己想要说的那句话可能不合适，该怎么说呢？

"宋潜，你想到了什么？慢慢说。"袁老师的目光也闪亮起来。

"我，我想说，咱们班就像是一个问题班……"

他这句话一出口，全班立刻炸开了锅："什么，咱们班是问题班？宋潜，你有病吧？我看是你有问题吧？""宋潜这话不是往咱班脸上扣屎盆子吗？宋潜，你吃错药了？""就是，要是咱们班都算问题班，那全校所有班都有问题，全都是问题班，干脆把学校关了算了。""我们怎么就有问题了？有问题的不是我们，是学校，是社会，好不好？我们一个个可怜巴巴的学生，除了把牢底坐穿，还能做什么？""宋潜，你歇会儿吧，不会发言别瞎发言，当心把你抓到政教处去当反面典型。"

宋潜环顾一下大家，眼神里并没有紧张与慌乱，看来他早已料到自己的话会掀起一番波澜，但他显然是有备而来的，接着他就仔仔细细地向大家解释起来："同学们，我之所以说咱们班是个问题班，原因是这样的，现在咱们班很多同学都迷上了画问号——当然，这个事是我起的头，但我不觉得这是个坏事，我只是奇怪，为什么一个小小的问号能够这么吸引大家，引起全班的热潮。我想，大家都看到了这已经成为咱们班的一大特色，一道与众不同的风景线，老师们为此头疼，袁老师为此坐卧不安，他们都想尽快解决这个问题，让咱们班回到正轨上来。但是，同学们有没有想过，你那么喜欢画问号，是不是觉得心里真的有好多问题得不到答案？是吧？是，就对了，因为我们的很多问题不是哪个老师哪一堂课能解决的，它们都是很大的问题，也许需要我们一直想下去，想好多年，想到我们长大成人。我觉得有问题想是件好事，这说明我们在思考，在成长，所以，我说咱们班是个问题班，意思就是咱们班是个爱思考问题的班，这个解释大家赞成不赞成？"宋潜看到很多同学都默默地点头了，他又接着讲，"我倒有个建议,咱们班能不能以问题为特色,挂一个'问题班'的班牌,然后,再安放一个问题箱,或者建立一个问题征集小组,专门负责把每个同学的问题都收集起来,是学科问题的就交给各科老师解答,是心理问题的,就交给学校心理咨询老师解答,还有一些不好区分也不好回答的,咱们就自己通过班会来解答,实在解答不了,就把问题封存起来,放到将来毕业了,也许十年二十年之后,再来解答……"宋潜一口气说了这么多,他已经激动得说不下去了。的确,从小到大,他从来没有在众人面前说过这么多话,何况,这番话说得多深刻,多畅快,真像是下了一场透雨。雨后,宋潜无比的轻松,仿佛看见狭小的教室里升起了一道美丽的彩虹。

这番话打动宋潜自己的同时,也深深地打动了全班同学,大家都无比服气,原来对宋潜抱有成见的同学,也用异样的眼光看着宋潜,觉得在他那阴郁的外表下有一束热烈的阳光透射出来,夺人心魄,启人心扉。袁老师也是无比的激动,她想,宋潜这孩子果然不负众望,他真是潜得太深了,一亮相,真如出水的蛟龙一样,假以时日,这孩子前途不可限量!她的目光久久地停留在宋潜身上,全班热烈的掌声一浪高过一浪。掌声与目光汇成的海洋一举漫过沙丘,漫过消沉,漫过戾气与偏见,漫过自私与冷漠,在它上面,一个个问题学生驾起方舟,乘风破浪而行。

在接下来的几天里,各位任课老师都惊讶地发现,他们走进了一个真正的问题班:

班牌上有"问题班"三个烫金大字,走进教室,看到班训:与柏拉图为友,与亚里士多德为友,更与问题为友。教室的侧墙上用 PVC 板(真空吸塑膜)制作的大型问号构成一块"问题园地",里面分科设置了问题箱。一下课,同学们争相拥到老师身边来,一个接一个地问问题。

　　没有人画问号了,问号变成了问题,雪片般飞进问题箱,问题箱里挤满了各式各样的问题。一打开,问题就像皑皑白雪般铺满了地面。任课老师在雪中行走,袁老师在雪中行走,连校长也卷进了这场暴雪。同学们对问题的兴趣是空前的,同时,问题所造成的雪灾也是空前的,问题以雪崩的速度迅速席卷全班,漫向全校。当其他班知道这个"问题班"的真正意义时,同学们都坐不住了,什么都可以问,那好吧,我们的问题多着呢,于是无数的问题飞向老师,飞向校长,甚至飞向家长,飞向社会。问题五花八门,知识的,情感的,私人的,社会的,善意的,恶意的,没有规格,没有边界。任何试图回答问题的想法都是幼稚的,因为回答问题的速度远远赶不上提出问题的速度,由纷飞的问题所构筑的雪国,是一个无法用现实力量打败的奇异国度。有人想起了网络上的各种搜索引擎,他们说那些引擎后面潜伏着无数的大神,足够解决一切问题。但这种说法也是站不住脚的,反对的同学说,深究起来,没有任何一个问题,网络能够彻底解决——彻底解决问题只是一种假象,一个空想,问题会一直出现,它们会在被解决的问题背后偷偷繁衍,成几何倍数增长。问题这场雪一旦下起来就将无休无止,一千年一万年也不会到头——除非停止问问题,否则无法将问题停止。

　　袁老师看着问题发呆,校长看着问题发火,宋潜看着问题,他已经不认识这些问题，这些问题就像是别人梦中的幻景，他既不熟悉也不理解。他发现自己并不聪明，问题的神力远远大过他的想象，他在问题的雪地里坐下来，雪在燃烧，在阳光下灼灼地燃烧。

21

　　袁老师已经偃旗息鼓了，其他班也刀枪入库马放南山，校长召开紧急会议，不许任何人再提任何问题，哪个班有一个学生提问题，直接取消这个班的期末评先资格。校长讲："猛药去疴，刮骨疗毒"，各个班主任严防死守，昼夜轮流值班，看哪个胆大妄为的家伙还敢顶风作案？校长说，我校一向校风纯正学风浓厚，这一次不知中了什么邪，竟然掀起这么大的一股"问题风"，提问题的人本身就有问题，他决定"重典治乱"，特予学生宋潜记过处分一次，理由是"扰乱校风，混淆是非"。勒令袁心菲老师停职反省，记重大教育教学事故一次，让她务必做出深刻检查，这次对学生的纵容是无知而大胆的，也是极其可怕的，广大教师、学生都应引以为戒。

　　校长亲自处理完此事后，坐在他塔楼顶层那间神秘的办公室里，沏了一杯茶，缓缓地呷一口，兀自心惊后怕，幸亏我火眼金睛明察秋毫处理及时，否则，乖乖呢，后果不堪设想。此事非同小可，实是我任职以来甚至从教以来头等危险之事，以后还得提高警惕啊。他这样一想，就准备给邻校的老伙计贾校长打个电话，他要约老贾出来喝个小酒压惊，但是，电话都拨通了，他又犹豫地挂断了，不行，这种事不能让老贾知道，否则是要出问题的。他走到镜子前，捋了捋仅有的几根头发，在心里赞叹自己的英明果断。

袁老师停职反省了，停几天不知道，班里传着各种小道消息。有人说要换班主任，有人说就是让邻班的辜老师顺带着招呼一下，咱们班本来就挺规矩的，没那么些事。当然，马上就有嘴快的补上一句："还没事呢，就差惊动党中央、国务院了。""咋呼啥，不就一个宋潜吗，校长已经把宋潜处分了，看谁还敢蹦跶？"

各种声音像药瓶里的药片一样碰来碰去。

"哎，你别说，宋潜这小子还真有点儿本事，可惜就是心术不正，可惜了！"

"我当初就说这小子出的都是馊主意，你们不听，还一个劲拥护他，搞个什么"问题班"，看现在……"

"装什么装，你个马后炮，当初你不比我们叫得欢？"

…………

宋潜坐在自己的座位上，安安静静，像个没事人一样。他又回到了自己的世界，他在心里嘲笑自己，你怎么会想到让大家来问问题，你可真够可以的。问题终归是自己的问题，自始至终没有人能替你顶过这问题。他就那样坐在众人之中，贸然看去，什么都没有改变，听课、做作业、交作业、上厕所，一项一项挨着来，不慌不忙，不紧不慢。在那平静的生活中也会偶有几朵玩笑的浪花泛起,也会有新旧知识碰撞时带来的心照不宣的微笑,也会趁老师不注意把脚跷得老高,只为让筋骨更舒展些——这就是生活,重新认识生活,才知道这种平静也是宝贵的财富,自己应该珍惜这种生活,再不要异想天开。

天出奇地闷热,教室里却寒气刺骨,原来宋潜正坐在空调出风口上,沿着教室东北至西南方向的对角线位置成了寒带地区。前面的几位同学要么用准备好的夹克套住前胸,要么用堆叠的书墙挡住手脸,有的已经把头低到了桌面上,老师看着大家这副可怜样,就去拨空调的叶片,同学们又摆手又摇头:"没用的没用的,坏了,早就坏了。"老师奇怪:"为什么不修呢?""修了,又坏了,后来就不来修了。"老师也摇摇头:"那可真是苦了这些地区的孩子们了。"他指指那条对角线。

宋潜反套着校服,缩着脖子,眼睛在校服衣领上骨碌碌滑动,活像一只小鼹鼠。自从新班主任进教室,宋潜一直想笑,他觉得自己好像已经不是这个班的学生了,完全是以一个局外人的身份坐在这里,只这一点,就足够滑稽的了。他现在想起"问题班"的闹剧,仿佛是一场梦,开始得那么突然,结束得那么快,根本来不及去反思,一切都是瞬息,回忆起来渺若云烟。他心里失去了好多,又说不出到底失去了什么,最清醒的现实是,他失去了袁老师,失去了思念的对象,失去了童话的女主角,失去了接近异性的理由。眼前的世界惺惺作态、卑俗不堪、味同嚼蜡。这一次,他不想把所有过错再记在自己的头上,导致袁老师停职的原因是多方面的,他宋潜还不足以对袁老师的命运形成决定性的影响。他也不再像以往那样轻易地感到悲哀,因为悲哀是献给不可改变的命运的，而袁老师的停职只是暂时的乌云。他在内心变得坚强起来，他把平静地面对一切当作给袁老师最好的送别礼物。已经失去的无法挽回，他能够做的就是沉潜到学习的深处，在地穴里挖掘阳光。

22

　　新班主任叫辜步优,辜老师有黑黑的脸庞和矮而粗壮的身材,说起话来中气十足。他说话的特点是,说一句就重重地叹一口气,仿佛他很不想说那些话但又不得不说。他说完话后,身体里的废气得到了有效的排放,于是很舒服地喘两下,余兴未尽的样子。听他说话的人会有种吃进了气体的充实感,但由于是气体的缘故,很容易从各个渠道泄露出去。这样一来,辜老师只好再次重申他说过的那些话,气体又会再次填进听话者的耳朵——整个过程如同给车胎充气,一下一下很努力地将其充满。

　　看得出来,辜老师非常热爱他的工作,虽是身兼两个班的班主任,从早上7点一直忙到晚上9点,他却始终精神饱满,始终有足够的气体排放。辜老师有个十分神奇的黑色皮包,总是随身携带着,里面装着各式各样的规章制度,他每天到教室的第一件事就是从皮包里取出一份规章制度,交给吴是,让他贴出来。吴是把规章制度贴上墙后,问辜老师端正不,辜老师摆摆手,吴是以为不端正,又移了移位置,问辜老师这下端正了吧,辜老师很不高兴地说,摆手的意思就是以后这种小事不要问他。吴是把规章制度贴好,习惯性地多了句嘴,他建议老师最好先向同学们宣读一下,这样大家会更重视些,辜老师又很不高兴地摆了摆手,吴是就不说什么了,拍了拍手,下去了。

随着规章制度上墙,辜老师亟待组长来检查、督促各项制度的落实情况,了解到全班只有一个组长,他重重地吐了口气:"胡闹,简直是胡闹!"然后,他抬起略显浮肿的眼皮,迅速扫视了一下全班,伸出手指立刻就指定了所有组长。关于规章制度,他讲的不多,只说了一句:"我们看执行情况,我要的是落实。"

培实对宋潜说:"你看看,还是人家辜老师有办法,只用了一半的劲,轻轻松松就把咱们班给治得服服帖帖的。"宋潜斜睨了他一眼:"怎么,你不嫌憋得慌?"培实不以为然:"憋什么? 像以前袁老师那样过分自由才危险,感觉人人都在火山口上坐着,一点儿安全感都没有。"

宋潜面无表情,心想自己已经是从火山口喷出来的人,还有什么好说的。

培实高高兴兴回去做题了,宋潜低下头来数数今天要做的卷子,一共有9套,他已经完成了6套,此刻他的心倒真的很宁静。

这就是辜步优的时代,一个宁静的时代、一个气沉丹田的时代。几天前还问题满天飞的班级一下子变得没有任何问题了,老师们一致反映说,这个班现在是全年级最安静的班级。这消息也传到了校长耳朵里,出于好奇,他很想了解一下真实的情况,于是抽空爬到五楼上,隔着后门玻璃偷窥了许久,终于伸出大拇指点点头,心说,好样的,这下我放心了。

　　不过,世上的事都不是绝对的,再安静的班级也会有几个不安静分子,艾小溪就是其中之一。艾小溪非常不喜欢辜老师,她觉得这个中年男人不修边幅毫无情调,从本质上讲,可能是个禁欲主义者。让这样的人当班主任,难不成想把问题班转型为和尚班、尼姑班?艾小溪一方面希望自己能和大家一样,不那么招人注意,另一方面又无法控制内心的冲动,她有一股执拗的劲,想和自己较量较量。她伸出手来戳宋潜的后背,发现宋潜居然不理她,这可让她气不打一处来,怎么,你也想当和尚啦?想当和尚可没那么容易!她把手收回来,换了圆规尖,往宋潜背上轻轻一点,宋潜叫了一声,全班都听见了。活该宋潜倒霉,辜老师正好从作业堆里抬起头,看到这一幕,他愤怒地指指墙上的规章制度,又指指宋潜他们那组的组长云一天,还需要说什么吗?简直目无王法!云一天站起来,冲宋潜做个手势,宋潜就乖乖地跟着他往教室外面走,很明显,这是要去罚跑步。艾小溪不干了,她站起来,大声证明是自己戳了宋潜,她希望那个不修边幅的中年男人能给自己一个"殉情"的机会。辜老师看看她,似乎犹豫了一下,然后点点头,咽了一大口唾沫说:"那好,你也出去吧。"

　　宋潜来到操场上就自觉地跑起来,而且越跑越快,好像跟谁生气似的,害得艾小溪跟在后面一个劲儿猛追,她一边追一边喊:"宋潜,你个傻子,跑那么快干吗?装装样子就行了……你听见没?快停下来……宋潜,你想死啊!"她的声音离宋潜越来越远,仿佛是从另一个世界传过来的。

　　云一天早已不知去哪儿凉快了,操场上只剩下宋潜和小溪两人。宋潜想象自己有无穷的力量,可以一直跑下去,跑到天荒地老。刚开始,他的腿和思想还保持着一致,那柔韧的弹性在筋骨与肌肉间歌唱着,把快乐传遍周身,然而短暂的忘情过后,他的胸腔就感受到了巨大的挤压,嗓子干痒冒火,小腿僵硬得像浇注了水泥的桩子。他越努力地摆动双臂,就越是衬托出两腿的无能,他不甘心在艾小溪面前露出这种孱弱,继续咬牙坚持着,但这只是一种可怜的姿态,一种自我欺骗。为了不在艾小溪面前更加失态,他不得不放慢速度,最终停在了小溪面前。

"跑啊,接着跑啊,你咋不跑啦!"艾小溪终于逮着出气的机会,"看你那熊样,想躲着我是吧?我会吃了你吗?"

宋潜喘气无语。

操场边绿色的夜灯照着他俩,周围世界都躲藏在黑暗里。两个人,一立一弓,像是站在一个浩大的舞台中央,没有观众,世界是那么静默,他俩的谈话开始转为窃窃私语,要走近了才能听得见。

"为什么躲着我?你别不吭气,躲着我不会有好结果的。"

"我已经挨处分了,还不够吗?"

"挨处分咋啦?有本事开除,我就不怕。"艾小溪毫不介意,用她细细的脚尖在跑道上画了一个圆圈。

"那不是你,你当然不怕。这回是学校不想造成更大的影响,才没在全校大会上宣布对我的处分,否则……"

"否则怎么啦?宣布就宣布,我觉得这错根本就不在你,大家谁心里没问题,不过没有勇气提出来罢了。你帮他们提出来了,反倒错了,最后还要替他们背黑锅、挨处分,这世界真是不公道……哼,他们一个个都是缩头乌龟,袁老师开放问问题那阵,你看他们能的,现在风向一变,这帮龟孙连话都不跟你说了。宋潜,你不觉得憋屈吗？还好你有我,我是不会背叛你离开你的,我在这个学校最敬佩的人就是你!"

23

　　小溪的一番话激起了宋潜内心无限的波澜，他真想好好和小溪说说心里话，可是现在马上就要上楼去，他根本没有时间打开话匣子。他试着正眼去看看眼前这个敢爱敢恨、勇气十足的女孩，在黑暗中，他看不清她的脸，但能强烈地感受到她的存在。他努力想把她看得更真切些，却冷不防迎来了她滚热的嘴唇。这是一个吻。宋潜在小溪的突然袭击下呆住了，他一动不动，身体被小溪紧紧搂抱过后，成了一尊雕塑。那个吻是湿的，像一滴雨水打落在脸上，没有来处也没有去处，瞬间融化了。好大的胆！他心惊得差点晕倒。有一句话仿佛他早就打好了草稿，在那里预留着，现在一下子从心里涌了出来："世上哪有这么好的人？对我，就对我一个人！"他自己也不明白这句话意味着什么，这是他想说的，这句话相当于一个心灵的副本。他沉浸在那个吻里，不知道自己在想些什么说些什么，唯一知道的就是快扶着小溪，别让她摔倒，他以为她也会晕得不省人事。在这个时候，男孩应该成为一座靠山，或许还应该说些更得体的话，毕竟是受到了这么大的恩宠。他的手一松,她跑掉了。

宋潜站在操场上,哪儿也不想去,热汗化作冷汗顺着面颊淌下来,他整个人是空的,像一朵高山顶上的帐篷。现在再也不用躲避小溪了,不仅如此,他还应该大胆地向她问出心中的问题,这是关键,只有问题才是真正可怕的,也只有问题才能真正救活自己。命悬一线,命悬一线!不是悬在辜老师手里,也不是悬在校长手里,而是悬在问题的手里。问题就是上帝,我要和上帝一决雌雄!我和小溪已经成了一个人,这就好办了,两个人的力量总要强大些。可是,我们不能大摇大摆地出现在众人面前,绝不可以。那么,要怎么办呢?他慢吞吞地穿过操场,准备去洗手池洗把脸,这时,云一天冷不丁从黑暗中冒出来,幽幽地提醒道:"别洗啊,上楼老师要检查汗水哦。"云一天,还有这么个云一天,他刚才在干吗?My god(上帝)!我死了!

宋潜带着一身冷汗回到教室,因为抱定了必死的信念,进教室门的那一刻,他的血液都凝固了,然而,一切照常,什么也没有发生。辜老师只若有所思地斜睨了他一眼,又俯身继续挥动他那粗壮有力的胳膊批改试卷了。厚厚的一沓试卷,他像扒拉面条一样上上下下,呼噜呼噜地翻动着。他的每个动作都显得那么惊心动魄、气吞山河。宋潜看着辜老师,揣测着他的臂力、腕力,甚至估算着他那肥厚的臀部在凳子上所形成的单位面积压强。随着辜老师气息的变化,宋潜预感到卷子即将批改完毕,话语已经开始在辜老师的咽喉部位集结——不少同学也敏感地抬起头来,准备迎接一场非比寻常的暴风雨的洗礼。

悲愤的表情在辜老师脸上颤动,深陷的皱纹里埋藏着痛苦的乌云。

"卷子改完了,结果你们想想……"他顿了一下,长叹一声,"差! 太差! 只有更差,没有最差! 懂我的意思吗? 你们怎么那么有本事,总是能够毫不费力地摧毁我的心理防线。我算是看明白了,无论我怎么降低标准,你们都有本事把这个标准再往下压,你们喜欢地板,不喜欢天花板,是吧? 地板下面是什么? 不错,是四楼,四楼下面还有三楼,你们打穿了所有的地板,还可以去地底下,地底下还有十八层地狱等着你们呢!"他悲愤的表情像河流遇到暴雨后那回旋着的一个个可怕的漩涡,漩涡方向不定,左右漂移,挟带污泥浊沙滚滚奔流。"真不知道你们每天起早贪黑的,都在干什么! 你们的脑袋是用来学知识的还是用来当摆设的? 悲哀呀,你们的父母要是知道你们在学校这样浪费生命,他们恐怕连想死的心都有了……"

宋潜听出这是一套激将的话语,辜老师说话带有很强的表演性,该突出的都突出了,有的地方还故意说得很过分,为的是在听者耳朵里留下一个更深的创口——总有人会在意并且不断舔舐自己的创口的。宋潜听着这些话,觉得很熟悉,成年人大多擅长此类,妈妈就算一个,虽词句不如此精准有力,但风格都一样。这些话初听让人难受,久而久之就成了一种赏鉴品,你可以从中听出男人和女人的区别,文化人与粗人的不同,你还可以为其中某个精妙的用词或比喻击节赞叹。当然这一切只能在内心默默进行,你不能中途打断老师的表演,那样是不礼貌的,也是有害于老师身体的——如果老师不能合理纾解情绪,那么他将会生气、生病,离开大家,那将是所有人的损失。所以,在老师表演的时候,每个人都装出扪心自问彻骨悔恨的样子,这样的配合才能使整间教室成为一个和谐的家园、一个灵魂升华的舞台。宋潜很配合地低着头,在心里寻找着与之相符的悲哀。他把悲哀像花圈一样挂在胸前,丰富、沉重、灿烂的花圈,使他像极了一个死去的灵魂。看,灵魂虽死,人却能自由地胡思乱想。当他真正悲哀时却无人问津,一群人集体悲哀起来,他倒乐在其中了。他用虔诚的表情作掩护,在桌斗下面没心没肺地玩手指游戏,直到辜老师一番疾风暴雨倾泻完毕,他抬起头,像顽皮的孩子跳到积水未退的大街上一样,想看点儿什么新奇景象,结果他看到了辜老师犀利的眼神。这一看,他才明白暴雨并未过境,不过是暂时间歇,紧接着还有一场。这是老天惯用的手法,他却忘了。他猛然想起什么似的,回头去看艾小溪,小溪不在座位上,她远远地站在后墙黑板前,像个革命烈士,大义凛然神情平静。

宋潜似乎明白什么了,他扭了扭屁股,趁课代表发卷子的空俯身紧紧鞋带。直起身来时,他已经看到辜老师在冲他招手了。他低着头,顺从地走出教室。紧接着他又听到辜老师点艾小溪的名,于是一切与预感终于吻合,该来的都来了:走廊就是刑场,他和艾小溪将站在辜老师目光灼灼的绞架下,罪行是什么?他还抱着自己都难以相信的侥幸。

一声霹雳,辜老师那厚实的声音直压下来:"怎么?这就谈上啦?"

宋潜和艾小溪顿时哑口无言。

24

辜老师是怎么知道的？第六感？云一天汇报了？小溪露马脚了？

"好，谈上了好！有本事啊，比我有本事，我到 20 岁还没拉过女生的手呢，不是不想拉哦，是不敢，胆子没你大，"辜老师摩挲着胡子楂，盯着宋潜，一句一句慢慢发力，"你就不一样啰，手段一流啊，说说，怎么搞上的？我咋就一点儿都没看出来呢？"

辜老师是怎么知道的？他的第六感这么强大？小溪一来就站到后面，那就对了，一定是小溪的表情泄露了。泄露就泄露吧，让全世界都知道又怎样？辜老师没有愤怒，他要是愤怒就好了，他的愤怒恰恰可以做我的良药，不过，也许刚刚的那场暴雨正是为此而下的，他已经释放了，现在可以从容地面对我们了。

"你不准备说点儿什么？就这么闷着？做都做了，不分享点儿感受？"辜老师的脸已经凑到了宋潜跟前，他那中年男人的口腔异味令宋潜忍不住后退，辜老师可不放过他，"怎么，不想跟我这个老家伙说话？好，我成全你们，去跟你们爸妈说，我同意你们,啊,那个,结婚,对,只要你们的爸妈没意见,赶紧结婚、生孩子,我承包你们的喜事、喜酒,嘿嘿。"

宋潜、艾小溪哭了,他们必须按情节要求去表演,否则这出戏不会结束。宋潜控制住自己,不要表演过头,毕竟,谁都讨厌虚假的表演,辜老师更不会喜欢,他是一个直来直去的人,他一定希望看到他俩发自肺腑的痛哭。

"哭什么啊?喜事啊,怎么哭了?"辜老师毫不留情,步步紧逼,"来,现在就给我来个拥抱,跟平常那样,真真地,快,麻利点儿!宋潜,咋扭扭捏捏的,这可不像个男子汉,拿出你那个不要脸的劲来!"

辜老师要求他的演员们更入戏,宋潜觉得表演难度好大,但也不是不能表演,在内心那逼人问题的威胁下,辜老师的要求毕竟渺小,并不可怕。

"好,都给我滚回去,叫你们的父母来,来给我讲讲是怎么教会你们谈恋爱的。明天一早你们的父母……"辜老师终于腻了,他下意识地摸了一把脸,用力地说,"全都给我过来,把这事彻底说清楚,做一个了结。"

这句话算是宣告表演暂时结束。这是一场费劲的表演,对双方都是巨大的消耗,因为虽说是表演,但它其实是真的,在表演中,宋潜真的流泪了,表演结束后,他感到心在流血。这一切已成事实:秘密真的被揭穿,感情真的被伤害,父母真的要被告知子女在恋爱——鬼知道这算不算恋爱!

他作为一个旁观者,观看了自己的表演,他对辜老师和自己都恨不起来,对小溪更是满怀爱意,这件事里谁都没错。他像一个深刻的批评者,只评价事不评价人,他甚至愿意和任何一个人共览这场表演,欢迎他们提出意见、建议。他无法将戏演得更好,因为这出戏本来如此,这是真的,真的就意味着无法修改,无法弥补,无法做得更好。

他想,如果用一张海报来宣传这出戏,那上面应该写着:"绝情法海棒打鸳鸯,苦命孤儿泣血歌唱。"他没有歌唱,但他愿意想象自己在歌唱,还有什么比歌唱更动情,比泣血更催人泪下的呢?他不是孤儿胜似孤儿,谁能为他流浪的心灵建造一个家园?他为这张虚拟的海报而感动,为另一个自己而悲伤、骄傲。

宋潜从悲伤中醒来的时候,已经一个人走在回家的路上了。没有谁比辜老师更可耻,这个想法突然冒出来。一个大人怎么可以这样对孩子说话?那些肮脏的讽刺仿佛现在才让他感到疼痛,任他的心有多么麻木,也无法忽视这种疼痛。让爸爸妈妈知道这件事,好啊,那就知道吧,就算都知道了又怎样?就算父母不堪羞辱,把我杀了,那又怎样?我的思想改变了吗?这种方式让我明白什么了吗?如果什么都没明白,那么即使我死了,也会永生的,因为我将死不瞑目!

"宋潜,宋潜。"好朋友李培实一边招呼着一边从身后追上来。

"别在意,没有过不去的坎儿,"培实对好朋友说,"不行的话,我和你一起去你家,让我来跟叔叔阿姨说,你和小溪根本就没那回事儿。"

"那回事儿,哪回事儿呀?"宋潜忽然愤怒地盯着好朋友,但他马上清醒过来,低下头仿佛是对自己说,"不是没事儿,我和小溪……真的那个了。"

"哪个了？你俩哪个了？"培实差点儿笑出声来，他觉得自己的朋友太直率，直率得没有智商了，"别逗了，你俩不就是玩玩。"

"我不是玩的，我是认真的！"宋潜提高了嗓门，一定要培实明白似的。

"好，好，你是认真的，那，那接下来你准备怎么办？你说呀，接下来怎么办？"

"我就照实跟我爸妈讲，有一说一，有二说二。"

"宋潜，不会吧？这种事你也实话实说？"培实把嘴巴张得大大的，他真有点儿不能理解这个最好的朋友了，难道他就不怕死？

"我不能欺骗小溪。"

"这都哪儿跟哪儿啊，你是想让你爸妈认儿媳妇是吧？你这叫早恋，懂不懂？"

"我不懂，我什么都不懂，你就别烦我了……我现在感觉自己对不起小溪。"

"好吧，那你就去对艾小溪讲。你的事我可管不了。"培实两手一摊，无话可说了。两个少年继续沉默地向前走着，培实正准备找点儿什么别的话题，忽然，他看见前面饭店门口迎面过来一个人，他立刻警惕地握紧了拳头，原来那人正是培实曾经给宋潜提到的飞鱼。

飞鱼穿着短裤背心，手里拎一瓶啤酒，歪歪斜斜地走过来。

"你两个小蛋子儿在这儿弄啥？来来来，他妈的跟我去那边坐坐。"

"我们要是不去呢?"培实捋捋袖子,毫不示弱。

"嗬,这儿还真有个不怕死的!"飞鱼上来伸手薅住培实的 T 恤,他足足比培实高出一头,两只粗壮的胳膊上刺着一对凶神恶煞的怪兽。

这时候,旁边又过来几个流里流气的小痞子,一群人把宋潜他们俩围在中间。宋潜倒是不慌不忙地冲着飞鱼说:"把我朋友放开。"

"放开,凭啥?"飞鱼咧着嘴冷笑,"哦,你准备向我跪地求饶,是吧?"

"这事跟我朋友没关系,有什么你冲我来。"

"嗯,小子,看不出你还有点儿种。"飞鱼一把将培实推开。

"我知道你为什么找我……"宋潜惊讶于自己的勇气,仿佛这一切仍然是剧情,冥冥中早就有人编写好了,现在不过是一幕幕地演出来。接下来会怎么样?他似乎知道,又似乎不知道,剧本在上帝那儿,我们都看不到。总之,不迈出第一步就没有第二步,而这第一步好像也不是自己说了算的,他就算什么都不想,也会凭本能跟飞鱼周旋下去,大不了挨一顿揍,有种你就打死我,死了就省事了,一了百了!

25

"他妈那个×,你个小蛋子儿,你知道啥,俺哥儿几个早就想收拾你了!"飞鱼劈头就给了宋潜一巴掌,然后对着那几个狐朋狗友讲,"这蛋子儿敢抢我的女朋友,恁说他是不是活腻味了?"

宋潜听到这儿,在心里把飞鱼和小溪的形象放在一起,忽然感觉非常荒唐,他低着头忍不住默默好笑。这一来大大地激怒了飞鱼,他一脚端在宋潜肚子上,宋潜哑声倒地。

后面几个小痞子有人在探头,但没有人过来阻止。一个推自行车的男人为了避让将车推到了贴屏保的地摊上,他慌慌张张地跨上车溜走的时候,还不忘回头朝这边张望。

"艾小溪!"培实忽然高喊一声,众人顺着他的喊声瞧去,果然,小溪背着书包郁郁寡欢地走过来。这个原本铁桶般的圈子随着小溪的到来立即散开,随后又重新以小溪为中心,围成了个新的铁桶。

"小溪,你来了。"飞鱼松开宋潜,从一个小痞子手里抢过衬衣穿上,"我们,我跟宋潜,嗯,还有那个谁,呃,你叫啥?我们在一起……"

小溪诧异地看着这一群人,这里竟然还有宋潜!

"干什么,你们要干什么?"小溪一张嘴,整个场面出奇地安静。那个摆地摊的大学生本来已经收摊,准备骑着电摩离开,现在又假装点支烟在那儿漫不经心地看。

"宋潜,他们打你了?"小溪走过来心疼地抚摸宋潜的脸。宋潜正想说什么,两道温热的鼻血冲决而出。他把头仰起来,眼里似乎含着泪,什么也没说。

"飞鱼,你这个人渣,你想死啊!"小溪横眉怒目抡起书包就砸向飞鱼。

"小溪,你听我说……"飞鱼尴尬地用胳膊挡着脸,瞬间变成了受气包。

"你给我滚,我不听你解释!"小溪脸都气白了,她看见那个骑在电摩上的大学生,冲他吼道,"你看啥呢,有啥好看的!"

一帮痞子仿佛得了令牌,忽然间有事可干了,蜂拥着去追打那个大学生。大学生叼着烟娴熟地一转车头,"嗖"地窜了出去。一帮痞子像野狼似的追了一程,看看无望,把刺耳的骂声直甩出半条街才回来。

"小溪,别生气了,走,我请你喝冷饮。"飞鱼一边到小溪跟前献殷勤,一边冲痞子们做了个手势,"散了,散了,都他妈散了,别在这儿丢人现眼!"

几个人来到冷饮店,飞鱼给大家一人买了一支冰淇淋。

飞鱼先道歉:"小溪,是我不对,我赔罪。你大人不计小人过,原谅我这一回,我保证,绝对不会有下次了。"

小溪说:"你狗改不了吃屎,说,是不是早就想打宋潜了?"

飞鱼连声说不敢不敢。

宋潜用异样的眼光打量着小溪,此刻,眼前的小溪和操场上吻他的小溪一样让他错愕。她和我不是一个世界的人,根本就不是。培实说得没错,我们之间确实只能算是玩玩,心跳而已,除此以外,什么都不会有。他失望的眼神像流星一样从小溪身上划过。你看她,外表的美丽挡不住内心的粗俗,她是开在粪堆上的花朵,离我想象中的冰清玉洁相去岂止十万八千里!我真是太幼稚,太相信自己的幻觉了,其实我早就明白现实不是那样,只不过一直不愿意承认。眼前的她,和飞鱼在一起才显出内在的般配。唉,我真是个大傻瓜!

他手里的冰淇淋化了,甜水流淌,然而他的心却前所未有地苦。这一切来得太快,操场上猝不及防的吻、街头的冤家路窄,以及眼前尴尬的场景,这一切比毕加索的超现实主义画面还要怪诞。

"飞鱼,我现在郑重地告诉你,以后别再缠着我了。"小溪舔着冰淇淋,怒气未消地说。

"为啥呀?你总得给个理由吧。"

"没有理由,看见你就烦。"

"大小姐,这么说话不对吧,有用得着我的时候,吃香的喝辣的就不烦,小白脸来了,二话不说,就烦我了。"他扭头看看宋潜和培实,"恁说说,这他妈有道理没道理?"

小溪听他这么说,也气不打一处来:"吃香的喝辣的,那是你愿意,你也不撒泡尿照照自己,凶神恶煞得像个打手,谁喜欢你?"

"那你要是这么说,我还就耗定你了,咋地?"

宋潜看他们两个这样说下去没完没了,就冲培实说:"培实,咱们走。"

小溪觉得自己在宋潜面前颜面尽失,她拉住宋潜,对飞鱼说:"喂,你今天还没道歉呢,现在赶紧给宋潜道歉。"

飞鱼忽地站起来:"道歉,道个屁!"他一拍屁股走了。

飞鱼走了以后,小溪才想起来明天辜老师要让父母过来了结的事,忙问宋潜怎么办,宋潜没吭。

培实没好气地说:"人家宋潜准备实话实说呢。"

"什么实话实说?"小溪没听懂。

"不知道,你问宋潜吧,没准宋潜真要娶你呢。"培实想开个玩笑,但他发现换来的是三个人的尴尬。

宋潜望着灯箱广告,自言自语地问:"你们想不想换个地方聊?我有好多话想说呢。"

"换个地方?还是你们去吧,我可不想当电灯泡。"培实挠挠头,知趣地撤了。

26

宋潜领着小溪来到附近的小公园里,他想爬到小山坡顶上,
那儿有个凉亭,比较适合聊天。他在前面走,小溪在后面跟着,
公园里树木蓊郁,岔路很多,灯又昏暗,他怕小溪跟不上,就放慢
速度,可小溪只管兴冲冲地往前走,有时竟走到他前头。他怕小
溪走错路,又赶紧抢到前面去,就这样别别扭扭地把小溪领到了
目的地。山顶凉亭微风习习,果然是个好地方,可惜被几个带小
孩的农村妇女占领了,她们在凉亭里放声说笑,听着教人心烦。
宋潜就领着小溪在树丛里钻来钻去,另寻地方。宋潜看了几处
草坡都不错,想象着坐在那里一定很惬意,但他就是下不了决
心,他的脑子里总是飞出另一些念头,比如这里会不会蚊子多,
草会不会是湿的,地上有蚂蚁吧……小溪看他转来转去,没个准
主意,便一屁股坐到草地上,就这儿吧,不然我看你得找一晚上。

宋潜尴尬地笑笑,也坐下来,他不知道为什么,总觉得树林
里到处都是眼睛,一刻不停地盯着他。小溪说:"你怕什么,坐
下来,就坐这儿,没人会吃了你。"

"我们聊些什么?"小溪像个小孩子来到了童话里的仙山神谷一样,她把身子躺平,两手枕在脑袋后面,仰望夜空,那里有几颗潮热的星星,熟透的米粒一般粘在微云之间。

"关于那个问题,我还是想郑重地问你,你真的知道吗?"宋潜认定问题是试金石,不论谁,拿问题一问就会现出原形。

"真的想知道?"小溪揪下一棵草,在手里缠绕着,"好吧,这回我不诳你仙草冰了。"

当小溪准备谈到那个问题时,宋潜觉得空气的味道都变了,他害怕问题勾起自己最真实的想法,那将让他无处遁形;但同样,他也害怕问题与自己想象的相去甚远,那将意味着他再也没有必要和小溪交往下去。这种矛盾的心情使他内心的时间变慢,仿佛等待小溪话语出口的百分之一秒都被慢镜头清晰地定格。而他在那无数个慢镜头后面反复地整理着自己,直到一种热血沸腾的勇气升起,才放开时间的闸门,任凭小溪浩浩荡荡的肺腑之言倾泻而出。

"宋潜,你希望我能说出那个问题,抱歉,我说不出,告诉你吧,我不是上帝,我们谁都不是,所以,你的那个问题就让它长在那儿吧,有个问题陪伴着没什么不好。再说,我们每个人都有问题,谁的问题都不是那么好解决的,那怎么办? 总不能因此就不过了吧。你别解释,千万别解释,一解释就又掉回你的圈子里去了,现在,你听我说,OK(好吗)? 我们谁都不比谁高明多少,别看你学习成绩比我好,脑袋瓜比我聪明,但是在其他方面你就不一定比我强,比如,对付像飞鱼这种痞子——当然啰,这也只是你的认识,我并不这么看,飞鱼也有飞鱼的优点,有他的……那个叫什么？对，世界观。他有他的世界观，他和你是不同的人，也许你们永远不会有共同语言，但是，你听我说，他在将来的将来，也许会在某方面大有出息。至于他会在哪方面有出息，我也不知道，你更不知道，也许他现在自己都不知道，但是，我相信，他一定有他的路，跟咱们不同。我呢，也会有我的路……我说到哪儿了，好像跑题了。"她停下来，忽然想起一件要紧事，从裤兜里掏出手机，"糟糕，我忘给我老爸打电话了，这么晚，我得给老爸打个电话。你呢，你不打吗？别急啊，我打完给你打。"

宋潜很好奇地听小溪怎么给她老爸打电话，他听了半天，听到的都是一些命令，什么"你们赶紧睡啊，我一会儿就回来了，别等我"，还有"记得睡前用足疗仪按摩，再泡泡脚。牛奶还剩两袋，你和我老妈一人一袋，我今天不喝了"，还有"明天早上没有我叫，谁都不许起床，早饭我来做，弟弟我送"，最后是一句："Good night（晚安）！我会在你们的梦中回来！别等我，再说一遍，别——等——我，听明白没？"

"咱们说到哪儿了？哦，对，该你打电话了，给——"小溪打完电话，愉快地把手机交给宋潜。

宋潜木然地接过手机，他根本没想过要打电话，从他爬上这座小山坡开始，他就把身外的世界抛到了九霄云外，他甚至都不清楚是什么力量驱使他来到了这里。他不承认是自己领着小溪上了山坡，而觉得是小溪用神奇的力量召唤他离开了尘世。要给爸妈打电话吗？怎么打？我几乎是准备整夜不回了，那么多的问题，那么多的话，今天不说就没机会了。明天，他不敢想象自己还会有明天。他把手机还给小溪，淡淡地说："我不忙打。"

小溪把手机收起来,挺直了身子:"好吧,待会儿再打也行。"

　　"宋潜,我接着说啊,在我心目中,你是最与众不同的一个,你不像咱们班那些学习机器,两耳不闻窗外事,一心只读圣贤书,也不像吴是那样,成天琢磨人利用人,踩着别人的肩膀往上爬,你有你自己的世界,一个让人觉得像深渊一样的世界。不过,我能看得出你这个深渊是善良的,你不愿伤害别人,只想把自己装进去……"

　　宋潜有点儿坐不住了,他霍地站起来问道:"是谁告诉你这些的?"

　　"没人告诉我啊,这是我自己看到的想到的。"小溪仰着脸,有点儿诧异地说,"拜托,别那么大惊小怪好不好,如果我说中了你的某些心事,请别介意,我也是瞎说瞎碰的,世界就那么大,事就那么多,还不能瞎猫撞上一回死耗子?"

　　宋潜心说,这可不是哪只瞎猫都能撞上的,我整个人都快被你拍成 X 光片了!

　　"宋潜,说实话,你的问题我肯定回答不了,不光是我,我估计整个学校,包括老师、校长,谁都回答不了你的问题,这从上次问题班的风波我就看出来了。老师、校长为什么那么害怕问题?特别是校长,好像火烧着他的屁股一样,你想想,难道他们就没有问题,难道他们就个个都是圣人,生下来什么都知道,什么都正确?不可能,他们只不过是擅长掩饰罢了。当你不断地提出问题,逼着他们回答问题的时候,他们就坐不住了,他们感觉自己的权威受到了挑战,特没面子,所以才会收拾你。我说的问题可能也就是你经常想到的那个问题,那不是课本上的知识,所以也就很难有答案。在知识方面,老师、校长可能是权威,但对人生的理解方面,他们不一定是权威。生活每天都在变,和我们相比,他们的思想那么僵化、落伍,怎么可能成为权威?说得过分点儿,他们在我们面前根本就是装样。"

"小溪,我很奇怪你这些想法都是从哪儿来的,你怎么就那么有胆子,敢说老师、校长不对?"宋潜已经被小溪的叛逆言论深深吸引住了。

"你不用奇怪,每个人都会有自己的想法,只不过咱们是学生,人微言轻,没人会关注咱,没人会在意咱的想法,不信你去看看咱们学校的贴吧,那里面比我大胆比我有想法的人多了去了。"

"我好像有点儿明白了,那么,你说咱们的爸妈、老师、校长们,他们遇到问题的时候会怎么办?"

"怎么办?很简单,要么找一堆人来商量,把事情解决掉,要么干脆不管,让它烂在那儿。"

"你说的是具体的事,我想问的是那种对生活或者对生命的态度、看法之类的。"

"你说的这些,他们不会去想,他们把自己放在一件件事情里头,就已经忙不过来了。他们要通过这一件件的事去满足个人的欲望,对,有句话说'欲望就是人生',这是我舅舅说的。我想,也许这就是他们对生活、生命的态度吧,他们不需要别的思考。"

"你对大人们的事知道得还真不少,可这只是你自己的观察和猜测,每个人都会从自己的角度做出带有偏见的判断。我不是说你,我是说所有人,没有真正体验过的事是说不清楚的,就像雾里看花。"

"你说得也对,也许十年、二十年之后,我们长大了就真正明白了。"

"可是我的问题就在眼前,眼前的坎儿过不去,怎么可能有未来?"

"宋潜,老实说,你的问题呢,需要一个高人来指点,别看我哦,我肯定不是那个高人,刚才也说了,整个学校都找不到这样的高人,你只能到校外去求助,你得去更多的地方,见识更多的人。社会上那样的高人应该很多,我就认识一个。"小溪目视前方,一下子变得严肃起来,"他也是一个老师,但是现在他不干了,开了一家书店,他说他不能再在学校祸害学生了,他要遵从内心的意愿,过一种既不让自己后悔,又能够给他人带来幸福的生活。"

"这老师在哪儿?他叫什么名字?你能带我去见他吗?"

"看把你急的,听我慢慢说,他的名字叫沐春峰,是我在一次读书会上认识的。"

"什么?读书会?这个读书会在哪儿?我怎么没听你说过?"

"孤陋寡闻了吧?你不知道的事还多着呢。沐老师的读书会就在他的书店里,每周六下午三点举行,谁都可以去,不需要报名,去了老师就欢迎,高兴了吧?沐老师和咱们平常见到的老师真不一样,太不一样了。学校老师个个都觉得自己是上帝,我们是嗷嗷待哺的小绵羊，我们什么都得依靠着老师，好像离了老师我们就什么都不会，只能走向自我毁灭。所以，他们的办法就是管教我们，约束我们，直到我们变得乖乖的，再也没有问题，没有反抗，只剩下服从，这样他们就满意了。沐老师可不是这样，他让我们自由地看书，自由地谈自己的想法，分享见闻，帮助我们解除内心的苦恼。他说，一个人活着最重要的不是获得什么，而是给他人带来幸福。你必须去做事，在做中学，学本领也学做人，要学一辈子，学习也不是为了考试、光宗耀祖，而是为了自己更充实更愉快。你看，他说得多好！这些话我不知不觉就记住了，而且记在心里很难忘掉。每次去见沐老师的时候，我都后悔自己读书太少，他提到的好多书我都没听说过，惭愧死了！"

"小溪，这是真的？太让人羡慕了！下次你一定要带我去！"宋潜抓住小溪的手，激动得发抖。

27

　　"不过,宋潜,你好好保重吧。"小溪忽然神情黯淡下来,"我知道我在这个班待不长了,老辜不会饶了我。今天的事,他是不会善罢甘休的。至于你,问题不大,你是好学生,咱班的门面,他不能把你治得太狠,最多不过是吓唬吓唬,对我可就不一样了,我早就是他的眼中钉肉中刺了,现在犯到他手上,肯定把我往死里整。"

　　"那你准备怎么办?"宋潜觉得自己从来没有为另一个人的前途这么操心过,"辜老师会把你丢到普通班去吗?"

　　"普通班? 无所谓了,普通班不也坐得满满的? 难道那些学生就不是人,他们就不活了? 不过,我很难受,因为我们不可能再天天见面了。"

　　"有没有挽回的可能? 小溪,如果我们承认错误,保证痛改前非,辜老师也许……"

　　"别想好事了,宋潜,老师都是看人不看事的。比方说,我是老辜手上的一颗棋子,他发现这颗棋子已经走坏了,对全局有害,那他就会放弃这颗棋子,绝不会为了一颗棋子把自己搞死。这是我从小到大看得最明白的一件事——学校嘛,就是这么回事。好了,别说我了,还是说你吧,说那个问题,那个问题让你觉得无法解决,那是因为你个人的力量有限,没法跳出自己的性格局限。我也帮不了你,因为我也有我的性格局限。可如果你请教更多的人,情况就不一样了,多一个人就多一条思路,我想你也拿这个问题问过别的什么人吧?"

"嗯,我问过袁老师,还问过培实的爸爸,但他们都说不清楚。其实他们从没有认真想过这些问题,我觉得大人们有时候还没有孩子认真,他们只管按部就班地过日子,当一天和尚撞一天钟。他们说他们为孩子操心这操心那,可他们从来就没想过孩子需不需要他们的操心,他们的操心有没有意义,或者说,还有没有更好的办法,他们不去想。他们常常被自己和身边的人气得不行,我妈妈就是这样的人,她对我的学习很少过问,也不知道我在想什么,反正就是看不惯我一副沉思的样子。在她眼里,这就是性格缺陷,她认为一切性格内向的人都是可耻的。她越这样认为,我越不想迎合她,我不想成为她希望的阳光少年,我觉得那种阳光少年最假了,都是做给大人看的,那种孩子才真正有性格缺陷。"

"宋潜,我喜欢你这种想法,"小溪接过话茬,她在草地上翻了个身,双手支颐,眼睛瞄着山坡后一户人家的窗口,那里正有人影在灯下走来走去,"你看,人一长大就开始忙忙碌碌,失去自我,没有人愿意坚持自己最初的想法,人们习惯投降,习惯妥协,还自以为成熟,这实在是可悲。"

两个孩子说了那么多，当他们停下来的时候，才感觉已经很晚了。宋潜希望自己忘掉时间，就这样永远地做小溪的听众，但时间像不可抗拒的命运那样，早已将一个数字放在小溪的手机里，只不过小溪忘记了去看它。此刻，小溪呀了一声，随即催促宋潜赶紧给家里打电话。宋潜也不得不承认自己夜里十一点多还在外面晃荡的事实，他必须马上回家。小溪说："你先打电话呀，你不打电话家人会多着急呀！"宋潜说："反正我很快就到家了，打什么电话。"两个人因此发生了小小的不愉快，宋潜把电话丢给小溪，小溪拒绝宋潜送她回家。宋潜怀着复杂的心情往家赶，快到小区门口时，又放慢了速度，挨到上楼的时候，他已经浑身无力了，他倚靠在电梯间里，大口地呼气。红色的楼层数字变换得非常缓慢，每变一个数，他的心都会咯噔一跳。紧张的情绪终于使他成了另一个人，一个造访自己家的陌生人，他就这样打开门走了进去。

他走在一条长长的红地毯上，四周是闪闪发光的金银器和烧得红艳艳的大蜡烛，烛光诡秘而妖冶，烛光背后是圣洁的耶稣像。他向上望去，没有穹顶，一条银河清晰地悬挂着，河中千万颗星星闪耀，天是深蓝色的，深到了某种程度，正好可以勾起他对童年时代星空的记忆。他坐下来，像个婴儿，目光平静，无声无息。在他的身边，人们从四面八方涌过来，越来越多，摩肩接踵，不知道他们要往哪里去，但那种虔诚的表情吸引着宋潜，使他不由自主地站起来，随着人群向前。他在人群里探头张望，看到一张张陌生的脸，那些脸来自不同民族、不同地区，他们都不说话，双手合十放于胸前。忽然，他看到了一张熟悉的脸，那是姥姥,姥姥朝自己这边挤过来,好不容易两人才挨到一起,姥姥嗓子沙哑地说:"来了,潜潜,你爸爸妈妈呢?"

"不知道。我不知道自己怎么就到这里来了。这是哪儿?"

"别问了,就你自己?好吧,你跟着姥姥,我们去前面领圣体,你还没有入教,把双手交叉护在胸前就行了,走到神父跟前的时候,神父把手覆在你的头上为你降福,你不要乱动,然后你再面对祭台鞠躬感谢天主,记住了吗?"

宋潜听话地点点头。姥姥走在他前面,她低矮浑圆的身躯被人推挤着,不由自主地向前。宋潜想问,天主是谁,耶稣是谁?人们这样来来回回地走着又有什么意义?虽然他在书本上也学到过一些关于宗教的基本知识,但和眼前的景象还是无法联系到一起。眼前这些人凭什么就那么相信一个虚无缥缈的天主?宋潜觉得做任何一件事,原因是第一位的,首先要明白为什么做,然后才考虑怎么去做,可现实世界似乎是跟宋潜反着的,千百年来,人们总是致力于研究怎么做,却很少问为什么做。他记得自己上小学的第一个早晨,一大早被奶奶叫醒,吃完饭后被奶奶牵着手领往学校,一路上所有的孩子都和自己一样被大人牵着手,他们有的欢欢喜喜有的哭哭啼啼,但都老老实实地向学校走去,没有人问我为什么要去学校,我能不能不去学校。他走进教室,见到了几十张不同孩子的脸,大家坐在各自的位置上,像一个个小玩偶,老师让大家做了介绍,互相熟悉之后,大家才好像忽然间得到了生命,立刻叽叽喳喳起来。但那时,他却独自沉默地低着头在想怎么能离开这个地方。他想,来这个地方根本没有经过我的允许,我和这些孩子从不认识,干吗要和他们在一起，我能不能自己选择和谁在一起呢？他有一个大胆的想法，不跟任何人打招呼，现在就从这儿离开，于是他真的走了出去，他的理由是上厕所，他理直气壮地问一切拦住他的人厕所在哪儿，最后他问到了看门的王大爷那里。王大爷告诉他厕所在院里，你不能出校园，他忽然灵机一动说："我要上校外的厕所，我不喜欢校园里的厕所，你让我出去。"王大爷笑了："这孩子，对厕所也挑，告诉你，小家伙，你会喜欢这个校园，也会喜欢这里的厕所的。"他坚决地反对："不，我不喜欢，我永远也不会喜欢这个校园，不会喜欢这里的厕所！"

　　他顺着人流继续往前走，现在他明白了，自己所做的一切都是在别人的要求和暗示下进行的，就像现在，人流涌动，你想要出去是很难办到的，除非你发了疯，拨开所有人，使出全身力气，但是你又为什么要那样做呢？不如跟随大家走一遭吧，也就十几二十分钟，你就转出来了，什么也不会失去。慢慢地，他越来越走近神父，看到神父伸手机械地喂信徒们吃圣体的样子，他忍不住想笑。他想知道神父究竟是充满热情地做着这件事，还是很不情愿地履行着这个义务。神父把手覆在他头顶时，他抬头瞄了神父一眼，他看到神父两眼无神地瞅着地面，没有任何表情，他从神父的眼神里读不出任何内容。这张没有任何表情的脸也是天主赋予的吗？

　　他从人群里出来了，鼻腔里充满了提炉焚出的乳香味，有一位老人在他身后发出抑制不住的剧烈的咳嗽声，他的心为这个老人揪着。他不是信徒，却是信徒家庭的成员，他的姥姥、妈妈都是虔诚的信徒，他从小就濡染了教会的一些程式、礼仪，但奇怪的是至今不熟悉不入心,姥姥说,那是还没有听到天主召唤的声音,不急,总会听到的。他喜欢在心里默默地画十字,特别是难受和委屈的时候,那十字架给他极大的安慰,他会像对待朋友的恩惠那样不好意思地在心里向天主说声谢谢。

现在宋潜说:"天主,我犯了一个错,罪不至死,您说,我应该怎么办呢?"

28

天主没有显示他的奇迹，宋潜依然被纷乱的头绪包裹着，他不是坐在教堂的椅子上，而是坐在家里的沙发上，他不是被内心的问题纠缠着，而是被外在的事情纠缠着。他的心在流血，但这血流得毫无意义。

现在，他主动向爸爸妈妈承认了自己的错误：错误之一，不该这么晚回家；错误之二，不该不打电话；错误之三，不该和一个女同学在一起。说完之后，他抬眼看着爸爸妈妈，他想知道他们都知道多少。

爸爸说："我们什么都知道了，就等着你来解释这一切。"

宋潜说："我不想解释，我什么也不想解释，你们能理解你们的儿子吗？"

妈妈问："那个女孩是谁？我见过吗？"

"是的，你见过的。"宋潜说，"那天晚上，在冷饮店门前。"

"哦，我有印象。"妈妈停了一下，冷静地说，"那个女孩倒是挺阳光的。"

宋潜嘟哝了一句,你不了解的人不要乱做评价好不好。

爸爸发现话题偏离正轨,就往回拉,他从高处着眼:"现在是学习阶段,要把全副精力用在学习上,小小年纪,谈什么恋爱!中学生谈恋爱好吗?"他讲大道理的水平实在不比培实爸爸高多少,宋潜想,爸爸这句开篇词怎么说得跟结束语似的,接下来还怎么说呀?果然,爸爸很快哑了火,跑到一边抽烟去了。

妈妈却方兴未艾,她追问道:"那个女孩叫什么?艾小溪?这个名字不错,多阳光!又文静又活泼。那个女孩……说实话,潜,你配不上人家,人家学习一定很好吧?"

宋潜快被妈妈气乐了,艾小溪,她学习好?她要学习好了,全校一多半的学生都学习好了,校长都该兴奋得睡不着觉了。

爸爸也憋不住了:"你瞎扯什么呀?什么配得上配不上的,孩子遇到这方面问题,你不从正面引导,帮他走出泥潭,还在这儿考虑什么配不配的,你说你,哎呀,有你这么当妈的吗?"

"你激动啥呀,这不是在问孩子情况吗?"

"这是在问孩子情况吗?分明是……算了,你爱怎么问怎么问吧,我看你还能问点儿啥!"

妈妈想想,自己确实不知道要问啥,她忽然想起了宋潜的班主任。

"对了,你们那个新班主任,姓什么来着?对,辜老师,他说话怎么怪怪的,叫人听不懂,什么谈恋爱好啊,有本事啊,他到底是讽刺人啊还是夸奖人啊?"

"你连这都听不出来,我可真服你了,这不明摆着讽刺咱宋潜吗?"爸爸又忍不住了。

"有话干吗不好好说,非要拐弯抹角地讽刺人,这老师素质也太差了。还有呢,说话不让人接话,说完就挂电话,他以为他是谁呀!"

"快歇着吧,啊,你快别说了,别在孩子面前丢人了。还想在人家老师面前摆谱呢,这不是在你单位里头,学校是老师的天下,人家老师教育你就老老实实听着,知道不?"

"我说,老宋,你存心跟我作对是吧?"妈妈的火被点起来了,"你干吗老把矛头对准我?我跟你有仇?我为你们爷俩操心还少吗?你成天吃完饭,嘴一抹,屁股一拍就往外跑,家里大事小情你不管不问,我忙完单位事还要忙家里事,伺候完老的还要伺候小的,从天亮忙到天黑。你一个大老爷们,小事帮不上忙,大事又撑不起,你说要你干啥?教育孩子这事本来就应该你挑大梁,子不教父之过,你知道吗?人家孩子个个生龙活虎,阳光灿烂,再看看咱儿子都跟你学了点儿啥:饭不好好吃,觉不好好睡,一天到晚萎靡不振,哪有一丁点儿阳光男孩的样儿?这臭脾气臭德行全都仿你,知道吗?"妈妈一看这通炮火十分奏效,马上乘胜追击,"怎么?没话说了吧?就知道你这种人八脚跺不出个屁来,还跟我讲教育,你除了知道你的工程车,还懂个啥?你挣钱没本事,当官没本事,和老婆吵架倒有本事了!我和儿子要指着跟你享福,这辈子是没戏了……"

"你,东拉西扯,不讲道理!"爸爸气得脸煞白,冲进卧室把门一摔。他人进去了,摁灭的烟头还在空调的微风下飘出轻烟缕缕。

"妈……我对不起!"宋潜知趣地道歉,他知道,接下来就是爸爸道歉,然后一切恢复正常。不用想,每回爸爸妈妈吵架结局都这样,甚至从一开始就能预测出最后一步,你说,既然这样,干吗还吵架呢?吵完了还得赔礼道歉,吵完了还得重归于好,干吗还要这么白白地互相伤害一回呢?宋潜不明白。

当宋潜独自走进卧室的时候,他忽然意识到刚才一番全家谈话的最终结果,是自己拿到了一张入场券,一张今后可以和爸爸妈妈谈论恋爱话题的入场券。恋爱本来是一个遥远的名词,它和自己没有半点儿关系,现在却忽然不一样了。首先是艾小溪和辜老师联手让他知道了这件事,其次是爸爸妈妈和他谈论了这件事,这就意味着他和恋爱有关系了,他进入了恋爱的世界。恋爱是一种知道者的权利,当你知道它的时候,其实也就开始了它,你一旦开始就无法抹去曾经发生的一切——你无法再次回到没心没肺的童真中去了。

对当前这件事,爸爸妈妈是反对的,但反对得并不坚决,至少这种反对里面不包含狂怒、斥责和鄙视,这种反对看上去更像是一种法理判断、一种客观评价。那么,从此,恋爱这个话题就不再是禁忌话题,恋爱和吃饭、穿衣一样,成了生活中的一件事。

宋潜当然不想借此去发展他的恋爱,他还不懂恋爱,他只是为自己拥有这种权利而骄傲。这是一份意外的收获,即使明天辜老师让爸爸妈妈用一把铁锁将自己锁起来,那也无法再锁住他那颗已经长大的心。

29

　　一晃暑假到了，假期本应是补充睡眠的好时机，但宋潜的睡眠并未好起来，天越热他越是梦魇不断。有时候早上起床发现自己的裤头是黏湿的，他也不好意思吭气，默默地抽空洗了，换上新的。他记得爸爸给他说过一次，裤头要穿宽松的，睡前不要太兴奋，他开始关心起内裤的样式，睡觉是仰卧好还是侧卧好，是南北向好还是东西向好。他体会着做人的麻烦也享受着做人的乐趣，他偶尔忆起那个想剪掉自己鸡鸡的男孩，也会想到做人的凶险。

　　培实常常来约他打篮球，暑期天气炎热，他们只能利用大清早和傍晚的时间去学校过过瘾。他问培实为什么喜欢打篮球，培实说："喜欢进球时的感觉，凌厉，潇洒。"培实反问他，他就说："喜欢抢断，抢过一个球，再传给队友就已经幸福满满的了。"培实讶异："噢，就这么简单？"

　　培实和宋潜一班，约战校园里的球友，他们俩是绝配，一个抢断传球，一个飞身上篮。也有他俩不在一班的时候，宋潜的抢断就成了培实的巨大威胁,宋潜不是技术高,而是欲望强,他那一双恶狠狠的眼睛就足够令对手胆寒了。培实的上篮哑了火,比赛结束后难免教训一番宋潜:"你不能那么打球,打球要用技术,哪能把犯规当武器。"宋潜不服,回去就从电脑视频里学,学来学去,他的技术提高不少,同时腿部开始有些肌肉了,身体也似乎拔高了一截。宋潜迷上篮球这段时间,妈妈是比较高兴的,她给宋潜买了篮球背心、短裤,还让宋潜穿上照张相,宋潜穿上,把眼镜摘掉,很不情愿地站在那儿。妈妈说:"你就不能笑一笑?"宋潜说:"你还照不照?不照我脱了。"

有一天天特别热,一大早地面就像个反光镜似的。宋潜从补习班回来后一直待在家里做题,他把几何图形画到草稿纸上,用铅笔作辅助线,线段和字母密密麻麻,他画了又擦,擦了又画,深深地陷在虚构的图形里。邻居装修,工人在墙上打眼,电锤发出刺耳的噪音,他用双手捂住耳朵,用棉花塞耳朵眼都不管用,他把作业挪到南边飘窗台上,噪音还是追过来干扰他。噪音从墙体的各个地方传来,钻头像在寻找什么,方位不定,一会儿在东,一会儿在西。宋潜停下来听了一会儿,忽然有灵感了,他顺着草图上的某一条线,果然找到了想要的那个三角形。他为这次发现而得意,做完了题就在墙上找钻头玩,他想象钻头打出的眼会形成一个什么图形,这里大约会安装一个什么物件。他像一个工程师一样站在墙跟前,用意念模拟安装的过程。

QQ 头像闪烁,艾小溪给他发来信息:"明天下午三点,在城南路莘草书屋有个读书会,就是上次我给你提到的沐老师的读书会,有时间参加吗?快回话!"

他看着这条消息一时有些发呆，艾小溪、沐老师的读书会，哦，他已经陌生了。自从小公园一别，小溪就去了普通班，在二楼，那是另一个世界。期末考试前试卷满天飞，教室里兵荒马乱的，他又没有手机，和小溪的联络基本就中断了。那段时间，睡前梳理知识点，醒来背单词、文言文注释，大脑腾不出更多的空间，小溪的音容笑貌只在模糊的意识里流动，暖暖的，无声无息。

现在这条消息让一切蓦然复苏，小溪还是原来的小溪吗？她最近可好？

"好，明天下午我准时到。"他回复道。

"我们一起去，两点半我在家属院门口等你。"

简单的两句联络之后，他们都没有再说话，宋潜心想，明天会有时间慢慢聊的。

30

第二天下午,宋潜准时赶到小溪家所在的家属院门口,那是一个老家属院,破破烂烂的,门口堆满了垃圾,污水横流蚊蝇乱飞,宋潜把车推到树荫下等小溪。不一会儿,小溪和一个高大威猛的男孩从车棚里出来了,那男孩用一辆电摩载着小溪,他俩有说有笑。宋潜推车过去,猛然发现那个男孩竟然是飞鱼,他吓了一跳,本能地停住了。小溪和飞鱼都看见了宋潜,小溪冲宋潜打招呼。宋潜发现小溪依然还是那么清爽、可爱,飞鱼的样子却和那夜判若两人,他穿着一件干净的蓝纹衬衣,发型也变成了学生头,斯文多了。飞鱼还是习惯性地冲宋潜打个口哨,蹦出一句:"蛋子儿,走吧。"小溪在后面掐了他一把,他马上改口:"走吧,同学,我们跑得快,你跟紧了哦!"

平时,宋潜很喜欢自己骑的这辆山地车,二十七速,前后碟刹,液压减震,够得上专业入门级别了,可今天不知怎么的,骑起来特别费力。跑了两条街后,他的汗水爬满脸庞,两腿跟灌了铅似的。小溪问他能跟上吗?他咬着牙说可以。幸好城南路很快就到了,他一边擦汗一边跟着小溪和飞鱼走进凉爽的苇草书屋。

令宋潜吃惊的是,这间书屋竟然坐落在地底下,人沿着一段壁上爬满青藤的斜坡走下去,舒缓的蓝调音乐、冷气和书香一点点溢出来,然后人潜入书海,被一本本书牢牢吸引,手微颤,心狂跳,思绪纷飞。

一直以来,宋潜对书店的概念就是电梯、畅销书架、教辅材料、文房四宝,而这里却是沙发、咖啡、台灯、布娃娃、电影海报。书没有整齐地排列在书架上,而是随心所欲地摆放着,这边歪几本,那边竖一丛。宋潜捧起几本书,贪婪地摩挲着,他发现这里的书绝大多数都是自己没看过的。随手翻开读上几行,便有一股巨大的力量将他挟起,往无际的蓝天碧海里抛。他享受着这种感觉,将刚才的疲累与委屈忘得精光,直到小溪过来拍他的肩膀,他才发现大家早已围着两张大书台坐好了,他赶紧放下书跑过去。在座的都是读书人,有中学生、大学生、刚参加工作的年轻人,也有带着孩子的爸爸妈妈、白发苍苍的老者,大家屏息凝神地朝一位富有朝气的老师看去。不用小溪介绍宋潜也知道,这位肯定是沐春峰老师。沐老师看上去有三十多岁,头发较稀,眉目间流露出谦和的神态,他正在连接摄像头,调试电脑。他抱歉地说,准备将今天的活动进行视频直播,这样就可以有更多的朋友通过网络看到我们的交流,但因为是第一次,不太熟悉,让大家久等了。大家都说不急,有两位书友还主动起身来帮助沐老师。音乐声从每个人的发间、指间,从他们手边的书上流过,缓缓地,无忧无虑,宋潜察觉到音乐声和小溪的手一起握住了他,他感到双重暖流在心中涌动。小溪凑近他低声问:"想我了没?"他默默地隔着小溪瞅了一眼另一边的飞鱼,飞鱼正仰着头发呆呢。小溪笑了:"怎么,许你来不许飞鱼来吗?"宋潜不知说什么好,他心想,就凭飞鱼,能看懂这里的书?

不过宋潜还真的想错了。读书会一开始,沐老师让大家分别作自我介绍,正当宋潜紧张得手心出汗时,他看到飞鱼站起来先冲大家鞠了一躬,然后歪着脑袋、梗着脖子说:"我是飞鱼,现在在家歇着,没事,偶尔也看看书,我最近看的是一本《识人术》,就是通过人的外貌体征识别人的一种技术,还没看完,回去接着看。"他发言的时候,两只眼睛斜盯着对面墙壁,好像在背书似的,发完言也不坐下,一只手抱着胳膊不停地揉搓,把胳膊都搓红了。不过也许正是他愣头愣脑的模样和背书的姿势引起了大家的兴趣,大家对他报以热烈的掌声和友好的微笑。

宋潜实在无法想象飞鱼这种人居然也会读书,而且还说出来了,他想到底是自己不善识人,还是飞鱼士别三日当刮目相看?不可能!一定是小溪提前给他备了课。他看看小溪,小溪冲他撇撇嘴,意思是:"咋的啦?许你读书就不许飞鱼读书?"宋潜丢开小溪的手,小溪又捏住他的手,小溪低声说:"走,上厕所。"小溪起身,宋潜和飞鱼都跟了出去。小溪回头看看,不由得来气:"厕所香啊,你们都跟过来?"飞鱼说:"我也上厕所,憋急了。"小溪说:"那你去吧,我不上了,去啊,你去啊!"飞鱼冲宋潜招招手:"走吧,蛋子儿,你不急啊?"宋潜懒得看他,一语不发。

飞鱼无奈,一边吹着口哨一边往厕所里倒退。小溪赶紧拉着宋潜闪进女厕所,轻轻地把门关上,他们的对话跟哑语差不多。

"你干吗带飞鱼来?"

"他自己要来的,我也拦不住。"

"你不告诉他,他怎么会知道?"

"我,我天天见他,他怎么可能不知道?"

"你天天见他?"宋潜仿佛如梦初醒,"好吧,你可以一个月都不见我,却天天见他,我真是个傻子!"他说完,眼都红了。

"宋潜,你听我说……"

"你什么都不用解释了,我不想听你的解释,你们都当我是傻子,好了,我就是傻子,我是一个大傻×,世界上最大的傻×!"他拉开门冲了出去,把靠在门口偷听的飞鱼都吓了一跳。

"宋潜,你回来!"小溪追到书屋门口,眼睁睁看着宋潜骑车消失在街角,她呆呆地站在那儿,一动不动。许久,她回转身,发现屋里所有人都静静地看着她。沐老师招呼她回来坐下,飞鱼搓着胳膊得意扬扬,其他人则像读外国小说一样不明就里。

宋潜骑着山地车在太阳下狂奔,他觉得这个世界太可笑了,流氓混混儿成了读书人,而他骄傲的灵魂却遭到戏耍,一切都残酷无情,一切都不近情理,到底有没有真心?有没有公道?不错,飞鱼在读《识人术》,不管他是真读还是假读,至少他知道什么是识人术,而我又算个什么呢?连身边的人都识别不了,甚至连自己是什么人都搞不清楚,我简直就是个屁!

他狂奔一程,累了,倦了,坐在马路边一棵雪松下,喘着粗气。他看着满大街人来人往车水马龙,却没有一张自己熟悉的面孔,不禁莫名悲凉,这世界太大了,人就像沙漠里的一滴水,这一刻是水,下一刻就是水蒸气。他为自己的感慨而惊叹,为自己的无力而悲伤。他认定此时从身旁走过的任何一个人都比自己更幸福、幸运。他假想着把自己的眼睛和心灵移植到另一个人身上,不管是谁,都能让他脱离苦海。他盯着一个蹦蹦跳跳穿过斑马线的小学生,想象着他的无忧无虑,下一刻他会去哪儿?回家还是去找同学拍烟标?想到烟标,他不能不回忆起小学四年级的那段美好时光,那时候,爸爸的工作还不太忙,每天清晨早早地把他叫起来跑步,他不想起来,爸爸就用捡烟标来诱惑他。那段时间,他自己也不知道怎么会对烟标那么着迷,上学、放学路上都目不转睛地盯着地面,捡到一枚"人民大会堂"就能让他高兴得半宿睡不着觉。爸爸是个讲究的人,出门从来都是西装笔挺的,可自从跟他捡上烟标以后,完全不顾形象了,泥地、水洼、垃圾坑,哪儿都去,他们俩就像一对逃荒的哥们儿。有谁家的爸爸愿意陪着儿子这样胡闹呢?现在他才觉得自己真是对不起爸爸,他的爸爸实在是世界上最好的爸爸!

　　他站起来,推着车,失魂落魄地往家走,但他还不想马上回家,于是随便拐进了一家教辅书店。书店不大,冷冷清清的,店主在收银台后面低着头对着手机看电影,墙上贴着大减价的广告,一个个画在标价上的红叉惊心动魄。宋潜找了个地方盘腿坐下,把一本满分作文书摊放在两腿间,他做出看书的样子却并不打算看书,所以坐下不久就打起盹来,那模样活像个刚出家的小和尚。

31

"哥哥,你看的是什么书?"一个小女孩的声音惊醒了宋潜,他揉揉眼,一时竟想不起自己身在何方。

"哥哥,你睡着了还在看书。"小女孩也就三四岁,说话好像吐泡泡,宋潜往四周看看,没瞧见她的家长。

"哥哥,你怎么不说话,你看的是什么书呀?"

"我看的是……"宋潜把书合上,"一本作文书。"

"好看吗?"小女孩好像在审视一件神秘的玩具一样看着那本作文书。

"好看,呃,不怎么好看。"

"不好看,那你还看它? 哥哥,你看我这本吧,这本可好看了。"她用柔嫩的小手塞过来一本漫画《父与子》。

这还真是一本好书,宋潜上小学的时候也看过,那些黑白线条或浓或淡或粗或细,在他的心里慢慢洇开,洇出些许快乐的感觉。

"好看吗?"小女孩一边问一边又抱过来一本,"还有这本,还有好多呢,哥哥你等着,我再去拿。"

小女孩忙个不停,宋潜说不要了不要了够了够了,小女孩还是不知疲倦地往这里搬运,宋潜看到她搬过来的书乱七八糟的,什么都有,终于忍不住笑了。

小女孩觉得搬够了,就跪在地上把那些书一本一本地摞起来,书籍歪歪斜斜地摞成大厦又轰然倒塌。她乐此不疲地做着这项无用功。

她是个闲不住的小姑娘,有着令人难以想象的旺盛的精力,她幼稚的举动干扰了宋潜,使他无法在看书和看她之间做出一个明确选择,他的视觉被动地听任她的摆布。

"哥哥,你家住在哪儿?"她的小嘴也同样不闲着,看宋潜没有应答,她又自报家门,"我住在时光小区 6 号院 2 号楼 3 单元1802 号。"亏她把一串数字背得那么熟,好像是经过特别练习似的。

"哥哥,你呢?"她停下来看着宋潜。

"好吧,你不愿意跟我说,那咱们就不能做更好的朋友了,不过呢,我还是会原谅你的。"她撩了一下耷拉下来的头发,像想起什么似的,又问,"哥哥,你爬楼累不累?"

"我不爬楼,我坐电梯。"

"对哦,那你住几楼啊?"

"我住顶楼。"

"顶楼是几楼啊?"

"五楼。"

"五楼不会装电梯的,哥哥你骗我。"小女孩还在埋头建筑她的图书大厦,宋潜张口结舌,噎住了喉咙。

　　宋潜从书店出来走过一个街口之后,忽然很不放心地想折回去重新看看那个小女孩,毕竟一直没有看到她的爸爸妈妈,她那么小,怎么可能一个人出现在那里? 当他返回书店的时候,发现书店光线很暗,他认真扫视了一圈,店里除了那个看手机的店主之外空无一人。

　　"老板,麻烦问一下,刚才在书店里的那个小女孩哪儿去了?"

　　"小女孩? 哪个小女孩? 刚才这儿哪有什么小女孩?"店主抬起头做梦似的嘟囔了几句,又埋头钻进电影里去了。

　　奇怪,宋潜走到他刚才坐过的地方,地上没有一本书,时间把发生的一切打扫得干干净净,不留一丝痕迹。他在书店里仔仔细细地转了一圈之后,豁然发现书店竟然有一个后门,顺着后门出来,视野顿时开阔,原来这里紧挨着一所大学的运动场。

　　运动场大门紧闭,树上蝉鸣如海潮。他信步向前走去,转到看台下方的位置,咯咯咯的笑声引起了他的注意,他定睛看去,这不正是刚才那个小女孩吗? 小女孩朝一家小卖部跑去,他就站在门口等她出来,结果不一会儿,从里面跑出来四五个小女孩,都差不多大,每人手里拿着一只棒棒糖。他再仔细看时,发现其中并没有刚才那个小女孩,他忍不住拦住其中一个问道:"小妹妹,刚才是不是有个小朋友在这儿玩? 跟你们差不多大的,她在里面吗?""刚才……在这儿?"小女孩奇怪地看着宋潜,重复着他的话,然后回头看看另外几个小伙伴,其中一个扎着冲天辫的小女孩主动蹦到了前面来,特别兴奋地说:"大哥哥,你想找一个跟我们差不多大的小朋友是吧,你要找的是个男孩还是女孩?你找她干西(什)么?你认识她吗?我妈妈说过,有陌西(生)人找人一定要当心,说不定是人贩子。你蹲下来,让我先看看你。"她口齿伶俐,好像跟人打赌非要一口气把话说完似的,一边说还一边伸手来拉宋潜让他蹲下。宋潜蹲下来任小女孩黏糊糊的小手在自己脸上摸来摸去。小女孩很认真地摸了一遍,然后双手一拍,说:"好,现在我放心了,你不是人贩子。"她身后那几个小伙伴也异口同声地说:"是啊,他不是人贩子。"得到了小女孩们的认可,宋潜急切地摇着冲天辫女孩的双肩说:"喏,这下你相信了,快告诉我那个小女孩上哪儿去了,刚才她还在这里的。"可能是宋潜用力过猛或者表情太吓人,冲天辫女孩定定地瞪着他,什么话也不说,抽了两口气,嘴一咧,"哇"地哭了起来。宋潜手忙脚乱,不知道怎么安慰她。这时,一个中年男人从小卖部里走出来,上前一把推开宋潜,然后抱起冲天辫女孩。"喔,喔,乖,谁欺负你了?"他转向宋潜,"你这个学生娃是咋回事?你来这儿不买东西,好端端的欺负小孩干什么?"宋潜被他这话问住了,但他马上听出这人的话外音,于是见机行事,从店门口的纸箱里抽出一瓶纯净水说:"对不起,我不是故意的,我买这个……麻烦您能不能告诉我,刚才跑进去的小女孩去哪儿了?"

"你这个学生娃真奇怪,找什么小女孩自己进去看不就是了,问我干什么?"店主收了钱,撇撇嘴,似乎很看不惯宋潜身上的学生气。

"嗯,您说得也是。"宋潜傻头傻脑地走进店里仔细地瞅了一圈,店里各种杂货琳琅满目,就是没有一个人,他垂头丧气地出来,好像对店主认错似的说,"不好意思,店里没有。"

"店里没有。"店主重复了一遍宋潜的话,听上去满含讽刺,"学生娃,你说你今天到底想干什么?说清楚了我放你走,说不清楚,嘿嘿,我可就不客气了。"

宋潜听完这话浑身一哆嗦,怎么,把我当坏人了?

"我,我刚才在那边书店里看见一个小女孩……"宋潜准备一五一十地向店主解释,但他忽然觉得自己很难解释下去,是啊,我为什么要找那个小女孩呢?关心,还是好奇?这样讲店主根本就不会明白。他一急,猛然想起那个小女孩曾经自报过家门,立刻高兴地一拍脑袋,大声说:"谢谢叔叔,谢谢叔叔,我想起来了,那个小女孩住在时光小区,没错,是时光小区6号院,叔叔,您能告诉我时光小区往哪儿走吗?"

"时光小区?你找时光小区?"店主看了看他,半天才没好气地抬手指指,"那边,看见了吧?出门向左转就看见了,去吧去吧,莫名其妙。"

32

　　宋潜真的找到了时光小区 6 号院，但小女孩住几号楼他可就记不清楚了。他随着人群进了院，一进入这个小区，就好像有什么无形的力量摄住了他，让他不能自由地按自己的意愿行动。他装着悠闲地在院里转来转去。抄着手走路。盯着地下停车场的出口发呆。撅断一茎草放在鼻前闻闻。当他来到小区东北角一家饭馆的后门时，忽然惊讶地发现，这个小区怎么和他住的小区一模一样，他吓了一跳，还以为自己头脑发昏做梦穿越了。但当他继续向前，随着角度的变化，小区又恢复了陌生的样子。这真是太神奇了！他很想找个制高点来好好看一看这座小区的全貌，现在在他心里，这座小区简直就是一座迷宫，而且是随时可能变化的迷宫。他注意去看走过身边的人，定睛看了一会儿又发现问题了，有两个明显是已经走过去的人，又再次以同样的姿势从他身边走过，他观察了一会儿，更加瞠目结舌，怎么总有人在他面前反复经过？他冷汗直冒地在一个 S 形弯道处坐了下来，简直不敢去看那些人，幸好那些人也并没有注意到他。他仰视高耸的灯串似的凤尾兰,用力地盯着那纯白的花朵,直盯得那饱满的花朵要胀满视线了,才疲惫地闭上眼。我可能是太累了,他想。

"文娟,你是不知道,我们家张驰呀,现在比什么时候都上心,他天天在我面前念叨小宝宝有动静没有呀,你是不是想反胃呀,孕妇可不能喝枣花蜜呀,他就是这样,心比女人还要细。"一阵熟悉的声音传来,宋潜不由得睁开眼,循声望去,原来在花丛的另一边坐着两位年轻妇女,正津津有味地聊天。宋潜仔细看时,不由大吃一惊,因为他从背影已经辨认出,说话的那位竟然就是他曾经朝思暮想的袁心菲老师。一股强烈的好奇心像磁石一样将他钉在原地,虽然觉得继续偷听下去是不道德的,但他还是不管不顾,任凭耳朵竖直,饱食着渴望已久的重重谜底。

"唉,不过我也确实对不起他。我们结婚都七年了,如果不是他坚持,还不会要这个孩子。去年,他让我保证带完那一届就不再干班主任了,结果我又接了这一届。他是真生气了,问我到底还要不要孩子了。我说要,当然要,你急什么呀,等我工作上做出成绩,站稳脚跟再要孩子也不迟呀。他一听更急了,站稳脚跟,你工作都快十年了,还没站稳脚跟呢,你骗谁呀?反正他就是不再信我的话了,要我马上做出承诺。我说你得容我想想,这个班我既然已经接了,怎么能中途卸掉呢?人都是有感情的,我不能对不起学生,再说了,那样对学生对家长对领导怎么交代?他说,好,你跟学生有感情是吧,那你跟学生过去吧,咱们就别过了。话说到这个份上,我们两个都气得不行,那一次我们两个怄气,整整怄了一个月,谁都不开口。也就是从那时候开始,我对工作不那么上心了,什么事能推给学生就推给学生,自己一有空就跑回家,烧菜做饭,学着做个贤妻。后来,你知道了,贤妻做得倒是不错,可被学校停了职,还公开检查,想想也真是的,怎么都不对。唉,别看我现在悠闲自在的样子,其实心里挺不是滋味的。"

宋潜听到这儿,默默地流泪了,原来自己心中的女神竟是这样生活的。他在心里说,我真该死,真该死。他多想马上走过去安慰袁老师,但有旁人在,他没有这个勇气。他在小径上来来回回踱了几圈,终于下定决心干脆直接从袁老师面前经过,假装没有看见她们,让袁老师来发现自己。这是最好的办法,他想,于是鼓起勇气,尽量装得大大方方地绕到花丛那边来。他走得很慢,耳朵里灌满了袁老师的声音,一句把另一句炸裂,心脏都快要停止跳动了。

"宋潜,哎呀,这不是宋潜吗?你怎么在这儿?"袁老师果然看见了宋潜,她马上惊喜地从长椅上站起来。

"袁老师,是您……您住在这儿?"宋潜感觉自己的嘴和表情完全紊乱,说话的似乎不是他。

"是啊。你是来找我的吗?"袁老师过来亲切地拉住宋潜,"好久没见,小伙子又长高了啊!"

袁老师的那位闺密一看来了学生,起身打个招呼回家了。

袁老师拉着宋潜坐下,宋潜看着袁老师身穿孕妇裙起来坐下都很小心的样子,他真的不知该说什么才好。袁老师倒是开开心心地问这问那,满脸他乡遇故知的喜悦之色。

"袁老师,您,您还好吗?我和同学们都很想您。"宋潜终于想起来一句无论出于礼节还是内心渴望都最想说的话。

"我很好,我也很想同学们。"说到这儿,袁老师忽然控制不住地哽咽了,她停下来,平复了一下心情,然后热烈地要求宋潜讲讲班上和他自己的事,"你们对新班主任还适应吧? 你学习上有困难吗?"

"老师,我觉得对不起您,最近我学习确实有点儿不专心,不是因为辜老师——他很好,很负责任——是因为我自己的问题,我好像陷入了感情问题,不,这样说不恰当,应该说是……"他咬咬牙,鼓足勇气说,"其实是我和艾小溪,我们两个……老师,可能您早就注意到了……"他抬眼瞧了瞧袁老师,见袁老师微笑地点点头,于是接着说,"我们好像……在一起,就是那个……好了,本来我没想那么多,我只是觉得她在某些方面比较了解我。老师您也知道,一直以来,我都想问您的那个问题,我其实是陷在那里面,自己又没办法解脱,所以,总是在找能够帮我解脱出来的人。也许艾小溪并没有那个能力,但她确实愿意帮助我,而且也确实帮了我很多。老师,您明白我的意思吧? 所以……所以我们两个就走得比较近,再加上她又是个……怎么说呢? 反正我们两个都受了辜老师的批评,还叫家长,最后她被撵到了普通班。事情就是这样,我觉得自己还陷在里面,真不知道还能不能再回到原来那种单纯的状态了。"

"宋潜,你对老师这么坦诚,老师很感动。你是善良的孩子,老师也相信你和艾小溪之间没什么。什么是单纯的状态呢? 其实,老师觉得你一直是在那种单纯状态中的,你并没有变得复杂,相信老师说的,把那些折磨自己的多余的想法抛掉。男女同学正常交往,不要想那么多,心胸宽广一些。当然,艾小溪比你要稍微复杂点儿,她现在又在普通班,接触的人也不一样,所以,你做事心里要有数,要把握好自己。"

袁老师的话字字都入到宋潜的心里,宋潜觉得袁老师的声音是世上最美的,也是他最爱听的,她的话自己完全没有理由反对。但他发现袁老师还没有就那个问题发表看法,她好像欲言又止,不想触碰那个话题。

两个月前的那一幕重现,又是单独和袁老师在一起,而且这次更轻松更自由,不用担心没时间,也不用担心被什么人打断,这是谈论那个问题的绝佳时机啊。宋潜耸耸肩,深吸一口气,将全部注意力集中到了问题上来。

"老师,耽误我的其实不是艾小溪,而是那个始终纠缠着我的问题,那个问题我很难说清楚,但它确实存在,而且时刻控制着我的思想和情绪,在它面前我是不自由的,就像个奴隶。同学们在关心学习成绩的时候,我真正关心的是这个问题。我没有为学习发过什么愁,但成天为这个问题愁得吃饭睡觉都不香;我没有为学习付出太大的精力,但把大把的时间浪费在思考这个问题上。这损失太大了,让我感到很心痛,而且迄今为止,我都没有在思考这个问题上取得半点进展,我甚至连这个问题是什么都不知道。老师,您说我该怎么办?"

"没有尝试过放弃吗?"袁老师问。

"尝试过,做不到。老师,请原谅我刚才偷听了一段您跟那个阿姨的对话,打个不恰当的比方,我觉得我对问题的态度就像……就像您对您老公的态度一样,您是因为有了承诺,所以被迫改变了自己的初衷，我也一样，我跟问题好像也形成了某种默契，类似于我们之间也有了某种承诺，我必须对它负责，不能单方面终止。如果我那样做，说得不好听一点，就相当于您背叛了您丈夫一样。"宋潜大着胆说完这番话后，马上感到很不安，倒不是怕袁老师接受不了他的恶毒的类比，而是感到自己这样一说出口，好像真的就有一纸承诺书摆在面前，而自己居然签字画押了。他忽然觉得说话是一种很神圣的仪式，为什么小时候大人总教育自己不要乱讲话，讲话要分场合要看人要顾及后果，现在想来大人们的教育是有道理的。自己这样冒失地讲出来，等于把内心原本模糊的东西澄清了，假设变成了现实。问题进一步利用自己的无知深入到更靠前的位置，直接威胁到了自己的思想。

"宋潜，还记得咱们的问题班吗？那的确是个很不错的创意，也许对解决你的问题会有所帮助，只可惜后来局面失控，学校不得不出来干预了。"袁老师沉浸在回忆中。

"老师，后来我也想了，那个创意虽然不错，但它注定是不能长久的。因为说到底每个人的问题只能属于自己，只有当他问自己内心的时候，那个问题才会存在，一旦摆到台面上来，让大家都看见，恐怕越热闹就越找不到问题所在——最终只剩下一个烂摊子了。"

"你想说群体的问题和个人的问题是两种不同的问题，是吧？"

"嗯，是的，我是这样认为的，一直以来，学校只负责解决群体问题，根本无意过问个人问题。他们很清楚，群体需要的是一道统一的命令,令行禁止就好,而面对个人情况就大不一样了,个人是复杂的,每个人都有不同之处,统一的命令很难解决,所以就干脆不办。不仅不办,如果发现谁胆敢碰这种事,他们还会大发雷霆,不惜一切代价痛下杀手以绝后患。老师,您想想,处理咱们问题班的时候,校长是不是特别恐慌又特别果断,三下五除二就把这件事给斩草除根了。"

"是啊,校长在这种事情上真是很有魄力。"

"不,老师,这不是魄力,这是恐惧,他害怕每个人的问题暴露出来,一发不可收拾,那样他这个校长就难当下去了。"

就像当初宋潜以奇怪的眼神盯着小溪一样,现在轮到袁老师以奇怪的眼神盯着宋潜看了。袁老师在想,这孩子怎么一夜之间就成熟起来了,他的这些大胆、新奇而又深刻的想法究竟是从哪里蹦出来的呢?

宋潜看出了袁老师的疑问,他笑着说:"老师,您一定很奇怪我这些深奥的想法是从哪里来的吧?其实,这一点儿也不神秘,因为我一直受着问题的困扰,自然在这方面就观察得多想得多,通过我的观察、思考,我才发现了这些平时不被人注意的细节。您不是经常教育我们,要注意观察细节吗?说起来观察细节,我还可以举一个例子,也是关于咱们校长的。咱们学校每次开学典礼或是运动会、国旗下讲话什么的,只要校长坐在主席台上,我就会注意观察他的表情——我的眼睛很好的,隔几十米也能看清他的大致表情——如果听到慷慨激昂满是口号的发言,他就会频频点头,一听到谁发言里面带出些个人感受,哪怕是轻描淡写得很假的那种个人感受,他都会表现出一副痛苦不堪的

159

样子,就好像那发言里面有泻药,让他感觉肚子不舒服,急切地盼着发言人早点儿下去。"

"你这个比喻真有趣。"袁老师忍不住笑了,她开玩笑地说,"你再这么讲下去,我都有点儿怕你了,你没发现你观察人都观察到骨子里去了吗?"

"老师,您可别以为我这是夸张,其实现实生活比我所说的还要夸张一百倍呢。"

"宋潜,你有没有想过你的问题可能是因为想得太多造成的,其实人在每个年龄段都有相对应的事要做,也许你的问题适合下一个阶段想而不是现在。"袁老师又抛出一个观点。

"可是,问题已经来了,不由我不想,不是我选择了问题,而是问题选择了我。这样一来,阶段不阶段的也就不重要了,只要想了也就等于承认了问题的存在,也就只能围着问题转了。这样说好像有点儿消极,不过我只能这样,只能把全部的力量用来解决它。"

"那好吧,那咱就把它当作一种特殊的病来治,即使一时治不好也不要紧,久病还可以成良医嘛。"袁老师又开了句玩笑,这个玩笑开得够高明,宋潜打心眼里喜欢。

在这种轻松愉快的氛围中,两个人不知不觉地站了起来,袁老师要回家了,宋潜依依不舍地和老师道别,并答应有空还会和同学们一起来看望老师,看望未来的小师弟或小师妹。现在,经过问题的牵线搭桥,经过一番推心置腹的交谈,宋潜和袁老师已经紧密地联系在一起,浑然如一家人了。目送着老师离开后,宋潜站在 S 形弯道的中央,向小区大门方向望去,小区褪去了它的神秘色彩,掩映在丛丛宽大的绿叶之间,真的和他居住的小区有几分相似。不过这也很正常,就像再不同的人也会有几段相似的生活经历一样。他暂时放下了一切思想包袱,哼着歌穿过长廊走出了小区。

33

宋潜回到家的时候,夕阳已经收起了最后一抹余晖,夜幕开始降临大地了。饭桌上,爸爸问他下午的活动怎么样,读了什么书,他大脑一片空白,只好用飞鱼的那本《识人术》当挡箭牌。爸爸听岔了,以为是《食人树》,树真的能吃人?在哪儿啊?宋潜忍住笑,点头说,嗯嗯,是有的,在南美洲亚马孙河的大森林里。爸爸一边夹菜一边自言自语,那还怪可怕的。

宋潜发誓不再联系小溪,他不开电脑不看 QQ,预备和外部世界一刀两断——当然,跟培实打篮球除外。深夜,灯下,他又开始了自己的学习征程。他一遍一遍地看书,然后在笔记本上抄抄写写,过一会儿又换上一批卷子,时而托颐沉思,时而奋笔疾书。所有这些工作既需要外在的沉稳又需要内在的活跃,这与他的性格十分吻合,他喜欢这种劳动,这种缜密而自由的脑力劳动在他看来是崇高的享受。

半夜,爸爸看见宋潜的卧室门缝立着一线竖直的光,他以为宋潜睡觉忘关灯了,于是蹑手蹑脚地走进去,结果他惊讶地发现宋潜竟然还在台灯下苦思冥想。他吵着让宋潜赶紧上床，勒令他在五分钟之内睡着。爸爸很纳闷为什么在暑假期间，宋潜还这么拼命地学习，这在他看来多少有点儿不正常。爸爸是理工科出身，对什么事都讲道理讲规律，他对宋潜这种反常的表现心生疑窦，总觉得这里面另有情况。

第二天早饭时，爸爸问宋潜："昨天学到那么晚，赶作业吗？"

"写了些题又做了些知识点整理。"

"可是白天如果抓紧些，晚上是没有必要学到那么晚的。"

"白天不是去参加读书会了嘛，所以只好用晚上把失去的时间夺回来。"

"我是说，白天那个读书会是不是真的有价值，因为它毕竟比较消耗时间……对了，你们真的一下午就只读了一本《食人树》，这名字听着倒像是小学生读物啊。"宋潜听出了爸爸的言外之意，很显然这是在怀疑他。宋潜一直都觉得爸爸作为一个理工男在技术方面确实造诣精深，对人性的曲折变化却知之甚少，怎么今天突然就开窍了呢？看来自己一定在某些方面做得过分了。他想想，决定实话实说，他一边用手指头在饭桌上画着，一边说："老爸，其实这个'识人术'，不是那个'食人树'。"

"哈哈，骗你老爸，你老爸也是江湖中人，岂能不懂识人术？昨天就是跟你开玩笑，今天你到底还是自己招认了。"爸爸难得这么搞笑一回，连妈妈都禁不住夸他老奸巨猾隐藏得深。爸爸经此表扬，更加来了精神，他盯着宋潜问："这《识人术》恐怕也不是你看的吧？据我观察，你对这些带'术'字的书向来都是嗤之以鼻的。老实交代，你们昨天到底读的是什么书？"

宋潜对爸爸的追问一点儿也不反感，甚至在内心深处还盼着爸爸问得更深入、更尖锐些，要是真能问得他张口结舌无言以对才好呢。他索性又主动贡献出一部分秘密，他说："还是老爸慧眼明察，《识人术》这种书免费给我也不会看。说实话，昨天我什么书也没看，他们刚开始，我就走了。"

"为什么？"爸爸妈妈睁大眼睛，异口同声地问。

"不为什么，他们读《识人术》嘛，那我只好走啰。"

"走得对。"爸爸说。

"不过，《识人术》也应该了解了解的，现在这个社会……很复杂的。"妈妈说。

"那后来呢？后来你又去哪儿了？"爸爸继续追问，他的情商被充分调动起来后，已经准备与智商会合了。

"要知后事如何，且听下回分解，现在我要去学校打球了。"宋潜突然单方面终止了话题，这令爸爸妈妈十分不爽，他们围着正在系鞋带的宋潜不依不饶地继续问："那后来呢，后来这一下午你都去哪儿了？""不说，别去打球。"

"后来，你们猜，我碰到谁了？"宋潜很喜欢这样跟爸爸妈妈纠缠下去，他甚至都想放弃今天的运动了。

"艾小溪。"妈妈撇撇嘴，凭着女人的直觉得意地说，"你说是不是？"

"No(不)，我碰到了我们亲爱的袁老师。"宋潜用眼睛斜睨着妈妈，心想，这下你猜不到了吧？

"袁老师？"爸爸妈妈表现出的不再是惊讶，而是漠然、尴尬,半晌没说话。这反倒让宋潜有些惊讶了,他猛地直起身子来,"你们怎么了? 怎么不问了?"

"潜潜,你坐下,爸爸给你说,有时候老师也难免犯错误。"爸爸把宋潜拉到沙发上坐下,准备好好和他谈谈,"袁老师是个好老师,可她就是对学生太放纵了,班级那么乱,怎么能学习呢? 上次,你和那个艾小溪被辜老师公开批评,那件事我们一直没说什么,原因是多方面的,这个我们知道。一方面整个班级秩序不好,另一方面那件事主要是艾小溪主动纠缠你,所以我和你妈经常说,一个班级好坏看纪律,一个学生好坏看学不学,你说是不是?"

"爸,你说的关于艾小溪的那部分内容,我现在也承认你们是对的,她确实给了我很不好的影响,不过,我自认还能守住自己的底线,没有被她拉下水。关于对袁老师的评价,我就不敢认同你们的想法了。我觉得袁老师很负责,她把所有的心血都倾注给了我们,她当班主任的时候,我们班的成绩也是最优秀的,这些你们能否认吗? 她对工作有自己的想法,只不过她的做法和校长发生了抵触,就因为这,她才被换下来了。"

"潜潜,有自己的思想很好,但有些事情你还看不透,我是指从更高的角度、更远的将来看,有些事情是现在不能做的。"

"比如呢?"

"比如让学生自己管班,让学生乱提问题……"

"爸,你错了,你根本就不懂。"

"我不懂,那你讲讲,你来让我明白。"

宋潜已经感觉到火药味起来了,至少他已经义愤填膺了,但看得出双方还尽量克制着在论理。他以一种法庭申诉的口气说:"学生自主管班是民主管理的体现,学生参与管理,订立共同的目标和纪律,对班级负责;另外,创建问题班是我的主意,我们每个人都生活在问题中,不只是书本上、现实生活中的具体问题,还包括思想上的,对世界认识方面的,这些问题都需要解决。因为人本身就是复杂的,我们在长知识的同时,也在长身体、长思想,哪一样能够扔那儿不管呢?"

宋潜这番简短的陈述已经充分展示出他在思考问题方面的巨大进步,而且这种表达的勇气也是难能可贵的。如果妈妈没有去收拾碗筷,打扫厨房,而是在这儿完整地听完他和爸爸之间的对话,她一定会惊喜地给宋潜一个搂抱,但爸爸的反应却要冷静得多,爸爸说:"潜潜,你的进步确实很大,但你所说的都是一些美好的憧憬,或者说是你自己认为可行的东西。事实上呢,事实上恐怕没这么简单吧?学生自主很有可能就变成大撒把,共同目标和纪律可能最终只对个别人适用,而问题班其实已经出了问题,不然学校为什么会马上叫停?所以说,理想固然美好,还必须可操作,跟现实接轨,才有可能成功,这个,你承认不承认?"

"我当然承认。老爸,你不是学生,所以你只是主观猜想我们的想法,你想当然地认为现在的学校和过去没什么两样,所以你不能想象今天的学生,他们的自治能力有多强,他们的问题有多深入多尖锐。"

"是啊,他们太强、太尖锐,这本身就是危险的,作为学生如果把思想和精力都用在这方面,那还怎么能腾出手来搞好学习?"

"但是，能够因此就不去改变现实，就默认只有学习这一件事才是青春期唯一该做的事吗？"宋潜也不知道自己为什么一激动竟然用出了"青春期"这个词，这个词令他自己都起了一身鸡皮疙瘩。

爸爸也觉得自己说的话有点儿偏激，他松了口气，好像给自己打圆场似的说："我说的可能也有点儿绝对，在学习的同时不忘思考一些问题，这也是很好的，但要注意把握一个度，千万不能自以为是。生活是复杂的，远不是你想象的那么简单。"

妈妈出来了，她发现刚刚放在桌上的水杯转眼之间不见了，于是抱怨道："你两个是不是又闲了，说些上不着天下不着地的话，我的水杯呢？谁又把我的水杯藏起来了？"

"莫名其妙，谁藏你的水杯了？"爸爸生气地说，妈妈对他那种蔑视的态度让他非常难受。

"你没藏谁藏了？一大早起来就讲那些听不懂的大道理，能不能做点儿实事？"

眼看爸妈之间就要有一番唇舌之战，宋潜赶紧起身跑进自己的屋里，把门关紧。他有些遗憾，毕竟今天和爸爸的谈话还是挺有深度的，但由于最终没有触及他潜意识里预备到达的目标——那个问题，深度自然也就变成了水上的波纹，虚有其美好的外表而已。不过，对于成功地引诱爸爸介入自己的话题这一点，他还是非常满意的，他觉得这也算是对接近那个问题的一种贡献吧。

因为时间已晚，他没有去打篮球，直接开始写作业、整理知识点，忙忙碌碌到深夜。

34

次日一早，宋潜来到学校，培实告诉他小溪找他都快找疯了。宋潜说："不用管她。"培实很奇怪："为什么呀？"宋潜说："飞鱼知道，你问飞鱼去。"培实就明白怎么回事了，他不再问，他们就默默地打球。临走的时候，培实还是忍不住提醒宋潜："还是回去看一眼 QQ 吧，怕有什么事。"宋潜笑了："还能有什么事，难不成小溪为我跳楼了？"培实忙说："呸呸呸，千万别说这样的话，咱学校这地界说什么都很灵的。"

宋潜回到家，漫不经心地打开 QQ 一看，嘀嘀嘀，蹦出的消息倒真是不少，大部分都是小溪发来的，但他看了几条就不想看了，无非是说，她跟飞鱼之间没什么，请宋潜不要胡思乱想。宋潜心说，我才没有胡思乱想，我这是冷静面对现实。小溪又说，你那天错过了读书会来的大腕级人物，太可惜，有机会下次再去。宋潜想，下次，下次再来刺激我？还嫌伤害我不够深吗？宋潜把电脑关了，仰着脸发了会儿呆，他觉得还是自己一个人独处万事清爽。

隔天早晨,宋潜又去打球,老远就看见小溪站在操场边,她怎么来了?

"你来干什么?"宋潜问。

"宋潜,你别急,我来就跟你说两句话。"小溪一脸平静地说,"你可以不理我,但你早晚会知道这是错的。还有,沐老师那儿,你一定要去一趟,不然就太亏了,我是为你好。我的话说完了,宋潜,你听明白没?"

"完了? 就这些? 不再缠着我了?"宋潜仰着脸,冷漠地说。

"随你怎么想。如果决定要去,还是周六下午三点。"小溪扔下这句话走了。

培实拍着篮球,看了宋潜一眼:"你可能还真的误解艾小溪了,依我的判断,她对飞鱼不可能是真的。"

"什么真的假的,我才不关心呢。打球。"宋潜一脸不屑。

"宋潜,你别逞强,有些事情吧,我觉得就是当局者迷。你难道看不出来小溪是真的对你好? 再说了,那个飞鱼在外面拈花惹草,女朋友一堆,小溪不会喜欢他的。"

"不喜欢那还天天在一起?"

"天天在一起,这是求保护,有个能打的男生在自己左右可以保证安全,这个你不懂。"培实做了一个黑社会的手势,笑着说,"其实,飞鱼就是个保镖,他处处都得听小溪的,小溪让他干吗他干吗,你信不信?"

"连这你也知道。"

"那是,我李培实这脑袋瓜也不是吃素的,再说,没这两把刷子我也不好意思在你宋潜身边混啊。"

"这么说，就跟我是黑老大似的。"宋潜笑了。

"你也太高估自己了吧，是我一直在保护你好不好，这你都没看出来？"培实继续和宋潜开玩笑。

宋潜喜欢培实这种暖男的个性，总能让他从低沉的情绪中走出来，此刻，他固若坚冰的心又不知不觉地开始融化了。

转眼到了周六下午，宋潜准时出现在苇草书屋门口。书屋在午后阳光下显得清凉明艳，再次瞬间击中宋潜的心房，这的的确确是我的梦想之地。在进门之前，他忽然有一种画十字架的冲动，他在心里念道："因父及子及圣神之名，阿门，沐老师，我来了。"

坐在书友们中间的宋潜，脸上有着与他的年龄不符的认真之气，手里捧着刚从书架上取来的马尔库塞的《爱欲与文明》。他莫名地觉得这本书是为他而写的，可翻了几页才发现书的内容晦涩难懂，根本读不下去，他有点儿沮丧，对着书皮发呆。很快，读书会开始了，沐老师首先请大家做自我介绍，宋潜偏巧轮到第一个，他站起来的那一刹那忽然脑子一热，心想反正是面对陌生人，不如来个惊世骇俗的表现，于是他声音洪亮地说："我叫宋潜，一个普通的中学生，热爱学习，向往自由，我从不认为分数能决定一切，但我一定要争取最好的分数。今天来参加读书会，目的是希望找到一个可以帮助我解决问题的人。"他一口气做完介绍后毫不迟疑地坐下了，等待周围掌声响起，可除了小溪在长桌的另一端送来的近乎听不见的回应外，其余人只是默默地倾听，并未做出其他举动。介绍继续往下进行，宋潜在自讨的尴尬中冷静了一会儿才反应过来，刚才的那几句话说得并不精彩,为了刻意表现自己,所表现出来的恰恰是一个空壳。最后一句还勉强算是诚恳,寻求帮助嘛,这是真实的目的,其实只说这一句就足够了,别的都是修饰、伪装。想到这儿,他偷偷抬眼观察了一下大家,好在并没有人注意他。当他认真地听其他人介绍的时候,才恍然一惊,原来坐在自己身边的这些看似平平凡凡甚至有些邋遢的人里面,竟然埋伏着不少博士、诗人、艺术家,怪不得一个个都这么沉得住气。

大家开始交流村上春树的《海边的卡夫卡》,这本书他读过,很喜欢,于是他试着把小说中的田村卡夫卡召唤到身边来。桌旁还有好多空座,他给田村卡夫卡安排了北面偏阴凉的位置,按他的考虑,田村不应沐浴在阳光下但必须面向阳光,这与他处在相对复杂、神秘的家庭环境中而又是一个大胆的行动派的身份相吻合。宋潜自己呢,则与田村正好相反,他的家庭简单、清爽,本人却内向、深沉、不敏于行。他进来的时候无意识地就选择了南面靠窗的位置,想象自己坐在阳光里,如一道风景,看到的却是对面阴影中的诸人。田村与他也并非正面相对,他们之间应该有个角度,这个角度让彼此恰能欣赏到对方的侧脸。宋潜以为人的正脸是工作脸,端端正正,不掺杂个人情感;侧脸则是生活脸、艺术脸,有轮廓有线条,看上去如诗如画如故事。宋潜心想自己与田村互为故事,这种关系最为理想,他默默地点点头,算是和田村问好了。田村身旁一边是一位满头银丝的老者,另一边则是一位穿着不大讲究的中年阿姨。在宋潜看来,这两位都不像是《海边的卡夫卡》的读者,以他们的年龄和身份,能对少年题材的小说感兴趣吗?他猜想他们要么是不知道这次读书会要读什么书,要么就是不知道《海边的卡夫卡》究竟是一本什么样的书。读书而不知书,那岂不是很茫然吗?反正他是去年就已经读过这本书了,凡是跟孤独这个主题有关的书他都喜欢,一旦知道必读之为快。当然,也有另一种可能,没准人家都是高手,年龄、职业什么的根本不是问题——经过刚才的自我介绍,他已经不敢小觑在座的任何一个书友了。接下来,他将目光移向沐老师,沐老师坐在长桌的首席位置,阳光正好从他的头部中轴线分开,一半阴一半阳,而且鼻翼处还自然地形成了一道弧线。好一张太极脸!宋潜不禁生出联想。沐老师讲话的时候,那张脸忽上忽下地动着,好像很讨厌那弧线却又摆脱不了的样子。宋潜看着那道弧线,在心里替沐老师感到难受,于是扭过头不去看他,这时候有人哗啦一声将窗帘拉上了,沐老师和所有人的脸一下子笼罩在了一股浓重的哥特式的幽暗氛围中。看,哈利·波特此刻骑着扫帚飘然降落到沐老师的身后,他往那儿一站,书屋立刻幻化成了霍格沃兹魔法学校。宋潜看着眼前的一切,抿嘴微微笑着,那一刻,他几乎已经把真正坐在这屋里的人给忘掉了。

35

　　"宋潜同学,请谈谈你的观点。"宋潜猛听到沐老师唤他的名字,马上本能地站起来,周围的书友示意他可以坐着说,他却不愿意坐下,他好像早就等着这一刻,等着把自己像火箭一样发射出去,他想了想,认真地说道:"从人类诞生以来,少年就被认为是不安分的一类人,荷马史诗里特洛伊王子帕里斯贪恋海伦美色,引起了长达十年的特洛伊战争,二十世纪,战争狂人希特勒大肆屠杀犹太人,就是因为他年轻时受到了犹太人的侮辱,从此在内心深处埋下了仇恨的种子。《海边的卡夫卡》里的田村也是这样一个冲动的少年,他要寻找什么其实是不清楚的,那块入口石到底通向哪里,在座的老师们谁又能告诉我呢?不,你们给不了这个答案。少年是一个特殊的人群,他们是这个世界的不安,同时又是搅动这个世界的磅礴的力量;他们可以让这个世界变得更美好,但也可以毁灭这个世界。各位老师,我觉得田村卡夫卡和我一样,一点儿也不远,他就在我们身边,不瞒你们说,刚才我在座位上就看到了田村卡夫卡和哈利·波特。"说到这儿，书友们不禁用惊奇的目光看着宋潜，宋潜接着说，"可是，那么多的少年并没有受到社会的足够重视，我们社会的主流价值观其实就是成王败寇，每个学生在他们漫长的成长过程中一直在饱受这种历练，如果没有坚强的心脏和聪明的大脑，他们根本不可能顺利熬到毕业，也就是说他们早早地就被社会抛弃了。而那些经受住考验幸而在社会上得以生存发展甚至享受荣华富贵的人，他们的内心会怎么想，你们知道吗？他们有一种东西被长期压抑了，那就是——本能。本能本来是最应该被关注的东西，现在成了洪水猛兽，学校要把这猛兽关起来，可能吗？也许一时看起来成功了，除了学习、竞争，学生确实没有多余的想法了，但那些想法并不会凭空消失掉，它们以更隐蔽的方式藏起来了，藏到日常行为习惯，甚至性格里去。直到有一天，它感到无比饥渴，想要重新找回做人的感觉，那猛兽就会破笼而出——如果那猛兽还活着的话，它会很可怕，当然，那猛兽死了，也同样可怕。有人说，不存在这样的猛兽，这是你杜撰的，那我问一句：难道你从小到大都没有一点儿个人的想法吗？"宋潜一口气说到这，已经脸色发白，仿佛用尽了气力，但仍然觉得缺乏力量，没有真正将那个问题从自己的心里呕出来——他已经不知道该怎么表达了。

轻微的掌声来自那个白发老者，他一边鼓掌一边意味深长地看着宋潜。小溪没有鼓掌，她听呆了，忘记了鼓掌，仅仅一个多月不见，宋潜变化太大了，小溪在心里替他高兴。沐老师也没有鼓掌，他的沉默让人觉得更加神秘，哈利·波特在他身后也闭上了眼，瞬间变成了丹麦王子哈姆雷特。

宋潜坐下来的时候，心里带着一丝不甘和一丝内疚。不甘是因为话还没有说完，问题尚未问出；内疚是因为他觉察到自己的思想和书友们并不合拍，站在旁人的角度看，也许会以为他是专门来砸场子的。"不过，"他对自己说，"这个场子必须砸，不砸我就白来了，砸了也许还能看到一线希望。不知会不会有人能接过我的话题去？"

　　然而，并没有人接过他的话题。沐老师轻描淡写地说："刚才这位宋同学可能没搞清楚我们的话题，说的内容有些偏题了，下面的书友请接着发言。"这回宋潜简直有点儿愤怒了，这算什么？敢情我说这么多全都白说了，连句评价都不给吗？他看到对面的白发老者也坐不住了，但并没有表达观点，而是欠身站起来出去了。过了一会儿，一个店员来到宋潜身后，递给他一张字条，字条上写着："你好，我是坐在你对面的白发老先生，请你出来一下，我在隔壁的咖啡间。"宋潜大惑不解，他以为这张字条是给别的什么人的，但想想老者的眼神确实是针对自己的，于是低着头很忐忑地走了出去。

　　宋潜来到咖啡间，老人已经迎过来，他请宋潜坐下，递给宋潜一杯橙汁，然后徐徐说道："小伙子，别紧张，我是沐春峰——哦，你们叫沐老师——的岳父，我姓祁，他们都叫我祁老爷子，你也可以这样叫我。你刚才的发言很好，我想大家也是这么认为的，只是因为别的原因没有鼓掌，也没有做出评价。我把你叫到这儿来没别的意思，就是想跟你单独聊聊。"

　　"祁爷爷您好，我不明白为什么不能当着大家的面聊呢？难道我说的话有什么不对吗？"宋潜十分不解。

"刚才我已经向你提到了,有一些别的原因致使我不能当着大家的面和你聊,这个一会儿我会向你解释。现在请你告诉我,是谁介绍你到这个读书会来的?"

"我必须得说吗?"

"是的,这很重要。"

"那好,是艾小溪——那个坐在沐老师对面的女孩。"

"哦,我明白了,如果是她的话,我们可以继续聊下去了。"

"这又是为什么?"宋潜不解。

"嘘,小声点儿,现在先听我说,下面我所提到的内容请你务必保守秘密,不得外泄。"老人拉了拉椅子靠近宋潜,低声说,"我是春峰的岳父,春峰这孩子爱读书,这个书屋是他多年汗水的结晶,也可以说是他毕生为之奋斗的事业。早些年,他在学校教学,因为经常领着学生读课外书,举办读书会,被校长认为是不务正业,把他打发到总务处当保管员。春峰是个有想法有抱负的孩子,哪能受得了关在保管室里的日子,一气之下,辞了职,出来就开办了这家书店。现今网络这么发达,办实体书店实属不易,他卖的书又都是些小众的社科读本,若单靠卖书的话,这家店早就关门了。幸好他脑子活,上了咖啡机,又卖些手工艺品,和我女儿还另开了一家眼镜店,这才勉强顾住本钱。这里每周末都有活动,不仅有读书会,还有观影会、名家讲座、民谣歌手巡唱,等等。活动是挺丰富的,会聚了一帮爱读书的孩子,也活跃了咱们这座城市的文化生活,不少外地读者还不辞辛苦专程过来造访咱们这个书屋,如果你留意的话,会发现多家纸质媒体、网络媒体对书屋都有过报道。"

老人呷了一口茶,接着说:"不过,最近这里出了点儿小情况。春峰的老师,就是坐在你旁边的那位谢了顶的有些发福的老人,他叫余启明,前一段来这儿参加了一次活动。在那次活动上,有位书友发言抨击时弊,言辞可能有些过激,余老师听了很不舒服,不仅狠狠地教训了那位书友,而且告诫春峰,以后绝不允许有这种现象出现。这余老师也是个上心的人,从那以后每次活动都来,他一来,大家就有点儿发怵,春峰也敬着他,于是就出现了你刚才看到的那一幕。其实大家都知道你说的是实情,也很想就此展开一番讨论,仁者见仁智者见智,各抒己见嘛。可是大家碍于这位余老师的情面,就没人敢说出口,连我这个半截子入土的老家伙也变得唯唯诺诺,不敢吭气了。"

　　"祁爷爷,不好意思,打断您一下,虽然我也很敬佩沐老师和您,但我来参加这个读书会其实另有目的。我并不关心学校的制度——刚才那一番慷慨陈词说白了不过是为了吸引大家的注意,好让大家来关注我接下来的话题,那也是我真正的目的,可是我才起了个头就说不下去了。没想到你们又那么紧张、尴尬,这完全出乎我的意料。现在,我心情平静多了,我能对您说说真心话吗?"宋潜的这番话让祁老爷子吃惊不小,原来这小子还有话要说,看得出他将要说的话题一定是全新的,这倒让祁老爷子产生了极大的兴趣。

36

　　"祁老爷子、宋潜，敢情你们在这儿呀。"小溪也跑到了咖啡间，她毫不客气地举起宋潜的橙汁就要喝，宋潜一把夺过来，冷冷地说："关你什么事？我给你说，今天过来我是冲沐老师，不是冲你，别想多了。"

　　"你看，今天飞鱼没有来。"小溪歪着头，一派天真。

　　"他来不来关我什么事。你走吧，我不想看到你。"

　　"不，我偏不走。"小溪向祁老爷子求救，"祁老爷子，你看，他想撵我。"

　　"好了，宋潜，我也看出来了，你们两个是同学，关系还不一般，是吧？那就坐下一起聊吧。"祁老爷子一句话给小溪解了围。

　　"现在，宋潜，你就讲讲今天来这儿的真正目的吧。"

　　"祁爷爷，您刚才一番话让我觉得您特别值得信任，我是个中学生，对什么都又好奇又迷茫，特别想得到像您这样阅历丰富的人的指点。"宋潜观察了一下祁老爷子和小溪的表情之后，才又不紧不慢地接着说，"我一直有个问题，试着向很多人问过，但总感觉问不出来，你们别急，问不出来不等于没有。有时候，我走在放学路上，忽然看到一处从未见过的风景，这风景可能不比旅游景点的漂亮，也许只是一棵草、一朵花、一片纯净的白云，但它会让我感到自己活着，那么真实地活着。我想说，我活在那风景里，活在那一刻。你们懂吗？但是在日常生活中的很多时候，我都没有活着，我是麻木的机械的，除了像个机器人一样做事，对什么都没有感觉。即便是今天下午，这么好的环境，直到现在，虽然我一直在努力让自己清醒，但依然没有活着的感觉，一切就好像只是个过程。我见到了沐老师，见到了祁爷爷您，见到了那么多知识渊博的书友，但我没有见到那种我想要的真实。其实真实是很容易见到的，刚才我也说过了，只要静下来就能看见，可是不知怎么的，我就是找不到那种状态。学校让我们不停地学，为了某个遥远的目标，我们像陀螺一样旋转，但没有美好的过程，真的，心里空空的。

"祁爷爷您可能会说，这些经历是每一代人都有过的，这也并不影响你长大，你长大了自然会明白一切都是有用的。我当然知道，我还知道孤独本身就是一种美，居里夫人就说过自己在年轻时候度过了一段孤独而美好的求学岁月，但那种美好绝对不是学校强加给她的。我刚才说的真实其实就是一个人自然地生长，没有被扼杀天性，这很重要。我又开始激动了，你们让我把话说完，有时候，不激动是很难把话说完的。也许你们还会说，学校只是给你们提供一个场所，搭建一个平台，从这里你们学到知识，最终走向社会，那么这个场所、这个平台是不是真正让人感受到了人的存在？我不要求每天都过得像神一样快乐——当然神也会有烦恼——但是至少是活得有尊严。好，你说，尊严是靠自己挣来的，快乐也是靠自己寻来的，那么，在学校尊严和快乐真的被当作重要的事情了吗？没有！或者说变成了校长、教育局的尊严、快乐——那就是分数嘛，分数让他们有尊严，有快乐，然后他们会语重心长地告诉我，这就是你的尊严，你的快乐。现在你努力，你奋斗，将来你站得更高，活得更富有……

"唉，其实，我想说的不是这些，我只是想说，一个现在就不快乐、没有尊严的孩子他怎么办？有可能他等不到成功的那一天，就被最后一棵稻草压死了。要知道不是每个人都能成功的，即使在各个方面开辟道路，给每个人尽可能多的成功机会，但成功终归是有比例的，这个比例是一定的。"

"你在提社会问题，小伙子，你胆子很大，脑子却很糊涂。"这句话从旁边飘过来，三人大吃一惊，扭头一看，原来是不知什么时候来到咖啡间的余老师说的。刚才宋潜专注于倾诉，祁老爷子和小溪专注于倾听，谁也没注意到余老师什么时候过来了。他也听到了全部内容吗？三人又往后一看，发现参加读书会的人陆陆续续都来到了余老师的身后。

宋潜站在众人的目光当中，他的身体和灵魂似乎都发生了某种变化。和曾经在班上被同学们的目光逼视所发生的变化，有一定的相似之处，但又不完全相同。那个时候，他是被动的，试图把一切压迫自己的力量以自己的方式反弹出去；而现在，他是主动的，他已经抓住了问题的门把，众人的目光虽然仍旧让他感到有些不适，但毕竟这些目光已经成为一道顺从自己的力量。这些人不论以何种态度、何种方式评价自己，都能够把力量贯注到自己的双手上，帮助自己推开问题这扇沉重的大门。

余老师走到近前，拉把椅子坐下，接着说："你考虑问题总是围绕自己，围绕单个的人，这就难怪你跳不出自我的怪圈了。你好像很欣赏孤独，很喜欢单打独斗，你几乎已经忘了现在是一个信息社会，一个藏不住任何隐秘的社会，世界早就是平的了。你所认为的成功终归有一定比例，不错，看上去挺有道理，可你想过没有，你眼中的成功跟其他人眼中的成功并不一样。你认为失败的事情可能其他人觉得那就是成功——这就是说，每个人的成功观不一样，以此类推，幸福观也不一样，未来观也不一样，在这个问题上，大家满可以各自成功，各自幸福，各自拥有自己的未来，而并不会挤掉他人的机会。

"说到你所感兴趣的那个问题，你好像一直在寻找它，但又一直在逃避它，这点你承认不承认？你把那个问题说得那么神秘、那么玄妙，好像谁都不能理解，可是你最终不还得让我们知道，还得求我们帮助？你想想，你怎么可能找到一个既不理解你又能帮助你的人？这根本不合逻辑嘛。你口口声声说学校这不对那不好，限制了你的自由，阻碍了你的发展，你以为学校是监狱吗？不，你错了。是你自己在心中缔造监狱，你用片面的、看不到未来的眼光为自己缔造了一座监狱，而学校本身永远都是朝向未来的。不是我为学校唱赞歌，学校虽然有这样那样的缺点，活动少，课程不丰富，评价标准单一，不错，这些我都承认，但学校从来都不排斥这些，它总是在向着好的方向努力，力图更加接近现代化,接近孩子们的心,帮助孩子们健康快乐地成长,难道学校在这些方面所做的努力你看不见吗?你不理解学校为什么要那么残酷,制定繁重的学习任务,考试排名,可你知道没有这些,学生会变成什么样子?社会会变成什么样子?不重视读书,各人随心所欲,社会就会倒退、瘫痪,甚至土崩瓦解——这些历史早就以惨痛的教训告诫过我们了。

"所以,孩子,我很欣赏你的才华,但绝不赞成你的观点。可是,这些人害怕我讲话,故意跟我装客气,祁老爷子——说句冒犯您的话——这么大年纪了,也跟年轻人一样不懂事,领着这孩子跟我躲猫猫。"余老师转过脸来盯着祁老爷子,那神气活像在教训一个不好好吃饭的孩子,"你往哪里躲呢?躲过了我,躲得过社会吗?躲得过这个时代吗?我干了一辈子教育,始终相信这个社会是好的,人类历史是进步的,教育是充满希望的,不像你老了老了还跟个孩子一样……"

"老师,您……"沐老师看不下去了,他知道老岳父没有那个能力和余老师辩驳,"您还是少说两句吧,岳父年纪大了,不能激动的。"

"好,你们聊吧,我这个老头子反正也退休了,本不想过问世事的。"他摇晃着浑圆的秃脑袋,从宋潜的视线里慢慢走出去,一边走还一边唠叨,"唉,现在的年轻人,有文化,没脑子,自以为是……"

37

　　读书会结束了,这次的结果是谁也没有料到的。余老师一走,沐老师可忙开了,又要安慰祁老爷子,又要照拂宋潜,还要送走书友们。

　　宋潜脑袋昏昏沉沉的,他趴在桌上打了个盹,醒来的时候觉得大脑终于有氧了。他看见小溪还在身边,手里捧着一本辛波斯卡的《万物静默如谜》。

　　"这书怎么样?"宋潜问。

　　"是诗。很美。"小溪答,"听听这句:'我为自己分分秒秒疏漏万物向时间致歉。'"

　　"是啊,我也是这么想,岂止是疏漏,简直是浪费生命。这个下午如果我不来书屋,可以去打篮球,可以去沐浴阳光,可以去奔跑,可以去陌生的地方迷路……"

　　"难道你后悔来书屋?"

　　"有一点儿,至少没有我想象的那么好。"

　　"你想象的好是怎么个好法?"

"我想象中，读书会应该是畅所欲言，每个人都有思想，敢表达，大家在交流中走向深入，每个人都能通过书找到自我。"

"宋潜，你太理想主义了，太不现实了。"

"是啊，我也觉得自己太不现实，现实就像今天这样子：沐老师想主持一场有意义的读书会，结果却被余老师搅了局；大家想深入地交流，可余老师非要搞一言堂；祁爷爷明白这一切却只能听任局面自由发展。我搞不懂为什么大家那么怕余老师。"

"好了，宋潜，咱们先不谈论这个话题。你再听听这句：'我为简短的回答向庞大的问题致歉。'辛波斯卡说的问题是不是你说的那个问题？这句对你有帮助吗？"

"你再念一遍，我没听清。"宋潜也被辛波斯卡的诗句吸引住了，此刻这样的句子比任何安慰的话都更能进入他的内心，当他认真听完这句诗，不禁赞叹道，"说得太好了！问题是庞大的，而我们的回答太简短、太草率，根本没有摸着问题的门，其实我们——我想至少是今天到场的所有人——都在欺骗自己，我们说话言不由衷，不能充分地表达自己。有一种东西绊住了我们，让我们宁愿被欺骗，而不愿意醒着。哎，你说这句诗怎么写得这么好，是的，我们每个人都应该向问题道歉，为我们的浅薄道歉。"

"你再听这几句，我觉得怎么像是在说你呢。"小溪也越来越激动，她没想到自己信手拈来的一本书就这么好，她用缓慢而深情的语调读出来，"'你或许有机会结识我，但你永远无法彻底了解我。你面对的是我的外表，我的内在背离你。'听听，像不像是在说你，我觉得太像了！"

"小溪，我也有一句诗送给你，'甚至一个短暂的瞬间也拥有丰腴的过去'，这也是辛波斯卡的诗句，我不确定是不是这本书中的句子。"

"哇，宋潜，你太了不起了，竟然还会背她的诗句！"

"没什么，喜欢的东西就会记得很牢，就像认识一个人十分难忘一样。"宋潜若有所思，"你再品品这一句'甚至一个短暂的瞬间也拥有丰腴的过去'，越读越觉得余味无穷。"

宋潜沉醉在诗意中，而小溪另有隐衷，她问宋潜："你不想知道这几天或者说自从我们假期前分开以后，我都在做什么吗？"

"什么？"宋潜很茫然。

"我在想有时候喜欢只是一种感觉，很难长久，我想要长久的东西，但自己也不知道那是什么。"小溪看着宋潜说，"不过，我现在决定要好好学习了，这是真的，不骗你，骗你是小狗。"

"我相信，我当然相信，你一定会成功的……不过，我们之间最好还是少来往，这对你对我都有好处。"

"为什么？难道你怕我？不，我知道了，你一定是怕飞鱼。我告诉你吧，飞鱼前天晚上因为一个小妞又跟人打架，还是打群架，结果你知道咋了？他跑了，怕被人报复呗，到现在还没回来呢。"

"打群架，你说得这么轻描淡写，那可是要出人命的。"

"是啊，我现在也不想关心这种事了，打打杀杀，为了一个妞，玩来玩去有啥意思，说起来都是不肖子孙，对不起父母把他们养那么大。宋潜，你放心，我不会再跟飞鱼那帮人混了，我要改邪归正。"小溪扮了个鬼脸,希望宋潜别那么紧张。

这时,沐老师端过来两杯咖啡,热情地招呼他俩:"来,尝一尝咱们书屋的特色品种,这叫'夜航'。"

"'夜航',真是个好名字。"宋潜端起杯子,不忍用小勺去搅拌,他看着那一圈卡其色泡沫泛起在酽酽的咖啡海上,不觉出了神。

"我也是问题中人。"沐老师冷不丁冒出这么一句,他示意宋潜和小溪喝咖啡,然后接着说,"宋潜,你今天的发言真的很好,句句都是肺腑之言,至少你说出了自己想说的话。其实我们大家都是问题中人,问题是与生俱来的,就像是印刻在我们身体里的密码。我们可以把这个问题比作生命之谜,无数的哲学家早已从各个角度对此进行过探索,但迄今为止,并没有一种说法能够长盛不衰。今天因为我的老师在这儿,多少影响了你的发挥,不然,也许你会说得更深入、更透辟些。"

"不,我倒觉得今天余老师的在场,使问题很自然地引向了深入,甚至是尖锐。我觉得余老师的说法也很有道理,他那样批评我,我倒真觉得自己应该好好反思一下了。沐老师,你知道,一个人最难看见的就是他自己。"

"说得不错。"沐老师站起来,去吧台抽屉里取了把钥匙说,"来,我先带你们去个地方,回来咱们再聊。"

沐老师领着宋潜和小溪来到一面贴满艺术大师头像的墙边,将钥匙对准希区柯克的烟斗,一旋,门开了,门后是一段长长的通道。哇,没想到里面这么幽深,真有点儿《地道战》的感觉呢!沐老师按亮壁灯,在前面边领路边介绍说:"这里是'文革'

前建的防空洞,后来废弃了,二十世纪八十年代开放出来做地下舞厅,后来还做过地下商场,挺大的,这只是其中一段,其他的封死了。喏,你们往这儿看,这儿才是我的私人世界。"

38

　　推开又一扇门，灯光亮起的一瞬，"哇！"宋潜和小溪都不由得失声尖叫起来。铺满视野的深蓝星空与夜的大海相连，一艘巨轮静默地航行在镜子似的海面上，海风吹送来积蓄经年的腥味，伴着悲伤的音乐弥漫于广寒之夜。宋潜不知自己是站在接近巨轮的画面前还是置身于巨轮之上，他感到鼻腔冰凉，双颊刺痛，眼睛像伸向太空的望远镜一样充满渴望。音乐展开的节奏与船行速度相吻合，船头水花飞溅，昂首迎向繁星，舱体层层叠叠摇曳着梦的光辉，一股强大的情感力量突如其来地将他推入了纯洁至深的汪洋。他的心刹那间变成月光、水银和一条条惊心动魄的航迹。他在分秒飞逝的温馨里流泪，在咫尺天涯的友情里流泪，在幡然悔悟的羞愧里流泪。感动他的是美，是发现，是容纳真我后的性灵独抒。他现在明白那杯咖啡为什么命名为"夜航"了——眼前之景悄然泄露了沐老师天真而又深邃的内心。但是，沐老师为什么偏偏青睐这样一幅场景呢？而自己为什么又会为之流泪呢？这到底是因为我们拥有共同的性格底色,还是因为人类普遍情感原本如此？他偷眼瞧瞧小溪,小溪也是沉醉的,但她的沉醉似乎更轻盈、更明快,像偶遇而非久别重逢。他为自己那多余的想法而摇头,他对自己说悲伤本没有翅膀。

沐老师转换了一下壁上的开关,渐渐地,星海远去,曙光初现,一声悠长的鸟鸣惊醒了宋潜和小溪,他们方才发现身边竟然停靠着一列系满鲜花、铃铛的儿童款绿皮火车,那火车伏在铁轨上,乖巧可爱,惹得宋潜和小溪争抢着往上挤。沐老师做出一个非常绅士的有请动作,两人才安静地落了座。汽笛鸣响,车轮滚滚,欢快的童声也唱起来了,他们真像是要辞别亲人奔赴远方一般。宋潜想,书店那个小女孩要是看见这乐园,准得乐疯了。他仍然无端地牵挂着那个小女孩,希望什么时候见到她,好好的,乖乖的,他还可以带她出来玩,告诉她,他绝没有存心要骗她。他甚至允许小女孩可以生气不理他,他保证自己能用各种办法使她开心起来。他这样想的时候,不知不觉把她想成了小溪的模样,因为他确实想不起来小女孩长什么样了。小溪在他的前排,好像感受到什么似的扭过头看了他一眼,他冲小溪笑笑,风景是如此美丽,容不得他分心再想别的。

沐老师控制着火车头,他像个神奇的导游,领着宋潜和小溪在万花筒似的风景里飞旋。宋潜和小溪倚着车窗观瞧,他们看见四壁映现的全是沐老师和妻子、朋友漫游各地的旅行照片、视频。宋潜注意到沐老师他们绝不去人头攒动的风景区,照片里只有他们和莽莽的青山、墨镜里的飞鸟,在云气蒸腾的群山之巅,朋友们大都活蹦乱跳手舞足蹈,唯有沐老师略显木讷地立在一旁,一张黝黑的脸,一排洁白的牙齿。

火车停了,群山和森林还在旋转,宋潜和小溪的童心还在纵情地悠游。

"小朋友们,怎么样?"沐老师转过头来问道,接着他用近乎自言自语的口气介绍说,"我们就是这样把所有时间交给了自然,交给远行,我们对此无怨无悔。也许你们会问,我们哪来的那么多钱、那么多时间和精力? 这个其实很简单,我们对现实的物质生活几乎没有要求,饭,能填饱肚子就行;家,能睡觉就行——迄今,我们就住在这地下室里。我们贪的是精神生活,为了买书,我们宁愿挨饿;为了外出,我们舍得关门。我和爱人结婚这么多年没房没车,但我们生活得无比快乐。我们虽然是穷游,但获得的是自由。城市只是我们的寄居之地,我们真正想念的是那些让我们怦然心动的地方,就像想念老朋友,说不定哪天,我们就会拎起背包无声无息地离开这座城市。"

"那你们走了,这书屋怎么办?"小溪问道。

"我们走了,可以请人来打理书屋啊。"

"那么你们就聘请我吧,我喜欢这里。嗯,不过要等到我毕业,到那时候,我会选择自己想要的生活。"小溪仿佛已经看见了自己的未来。

"嗨,我怎么忘了,"沐老师与宋潜目光相遇的一瞬,猛然想起来那个问题,冲着宋潜说,"走,我们到外面去,接着聊那个你关心的问题。"

宋潜却坐在车上不想下来了,不仅不想下,连动也懒得动,就像一个晕车的人由于晕得久了,反而对车有了一种依恋那样。

他孩子气地将车门上的插销拔下又插上。

小溪也不动，双手捧脸说："我记得一幅漫画，画的是医生好不容易把睡熟的病人叫醒，然后冲他大喊：'喂，你该吃安眠药啦！'"

沐老师笑了。宋潜说："你们让我静一静吧。"沐老师和小溪走出去。从门口漫过来的灯光和室内的灯光相互交汇，一片融入另一片，像细沙弥合无间。宋潜看着灯光发呆，他丢失了那个问题，甚至对那个问题的忧心和恐惧也荡然无存。他觉得奇怪，带着好奇大胆地想，想把那可怕的感觉抓回来，然而无从下手，新的感觉在嘲笑他："你究竟在怕什么？"此刻，他什么都不怕了，什么不好的感觉都没有了。他不敢相信这会持久下去，也许过不了几分钟那感觉就会重新回来。他这样静静地坐了几分钟，什么也没有发生。

墙上的布景和脚下的火车不过是机器制造出来的，把这些东西搬走，这间地下室无非是个地洞，他甚至能够闻到那种长期潮湿所酝酿出来的霉变气味。他慢慢地走出来，关上门，离开了那个既真实又虚幻的空间。他已经有些累了，最主要是疲倦，如果能在某处睡一下打个盹该多好，但刚才那间地下室他不想再进去了，不为什么，里面太潮。

"沐老师，我想问你们平时真的睡在那间屋里吗？"宋潜揉揉眼问。

"是啊，一年中不外出的时间都睡在那里边，顶上有通风的气窗，打开空气会好些。"

"不过，我还是觉得太闷了，我现在还感觉有点儿头晕。你呢？小溪。"

"我很好啊，宋潜，你是不是有点儿太敏感啦？"

"不，我不是敏感，我是找不到感觉了。我们回吧。"

现在宋潜已经明确自己和问题分离了，但他并没有感觉到丝毫的轻松，反而愈加沉重起来，原来用于警惕和对抗问题的那部分精神释放出来，无处可去，所以，他倦极了，很想躺下就睡。他告别沐老师，也不知在何处和小溪分的手，回到家就睡死过去了。

39

妈妈终于忍不住了,她把爸爸骂了一顿之后,立刻打电话给博学教育的张老师,让他给儿子一个插班的名额。张老师表示很为难,"几个班都坐满了,实在没地方,要不给您找上门的一对一家教?"妈妈气坏了,"难道暑期报班比正规上学还难吗?""不是啊,一对一还是很多的,都是顶级名师,绝对放心。""那一对一什么价钱?""您来看看就知道了,贵是贵点儿,不过不骗你,效果真好。"

下午,妈妈领着宋潜到祈福大厦十楼找张老师,前台的年轻老师告诉她,"我们这儿是立博教育,您要找的是张科老师吗?"

"我找你们校长,负责人。"

"对不起,我们校长姓薛。"年轻老师细声细语,双手捧上一张名片。

宋潜问妈妈确定是十楼吗?妈妈记不清到底是什么博教育,于是给张老师打电话。最终他们来到了二十楼,张老师笑着迎了出来,"哎呀,不好意思,可能没给你们说清楚,这里辅导班比较多，每层楼都是，让你们着急了，来，坐下喝杯水。"

宋潜向窗外望去，虽然天灰蒙蒙的，可还是能看见城市的地标建筑——中北钢塔巍然矗立在前方，沿着塔底发散出去的七条大街，每一条都被车辆堵得死死的。他将目光移开，去寻找刚才在十楼看见的那群灰鸽，灰鸽变得更小，还在沿弧线转圈。有几只飞得慢些，先到楼顶的那些同伴就耐心地等着，有的点着头，有的呼扇翅膀。听不到声音，宋潜就指点着数有多少只。最后一只落在一根钢条上，可能是一时没站稳，身子侧歪了一下，又迅速扑棱棱地飞起来，这时所有鸽子像得到了什么信号似的，全都飞起来，开始了又一圈的航行。

张老师带妈妈和宋潜去看大班教室的课，任课老师在台上一手端着茶杯，一手投入地比画着。台下同学们对着自己的习题卷，时而看看题，时而看看老师，后两排至少有五个同学在睡觉，两个在说话，靠墙还有一个低着头在玩手机，他的头前是一本竖立的课本。张老师看不下去了，用力地敲了敲窗户，说话的同学分开了脑袋，玩手机的同学把手机往桌斗里一扔，迅速直起身子，睡觉的几个同学，有的慢慢抬起头，有的抽搐了一下又不动了。这时候，任课老师的声音响如洪钟，他仿佛讲到了最为激动人心的部分。张老师无奈地摇摇头："你们看，大班就是这个样子，没办法。"

他们继续往前走，前面的一间教室却出奇地安静，妈妈一走到那里就被深深地吸引住了。宋潜往教室里望去，一眼就看见吴是从讲台上下来，正给大家发作业。他愣了一下，再往下面一看，哟，这么多熟悉的面孔，几乎全是他们班的同学啊。这时候，冷不防一声巨大的叹息在耳边响起,让他立刻下意识地紧张起来,这声音太熟悉了,这不就是……他没敢说出口,但随着一个矮壮的身躯从狭窄的过道上艰难地挤过去,宋潜的预感得到了证实——这位老师正是辜步优老师。辜老师,他在心里默叫了一声,没想到辜老师好像受到了感应,满脸狐疑地转过头。幸亏宋潜躲得快,才没被他发现。宋潜躲在窗户后面一声不吭,像只受了惊吓的猫。妈妈也看见了辜老师,她对张老师说:"这是我儿子的班主任呢,让我儿子进这个班呗,进这个班我放心。"在一片安静中,她的声音大得像炸弹,炸得宋潜脸都变色了,宋潜在心里喊:"不要啊,千万不要啊!让我回家去吧。"

张老师把妈妈拉到了一边,他不想让妈妈这样肆无忌惮地干扰这个班,看得出他对这个班很爱惜。他低声问妈妈:"你确定你儿子是这个班的?"

"是啊,我儿子是这个班的第一名。"妈妈骄傲地说。她每说一句,宋潜都惊恐不安地向教室里望,他觉得妈妈的骄傲简直就是无知、庸俗,这种骄傲只能让他在全班同学面前更加孤立,更加遭人唾弃。他不明白为什么妈妈的荣誉感跟自己差别那么大,他为妈妈感到悲哀。

"是这样,我们也希望把你儿子编进这个班,毕竟都是自己的老师、同学,会更了解些,但是,你看看,你仔细看看。"张老师又把妈妈拉到靠窗的位置,"你看里面还有空地儿吗?"

宋潜早就看清楚了,这间教室除了他们原班的人以外还有不少其他班的学生,整间教室挤得满满的,连讲台上面都坐着人。仿佛为了进一步证明张老师所言不虚,几颗脑袋不知什么时候从他们的身边冒出来,逼得宋潜和妈妈都下意识地往后退,原来他们挡住了教室外几位旁听生的视线。他们竟然没看到教室外面还有几张桌子。张老师说:"你可别以为这几个孩子是被老师撵出来的,他们其实是正式的付费生,缴费一分不少,只不过来晚了,所以只能安排在室外旁听。你说就这种情况我要是让你们进去,这些孩子能答应吗?"那几个孩子听到这话,似乎受到了鼓舞,纷纷扭头用近乎绝望的目光凶巴巴地盯着妈妈。

妈妈还不死心,问其中一个孩子为什么不去旁边的班,那里还有好多空位呢。

"阿姨,我们是先来的,你不能这样。谁都知道,那个班差远了,学生都不学,老师又管不住。我原来就在那儿,后来实在待不下去了才来这儿的。"那孩子可怜兮兮地回答,一面还像叫花子抢了顿美餐似的舔舔嘴唇。

妈妈都快哭了,她既像是为自己感到委屈,又像是十分同情这几个孩子,半天才说了一句:"这些孩子也太可怜了!"

"可是,没有人欺负他们,怨只能怨他们自己不该来这么晚,"张老师递给妈妈一方纸巾,借题发挥地说,"现在什么都是这样,赶早了有吃有喝,来晚了看人吃喝。医院挂号要排队,买房买车要排队,新鲜蔬菜和水果去晚了还不赶趟呢……"

"张老师,咱去看一对一吧。"妈妈咬牙挤出这句话。她已经死心了,只好听凭张老师安排。

"行,行,姐,咱现在就去看一对一,我保证给你们介绍一个最好的老师。"

宋潜往教室里看了最后一眼,他总觉得辜老师和同学们在这里跟平时不一样。他们好像比平时快活了许多,是那种更真实更纯粹的快活,连辜老师那张阴冷的脸孔后面似乎也潜伏着一股令人难以觉察的喜乐。宋潜没有找到李培实,这个班里唯独缺少了宋潜和李培实,他俩不在这纯粹的快活与喜乐之中。

妈妈看宋潜恋恋不舍的样子,还以为他也和自己的心情一样,于是过来拉着他,安慰道:"潜潜,妈给你找个好得多的一对一,气死他们。"

张老师领着宋潜和妈妈走过博学名师榜的时候,特意停下来用手指着第一排第三位老师让他们看:肖豆豆老师,刚毕业的女博士,研究过儿童心理,深受学生欢迎。宋潜仔细看去,肖老师长了一张娃娃脸,笑容甜甜,目光友善,应该不难相处,但他不喜欢她的专业,她的专业一栏里赫然写着——畜牧。他怎么也无法将畜牧和儿童心理联系在一起,无论如何,让一个学畜牧的来当家教,总让人觉得是个笑话。

妈妈对肖老师很满意,特别是见到本人以后,妈妈发现肖老师比照片上更成熟、稳重,而且言谈举止礼貌大方,她很快就在内心做出了决定。她问宋潜怎么样,宋潜嘟哝了一句:"什么怎么样?"妈妈没好气地白他一眼不再问他,接着去跟肖老师谈补课的内容和形式。宋潜看着桌面的纹理发了会儿呆,然后低着头开始背课标要求必背的古诗。他背完了三首长诗,妈妈跟肖老师还没聊完,他仔细听,发现她们的话题已经跑到了一部热播电视剧上,宋潜便故意捣乱地插话:"肖老师,我想问一下,您是研究儿童心理的,那您研究过少年心理吗?"

肖老师略微愣了一下,然后镇定地答道:"心理学范围很广,有很多东西是相通的,我想少年心理和儿童心理也有很多相似之处吧,毕竟都是未成年人嘛。不过,少年有一个特殊性,就是他开始面对人生意义的思考。心理学上讲这是一个人生命中的第二次断乳,这就意味着他开始从精神上独立起来,开始考虑自我与他人的差异。"

宋潜似乎克制不住似的冒了一句:"对不起,老师,您这是在背课文。"

妈妈狠狠地瞪了宋潜一眼:"潜潜,瞎说什么呢,怎么对老师这么不礼貌?"

肖老师倒没有生气,她笑笑说:"这孩子还挺有思想,小伙子,回头我们可以多交流,我也愿意听听你的高见。"

宋潜不说话了。自从离开沐老师的苇草书屋,他就觉得自己拥有了一张不可战胜的王牌,现在只不过是出于一种调皮的心理,拿出来试试而已。

40

肖老师居然肯到宋潜家来补课，这使妈妈喜出望外。一段时间以来，她在公司和家里都觉得委屈，今天终于占到了一个便宜，虽说不大却也足够令她开心。有这样一位年轻的博士登门教子，在自己的眼皮底下，一切安稳妥帖，还有什么比这更令她感到舒畅的呢？肖老师还没来，她就忙里忙外地张罗，又是拖地又是抹桌子，还把削好的苹果垒得跟宝塔一样，唯恐做得少了不足以表达对肖老师的敬谢之意，也对不起自己扬眉吐气的心情。

"宋潜，你先说说你平时的学习方法，我们好按照你的特点来制订相应的学习计划。"肖老师和宋潜商量。

"肖老师，您不用管我，我没有什么学习方法，这么说吧，我什么时候都在学，又什么时候都没在学，您明白吧？我的脑子很少闲着，但我确实说不清它什么时候开始，什么时候结束。一道题只要进入我的视线，在没有解决它之前，我是不会在脑子里真正放下它的——"说到这儿，他突然停了下来，因为他发现自己已经违背了这条宋氏定律——那个他一直追问的问题并未解决,却被自己放下了,他不禁喃喃说道,"我倒是把它放下快一天了。"

"什么快一天了?"肖老师莫名其妙,但她马上抛开这个疑问,用笔敲着书桌对宋潜说,"宋潜,你听好,首先你以后不用叫我肖老师,叫我豆豆老师就好,我喜欢这样的称呼;其次,你也不用称我为'您',我还没那么老,是吧?"宋潜发现肖老师说这话的时候,居然冲自己眨了一下眼睛,这是一种习惯性的可爱表情,他马上在心里对肖老师有了一个较高的评分。肖老师接着说,"宋潜,我还想征求一下你的意见,我打算直接串讲知识,你觉得有疑问的地方咱们就停下来探讨,你看怎么样?"

"肖老师,您只管讲,我只管听和记,我们进行着再说。"

"嗯,不过你又忘了,应该叫我豆豆老师,不要称'您'要称'你',OK?"

"好的,豆豆老师,我听你的。"

豆豆老师的计划是先串讲数理化,再杀向语、英,最后灭副科。宋潜没意见。豆豆老师用速度试探宋潜的水平,她在串讲过程中故意从比较慢的速度开始,看宋潜的反应,如果宋潜反应很快,她马上就提速,速度越来越快,直接挑战宋潜的知识积累、反应速度和综合能力。宋潜觉得遇到高手了,几个回合下来,他大呼过瘾,豆豆老师说休息一下,他也不干,央求老师继续讲继续提问。他们在意念中凭速度了解对方,不停地从一个知识群奔向另一个知识群,其间掌握主动权的一直是豆豆老师。她就像田径赛道上的超级飞人,可以在预决赛中自由地选择速度,击败对手绝不需要用尽全力。半天下来,豆豆老师也了解到宋潜的头脑和意志力远远超过她所教过的任何学生,但她不动声色,只是更加认真,更加投入。

第二天又是这样,豆豆老师提出休息一下,宋潜不干。豆豆老师和宋潜开玩笑,宋潜不理。等宋潜终于自己说累的时候,豆豆老师马上递过去一只苹果,但是豆豆老师发现宋潜似乎不喜欢苹果,他只用嘴碰了一下,就将苹果放回了原处。

"宋潜,你不喜欢吃苹果吗?"豆豆老师问。

"太甜了。"

"甜了不好吗?"

"我们辜老师说,学习是苦的,做苦事情的时候不能想着甜,那样容易丧失斗志。"

"噢?这我倒是头回听说。你说的辜老师就是博学教育的辜步优老师吗?"

"是的,他是我们的班主任。"

"我认识你们辜老师,他这人挺可爱的,在我认识的老师里面,他是最爱学生的一个。他工作起来废寝忘食,全心扑在学生身上……"

"豆豆老师,你确定你说的是辜步优老师?"宋潜大惑不解。

"是啊,我常常从他的眼神里看到他对学生的呵护和鼓励。"

"可是我看到的是他对学生的侮辱和打击,他把学生像垃圾一样踢来踢去,恨不得他们统统从他的眼里消失才好。我也知道,老师们对学生都怀着一种恨铁不成钢的心情,有时候这和父母的心情也差不多,毕竟他们都付出了,希望得到更多的回报,但我在辜老师眼里看到的不是这个,我看到的是一股永远也发泄不完的怨气。不论你做得多好,他都不会满意,好像是我们让他变成了世界上最不幸的人。"

"宋潜,你说得太过分了,也许我们看得都不太全面,还是换个话题吧,比如谈谈你的好朋友、你的爱好。"

"对不起,豆豆老师,我能不能问你一个问题?"

"好啊,你问吧。"

"你为什么学了畜牧专业不研究畜牧,而要做辅导班老师?"

"哦,这也没什么奇怪的,其实我已经跟一家饲料公司签了合同,将来去那从事技术研发,我挺喜欢的。现在是假期,没事出来打打工,算是了解社会吧。没想到来这儿头一天他们就把我的照片贴在了名师榜上,他们就是想借我这个博士头衔来招揽生意。"

"这么说,你被利用了。"宋潜捂着嘴笑。

"谈不上吧,我不也盼着早点儿有活干吗? 宋潜,其实你们才真的是被忽悠了。那几个窗外的学生还有讲台上坐的学生都是托儿,他们本来就是另一班的,被张校长临时叫过来给你们演了一出戏。这不,最终你们还是找了一对一辅导——一对一比大班要贵很多呢。"

"这么说,豆豆老师你也参与到这场骗局中了?"

"我一点儿也占不到你们的便宜,我这点儿辛苦费经他们一过手就扣掉了一半。"

"所以,你也是受害者啰?"

"是啊,不干这一行怎么会知道呢,就当是交学费了吧,还能怎么样?"

想到爸爸妈妈辛苦挣的钱就这么稀里糊涂地被骗走,宋潜有点儿难受,他头一回觉得这种拐弯抹角的欺骗比直截了当的伤害更卑鄙无耻。他心头的是非判断让他离生活一下子近了一大步,但他一时还没理清自己上辅导班的原因,自己一向讨厌补课,这回怎么轻易就放弃立场向妈妈妥协了?生活的变化常常令他感到措手不及,思想永远跟不上生活的步伐。他这样想的时候,脸上又呈现出惯常的忧郁神色,这使豆豆老师颇感不安,豆豆老师后悔不该不假思考地滑到这个话题上来。

豆豆老师后悔自己说话太直了,宋潜却非常喜欢老师的这种直率,他对妈妈说:"豆豆老师很棒呢。"

41

近距离接触一个人是很容易受影响的,几天下来,宋潜明显感到自己受了豆豆老师的影响。他沉溺于理科练习题中,几乎都快把语文、英语给忘了;他说话越来越直截了当,甚至常常表现出令人尴尬的傻气;他看待各种人和事都变得冷静而调侃……所有这些他浑然不觉,但妈妈却大大地惊喜了。妈妈压制住这种惊喜没有表现出来,她只是花更多的精力去买宋潜想吃的菜,将三顿饭烹制得让爸爸合不拢嘴。爸爸说:"没有过节呀,也没有涨工资呀,怎么做这么多好吃的?"妈妈斜他一眼说:"我不想起来改善改善,咱们家就一直那么凑合着过,啥时候也没见你主动要求过,更别指望你上灶了,就知道吃现成的。"

宋潜看到妈妈那么认真地做饭,他就想起张校长骗钱的事,他很难过,但又不想透出这个底,于是喃喃地嘀咕了一句:"妈,我不想上这个一对一了。"

妈妈很奇怪:"为什么?你不是说豆豆老师很棒吗?"

"我不是说老师不好,只是觉得太贵了。你们挣钱那么难,我一下子就花这么多……再说,其实这些内容,老师不讲,我自己也能弄明白,所以……"

"儿子,你可别胡思乱想,你老妈这点儿钱还是花得起的。花了钱就要好好学,把豆豆老师的本事都学过来,坚持下去,千万不能半途而废!"

宋潜想了想,也就没再说什么。他对豆豆老师没意见,但他的内心又涌动着一个新的想法,他想用那个问题去试一试豆豆老师,他很想知道豆豆老师对那个问题是什么看法。

有一次,宋潜从豆豆老师讲作文的过程中很自然地把话题岔到了他的问题上来。他说:"豆豆老师,我有个问题一直想跟你交流,这个问题一开始我是很恐惧的,我描述不出来,只能在心里感到它的存在。后来,我问了好多人,当然也没得出什么答案,甚至问题是什么,到现在也说不清楚,但是现在对我来说,它已经不那么可怕了,有时候我都快忘掉它了。不过,作为一种凭吊吧,我还是想跟老师聊聊这个问题。"

他再一次用磕磕巴巴的语言解释着那个问题,为了使那个问题更真实、更生动,不至于让豆豆老师感到突兀,他又不得不将袁老师、培实、小溪、沐老师这些人穿插进来,这样就讲成了一个冗长而破碎的故事。最后,他发现问题已经变得非常陌生,讲出来的时候,内心的感觉完全变了,好像童年时吃过的江米条,长大后再也吃不出当年的那个味道来了。

"问题已经变了。"他尴尬地解释,"我是说问题不再让我害怕,它没有原来那种味道了。我不知道这是什么原因。"

"可是,我没有听到任何问题呀?"豆豆老师听完了宋潜的故事后迷惑不解。

"是啊，我刚才说了，那个问题本来就说不清楚。"宋潜紧张得直冒汗，好像有什么看不见的东西在追他。

"宋潜，你别紧张。"

"我不紧张，说不出来我就不说了，反正那个问题也跟我没有关系了。"

"你确定那个问题真的跟你没关系了？"豆豆老师的眼神忽然变得奇怪而可疑，好像兽医对牛羊所表现出来的关切一样。

只那么一瞬，宋潜觉得自己真的乖乖地变成了牛羊，青青的草地，问号般的河流，哗哗地由远而近，春风拂面，一碧蓝天，他转动一下脖颈，倒是挺舒服的。他打了一个寒噤，瑟瑟地问："豆豆老师，你要我说什么？"

"不，这正是我要问的问题——你想给我说什么？"

"我，我只是想讲讲发生在自己身上的故事，好了，现在我讲完了。"

"嗯，虽然那个问题我没搞清楚，但故事是真的吸引了我，你讲的这些同学、老师都是真的吧，没有骗我？"

"骗你？怎么会呢？"

"那么，宋潜，你让我看到了一个非常真实的中学生的世界，我想用我的口气描述一下这个世界，你耐心听完然后再做评价，好吗？"

"当然，豆豆老师，我很想听。"

"宋潜，你的世界在我看来是美好而又压抑的，我不知道压抑的原因是什么，以我现有的知识和经验也无法做出更准确的判断,但我觉得你似乎正处在一种你意识不到的心理疾病之中。你别紧张,其实很多人都有心理疾病,或者说,因为看问题的角度不同,大家彼此看别人都会觉得有很多不可思议的地方,不过,不要紧,这只是个过程,将来也许你就变了,不会这样看问题了。"

"豆豆老师,你期望我变吗？你想我将来不是这个样子吗?"

"别急,宋潜,别打断我,听我继续说。从你的眼光看,有病的恰恰不是你,而是这个世界。你觉得这个世界病了,病得还不轻,处处都不对劲,但这只是你内心深处的潜意识,你没有也不想表达出来,你用某种看不见的力量压抑了这种想法,于是你以为自己碰上了什么问题。我这种推测完全是根据你所讲的故事做出来的,也许仅仅是一种臆测,不合理,但是我们就当它是合理的,继续向下做一个推演。刚才说到你产生了这种病的意识,也就是问题意识,你想要把它弄清楚,并且解决掉,可是你一直在凭个人的努力做这件事,依我看,你做得很不成功。所有想帮助你的人,他们的确都很善良,但他们不了解你,离你很远,像书本中的知音,看似与你心心相通,却始终不能走进你的生活中来,帮不上你的忙。诚然,你所说的学校的规章制度、发展方向等方面确有些问题,但绝没有你描述的那么严重。我感觉你在观察事物的时候带有很强的主观色彩,你总是先入为主地判断人和事,你警惕着各方面,害怕对自己有什么不利,由于你总这样看,本来没有问题的地方也被你看出了问题。比如说,你认为吴是独揽大权,操控着整个班,袁老师心有余而力不足,可你不知道以一个学生的能力,怎么可能让老师拱手交出管理权?你以为大家都是生活在真空里的吗?校长、教务主任、政教主任、学校的各项规章制度早就织成了一张大网,大家都在这个网里,谁也不可能跳出来独自生存。吴是的做法如果过分,早就会引起各方面的注意,不可能让他继续下去。"

"豆豆老师,这么说你认为我是在编造故事逗你玩啰?"

"不,这可不是我的意思,我是说你很有可能夸大了事实,向我讲述了一个夸张、变形的故事,比如说吴是并没有那么坏,袁老师也没有那么好。当然这是我基于你所讲述的故事做出的判断。"

"可是,人看问题本来就会带着自己的眼光啊,反正我觉得我并没有做任何夸张,也没有颠倒黑白。"

"好吧,就算我这个举例不恰当。你接着听我说,有一点很奇怪,这么多天,我都没有听到你讲到过自己的兴趣爱好,而且问起你,你好像不愿意回答,这是为什么?要知道这是任何一个中学生都愿意回答的问题啊。"

"豆豆老师,你先讲吧,我现在确实不想回答你这个问题。"

"我就是奇怪,一个人怎么可能没有兴趣爱好,像你这么大的孩子,无论是我那个时候——当然,我也比你大不了几岁——还是现在,孩子们很多都会追星啊,热衷于流行歌曲啊,男孩子们喜欢看球赛,聊军事,女孩子们喜欢八卦,爱穿衣打扮,最起码作为一个现代中学生,都会迷上网络,QQ呀,空间呀,游戏呀什么的,但这些从来没听你提起过。平常我遇到这样的学生,可能会判断说,是不是他们的爸爸妈妈控制了他们,不让他们玩这些,害怕影响学习,或者是他们自己出于对前途的担忧,主动和这些东西保持了距离,但这些也都不是你的原因。你的爸爸妈妈看起来还是挺宽容的,我想你偶尔上上网、唱唱歌,他们绝不至于反对,你自己似乎也并没有主动去克制什么,你好像天生就喜欢学习,天生就和这些爱好井水不犯河水。这就是我搞不懂的地方——如果我没有见到你本人,没有跟你这样交流切磋过,仅凭别人介绍,我是绝不会相信还有这样的中学生的。宋潜,关于这一点我没有贬低或者讽刺你的意思,这只是我心里的一个疑问。"

"那好,豆豆老师,我就来解除一下你这个疑问。首先,我觉得你太不了解中学生了,你刚才说你比我大不了多少岁,但我倒觉得你从思想上比我大了好多,你的很多想法简直就跟我爸爸妈妈差不多,完全是他们那一辈人的思维。你认为中学生应该是什么样子,应该爱好些什么,然后就像贴标签一样往任何一个中学生身上贴,你发现贴在我身上不合适,就觉得我奇怪,是吧?可是你完全忽略了每个人都是独特的,世界上根本不可能有两个完全相同的人。也就是说,我就是我,不同于任何一个其他的中学生,你凭想象描绘出来的那样一个中学生根本就不存在——他只是个符号,只能用来形容中学生这个群体,却不能用来形容我。我是什么样,我心里很清楚,我也曾经对自己害怕过,那时候我想,怎么可以这样呢?这是大逆不道的,我应该跟大家保持一致,但后来我不这样想了,我明白了做自己才是人间正道。我妈妈经常说我不阳光,没有男子汉的气概,关于这一点也一直是我的心结,从小到大我都羡慕那些有男子汉气概的同学,觉得他们比我强,但现在我改变这种想法了。我就是我,不那么阳光,缺少男子汉气概,这样的人就不能存在吗?我就要这样,就要试试这样生活下去的感觉。老师,你说我没有兴趣爱好,也对也不对,我的爱好比较少,但不等于没有,比如我喜欢篮球,假期基本上每天早晨都和培实去学校练;喜欢读书,特别是心理学、历史方面的书,我只要一看见,不管能不能看懂都会把它翻完;我也喜欢旅游,瞎逛,不是为风景,就是为得到那种像迷路一样的陌生感。这些不算兴趣吗?对你说的某些爱好,比如追星、聊八卦什么的,我确实不感兴趣,不仅不感兴趣,而且还很讨厌,我觉得那纯粹是在浪费时间浪费生命,即使没有考学、没有老师交给的学习任务,我也不会去干那些事,那些事在我看来毫无意义。有时候我想人需要追求一些更崇高的东西,需要一种更深的感动。我轻易不会听歌,但如果哪首歌真的抓住了我的心,我会不厌其烦地反复听,把门关上,把耳机开到最大,沉浸在那歌声里。那时候就会有一股奔腾的力量从我心头升起,我会在歌声中飞翔、旋转、绽放,直到歌声结束,一种旷古的幽寂弥漫了我的世界,一切都离我很远……那时候我会觉得自己生在另一个世界。豆豆老师,你有没有过完全属于自己的时刻?在那样的时刻你会想些什么?"

"完全属于自己的时刻,那是什么意思?"

"你不明白?那好,我给你举一个例子。前年暑假,我们一家去厦门旅游,那是跟团游,途中导游把我们带到一个刀具厂,说有一种用当年海峡两岸对射炮弹的弹壳制作的菜刀,如何如何锋利,让大家下去看。我熟悉他们这套程序,无非是先把游客安排在一间封闭的屋子里,看片子听讲解,说白了就是洗脑——他们的口才都很棒,这种事对他们来说就如同洗脸、刷牙一样容易——等洗脑洗得差不多了,再把商品拿出来,趁大家头脑不冷静,赶紧销售。这种方法很奏效,大家经常是空手进去,拎着大包小包出来,出来以后就后悔。我妈就是个典型的代表,她每次都上当,可还是不长记性,下次人家一忽悠,她又去了。我说到哪儿了?对,我想说那次我实在厌倦了这套程序,就对爸妈说我坚决不去。我爸说那怎么办?全车的人都下去,师傅会把车锁了,空调也关了。我说,车锁了空调关了我也不去。我那时候不知道怎么有那么大的拗劲,最后爸妈实在奈何不了我,就把我撂在车上,不管我。我往后排的座位上一躺,听到全车人陆陆续续地下去,车门也关上了,但不知什么原因,空调并没关,结果我一躺下就舒舒服服地睡着了。哎呀,那一觉睡得可真美呀,睡了多久,我不知道,醒来的时候迷迷糊糊的,居然忘记自己在哪儿,就感觉整个世界出奇地静,真是一点儿声音都没有。由于人是躺着的,除了罩着白套的座椅背什么也看不见,当时就觉得自己莫不是来到太空,来到天堂了。那时候的感觉真美呀,我就躺着不动,什么也不想,但是身体好像在飘,是悬空的,一点儿也不费力气。一个完全静止的时间,你能想象吗?豆豆老师,那时候我真实地感到自己是灵肉合体,身体一会儿膨胀到无限大,一会儿又浓缩到无限小,自由自在无所不在。我觉得那就是完全属于自己的时刻。"

豆豆老师听了宋潜的这段叙述后,把眉头皱起来,半天才说:"宋潜,我怎么觉得这根本不是你属于自己的时刻,恰恰相反,倒像是你失去自己的时刻。这一刻,你无事可做,没有什么能满足大脑的渴求,所以就产生出一种虚妄的幻想,身体也随之进入类似催眠的状态,这时候你整个人就只剩下躯体存在了,所以我说这时刻恰恰是你最没有自我的时刻。"

"反对,"宋潜涨红了脸说,"豆豆老师,我反对,你肯定没有经历过那种时刻,你不懂得那时候,人是非常清醒的,只不过就像刚刚打扫完的房间,因为太干净太美好,反而让人不敢认它了。那时候,身体和心灵都清醒、纯净,没有一丝污染,所以心门敞开,看见什么听见什么都是美好的。"

"关于这一点,我们的确有分歧,而且分歧还不小。我们先不说这个吧,我感觉我们早就跑题了,因为你提出的话题是那个问题。而关于那个问题,我到现在还是一无所知。"

"豆豆老师,那个问题不是想说就能说的,现在我不想说那个问题了,一点儿也不想说,或许,它早就离我而去了。"宋潜说这话的口气像是在自言自语。他仿佛听到了什么召唤似的,抬眼向窗外望去,停了好一会儿,才收回目光,低下头,一声不响。

42

　　培实一连几天都没来打篮球了，宋潜也没跟他联系。宋潜就是这样，对什么人都不会特别热乎，再好的朋友也是这样，除非人家主动来缠他。没有培实的日子，宋潜就和其他几个球友玩，大家来得也不固定，今天这几个来，明天那几个来。大家见面有时候打个招呼，有时候连招呼也不打，上去就抢球，好像拿身体撞过来就是问候似的。有一个高个子的同学玩球很老练，老是背身单打，他一拿到球大家就立着不动了，假装在喘气，其实是在欣赏，欣赏并模拟他的动作，希望自己也能像他一样出神入化。宋潜尤其喜欢看别人的上篮表演，他觉得每个人的动作都有可圈可点的地方，唯独自己没有。练了这么多天，他的球技好像到了一个瓶颈期，怎么也提高不了。培实说过一句实话，说宋潜天生缺乏一种打篮球的气质。宋潜问他那气质长什么样，能不能给我说说。培实踱文道，一言以蔽之，身体得会旋转。宋潜不服气，试图跳起来在空中旋转一圈，结果他只转了大半圈就摔到了地上，球友们都被他僵硬而滑稽的动作逗笑了。

暑假结束前两天，培实来了，他人晒黑了，头发乱蓬蓬的，老远看过去，像个给学校盖楼的民工，宋潜一时都没认出来。

"乖乖，培实，几天没见你怎么成这样了？"宋潜问。

"一言难尽。宋潜，今天咱们不打球，我过来就是为了跟你聊聊。"确实，宋潜发现培实球衣球鞋都没穿。

他们一开始沿着跑道走，后来发现太阳太毒，就撤退到教学楼拐弯的阴影处。两个人蹲在地上说了会儿，觉得不舒服，干脆推门进了办公大楼，挑个经常没人过的楼梯坐下来。两个孩子互相取笑，宋潜笑培实的模样，培实笑宋潜的表情，两人边笑还边做出"嘘"的手势，提醒对方声音小点儿。等真正安静下来，培实忽然耸动着肩膀抽泣起来，宋潜一时不知如何是好。

"宋潜，你爸妈有没有提过离婚？"培实哽咽着问。

"离婚？有啊，他们吵架吵得厉害了，最后就要提这两个字。不过一般也就是说说吧，不会当真。"

"我爸妈这回可能是真的，宋潜，他们两个都去民政局了，你说咋办呀？"培实哭起来。

"别哭，你别哭呀，到底发生了什么事？"

"我也搞不清楚，"培实抽泣着探身往走廊上望了望，然后慢慢讲起他最近的经历来，"这才几天，我感觉就像过了一个世纪那么漫长，到现在我都不敢相信这些是事实。宋潜，你还记不记得上次去我家，我爸跟你讨论问题热火朝天的，那时候我爷爷奶奶就住在隔壁那间卧室。爷爷年纪大了腿脚不灵，今年又因为小腿血管堵塞住了院，走路都困难。他原来住在粮食局家属院，没有电梯，天天要爬五楼上上下下，很不方便，我爸就把他和奶奶接过来跟我们一起住。但是,我们家也不方便,五个人住两室一厅,你说怎么安排?没办法平时我都是睡沙发。后来我爸就说把这两套房子都卖了,重新换一套三室一厅,水电气暖齐全。你也知道,现在的房子越来越先进,修得漂亮着呢,不瞒你说,我去看过好几套样板房,装修超级豪华,好像欧洲那个什么宫一样,外面还有花园和球场,绿草如茵。是啊,一年一个样嘛,不过价钱也贵,我们跑了好几家,总算挑到大家都满意的一套。当然啰,主要是让爷爷奶奶满意,让他们能有个生活便利、安享晚年的地方。我们卖了旧房凑齐钱,准备一次付清呢。这不,假期前号也排上了,定金也交了,万事俱备只欠东风,结果你猜怎么着,这事竟然给黄了。"

"黄了?不是不缺钱吗?"

"是啊,如果真是因为缺钱,那我也认了,问题是什么都不缺还黄了,这才叫人窝心呢。这事真是——钱还在,房没了。事情发展太快,我到现在都没搞清楚是怎么回事。我们是七月初交的定金,完了之后那个什么顾问说等着开盘,具体时间不知道,那就只有等着。我们打听了好多消息都说是至少九月份才会开盘,所以也就没着急,心说等着吧。到七月底我妈他们单位组织外出学习,她说是个好机会非要去,还拉上我爸。他俩心也真够大的,丢下我和爷爷奶奶在家,美其名曰不能耽误我学习。你可别打岔啊,问题就出在这儿了,他们一走,那边开盘了,你说倒霉不倒霉?开盘当天就卖完了,一套都没剩。我和爷爷奶奶什么也不知道,等爸妈一回来,了解到这情况,赶过去一问,人家那个什么顾问说,叫你们关注着关注着,你们还乱跑,这事儿怨谁？现在你就是多给我一百万也没用,房子没了。我爸妈回家就吵起来了,估计在路上已经吵了一架了,回来想装得平静点都装不成,这一吵可不得了,把我奶奶当时就给气得心脏病发作,住院了。第二天,我也不知道怎么回事,爸爸早早地把我叫醒,说要送我去老家待两天,我多少年都没回过老家了,回想起小时候去那儿还挺好玩的,再加上又可以不补课,心里还挺高兴,就痛快地答应了。结果没想到在老家根本没人玩,天天跟着姑父下地薅花生、掰玉米,腰都快累断了。干了两天活,每天就是吃馍喝汤,桌上连个荤菜都没有,第二天我就受不了了,给我爸打电话,这不,我爸才把我接回来。哎呀,这几天我都快疯了。”

“那你爸妈到底离婚了没呀?”

“谁知道,两人现在天天轮着去医院陪护我奶奶,我就在家服侍我爷,快开学了,我现在就盼着赶紧开学,我一天都不想在家待了。”

“哥们儿,你得坚强啊,”宋潜脱口而出说了这一句,他看见培实就如同看见另一个自己,他本能地想到如果自己也遇到和培实相同的事情,那会怎样?他觉得这句话就是说给自己听的,于是又用颤抖的声音说,“不管他们怎么样,你都要坚强!”

“唉,其实还有好多细节我都没讲,比如说今天早上我才发现我妈的脸上竟然有淤青,我不知道这是怎么了,他们怎么会这样……”培实说着声音又哽咽了,停了一会儿,他若有所思地抬起头问,“宋潜,你说我遇到的是不是那个问题?”

“哪个问题啊?”

“就是你曾经提起过的那个说不清楚的问题。”

"不是,完全不是。你不会懂的,怎么说呢？能说清楚的问题都不是问题,就比如你目前遇到的这个问题吧,不错,它很难办,换了是谁都难办,但它并不是办不了的,不管你爸妈——这话说起来可能有点儿不好听,但它是事实——不管他们怎么了结这件事,这件事最终一定会有个结果,他们是在一起也好,离婚也好,明天都会照样到来,你明白我的意思吧？"

"明白。可是,难道说你的那个问题出现以后就永远不能解决,连明天都不能照常到来吗？这我就不明白了。"

"说实话,我也不明白,但它真实地存在过,甚至现在我也不敢肯定它是不是就从我的思想里消失了。"

"宋潜,你活得不现实,你要么活在过去,要么活在未来,就是没有活在现在。"他停下来想了想说,"不过这样也好,你总是可以超脱,感觉什么人什么事都奈何不了你。我就做不到,我完完全全地活在现在,我痛苦就是痛苦,想不出什么理由来,也摆脱不了。我觉得爸妈再这么折腾下去,我就真的毁了。"

宋潜想到他和培实的问题,忽然好像掉进了一座古墓似的,看办公楼的走廊就是深深的墓道,一间间办公室犹如排列整齐的墓室。恍惚中,他站起来逐一看过去,每扇门都是透明的,顺着发霉的光束向里望,里面坐着一个个批改问题的老师。这些老师身前身后摆满堆积如山的问题本,他们头也不抬地辛勤批改着。宋潜走近前去,看到一个老师正用红色水笔不停地画着钩叉,画完一本放到一旁,画完一摞码齐拍拍,眼看问题山一点一点变成钩叉山,那位老师脸上露出舒心的微笑。宋潜忍不住问了一句:"老师,您批改的是什么作业呀？"那位老师扭过头,

217

仿佛回答记者提问似的一脸严肃地答道："问题作业。这是孩子们必须要回答的一些问题，答对了就画钩，答错了就画叉。你可别以为这项工作很容易，我们的目标是让所有学生都得到钩，可是不管你怎样用心地讲，怎样一遍一遍地过关，总还是有孩子不能答对，因此全部画钩对我们来说就成了不可实现的梦想。虽然如此，我们还是无怨无悔地讲解着批改着，永不放弃那个梦想。"那位老师说着说着竟然流下泪来。宋潜不明白他为什么流泪，抱歉地点点头退了出来。当他退回走廊上，才发现身边站满了各班的同学，大家都穿着校服排着队，眼巴巴地向办公室里张望着。宋潜在人群中发现了他们班的同学，他想挤过去，但人太多根本动不了。他问身边的一个同学大家站在这里做什么，那同学回答说："我们是来接老师回教室的。"宋潜很奇怪："老师们自己不能回教室吗？""不行，"那同学说，"他们被校长用问题锁锁住了，要等他们批改完问题本，锁才会自动打开。"宋潜问："这里挤都挤不动，你们怎么能够接到自己班的老师呢？"那同学说："不一定非得接自己班的老师，一会儿打开门之后是哪个老师就接哪个老师，反正老师们都长得一样，教的内容也一样，连说话的声音、口气也一样呢。"那同学说着还卖弄地学了一句，周围很嘈杂，宋潜什么也没听清，他伸长脖子想看看其他办公室里的老师，可他连脑袋都转不动，看来看去还是只能看见刚才那一位老师。想想所有老师都长一个样，他觉得既不可思议又可笑极了。他盯着那扇透视门，盯着那位老师的背影，像盯着一张结满蛛网的千年古画。这时候，门外的学生越聚越多，一层一层海浪般往门口涌，大喇叭里传来校长的声音，请大家少安毋躁,再坚持会儿,老师们马上就要完成任务了。但是人群可不管那么多,拼命地往里挤,终于发展到一个一个摞起来的地步。人是不规则的,摞起来很麻烦,手脚太长,脖子太软,有人个高,有人个低,这些都是问题,关键是人数还在不断增加,下面的孩子已经无法承受重量,他们中有的胳膊、腿都被压弯了压折了,孩子群中不时发出悲惨的哀号声。老师们依然忙碌着,他们无心也没有空闲往外看,他们心中装着孩子们,为了梦想争分夺秒,宋潜理解他们,但还是忍不住要大喊,老师们,快出来呀!你们心爱的孩子们就要被压死了!他的声音并没喊出来,只在嗓子眼里转了一圈,因为他的身子上面下面前后左右全是同学,他已经不能呼吸了。这时候,他多想变成一团空气,在解救自己的同时也减轻其他同学的负担,但事实恰恰相反,他感到自己的身体越来越重,一直往下坠,像一块金刚石沉沉地压进地板。他闭上眼什么也不敢看,就觉得整个身子不停地坠呀坠呀,好像在海里下沉,无尽的深渊让他成为岩浆成为熔流,他感到自己深深地奔流在地球中心。即使是这样,他依然能够清晰地看见,无数孩子像缀满天空的宝石,密布于地球的母体中。

"宋潜,你在想什么?"培实问。宋潜晃晃脑袋,像溺水的人在寻找呼吸。幻景没有消散,它们依然在跳动,依然栩栩如生,仿佛它们是不朽的。

43

　　"宋潜,我给你讲点儿好笑的。"培实拍拍屁股站起来,"昨天晚上我上咱们班群里看了,好多人都在造你的谣,说你们家可有钱,博学教育的张校长劝你们上辜老师的班你们不上,非要找一对一。张校长说了句一对一很贵的,你老妈就拿着一沓钞票往张校长脸上摔,你老妈可牛了,说老娘什么都缺就是不缺钱。宋潜,你别生气啊,我知道这都是胡扯的,我只是模仿他们的口气,让你听听他们有多恶毒多可笑。他们还说,你老妈打心眼儿里瞧不起辜老师,辜老师瞅了她一眼,她恨不能用刀把辜老师的眼睛剜出来,辜老师吓得连课都不会讲了。"

　　"这都是谁说的?"宋潜并不生气但是很好奇。

　　"想知道是谁吗? 别急,我都记着呢,让我给你捋一捋:'卖女孩的小火柴'说你老妈摔钞票,接着'做一天和尚撞一天钟'就说你老妈跟辜老师有仇,'春困秋乏夏打盹'说辜老师借你老妈的钱没还,'一本正经'说不是辜老师借的,是张校长借的。嗯,也可能是我记反了,总之是借钱了。还有就是'孤星飘落'

说你那个一对一老师是个大胸女神，'做一天和尚撞一天钟'说什么自古胸大脑残，脑大胸废，一对一老师要是大胸就准是骗子。宋潜，你不用解释，我知道你一定找脑大的，绝不会找胸大的，对吧？哥们儿了解你，你要是补课绝不可能像他们那样只是装样子哄家长。还有呢，你接着听，'泪的小花'说是你老妈相中那个一对一老师的，用意嘛……算了，这个我不复述了，忒俗。'雷声萌萌哒'说你是个闷骚，他早就看穿你的实质了，我心说，你那么有眼力，怎么平时没说出来呀？'卐的挽歌'说你们都搞错了，那一对一是个男的，打扮成女的来骗小男生，你说这'卐的挽歌'恶心不恶心？真是见过坏的，没见过这么坏的。算了，我们不说这几个庸俗的家伙了，群里还是有好人的，'浮生若梦'就说了句公道话，他说人家宋潜来晚了，赶不上咱班的进度，只好找一对一，你们在那儿幸灾乐祸个啥？'冲天香阵透长安'说咱们得努力了，大家想想，宋潜本来成绩就好，现在又补上一对一，这不是给大力神注射壮阳药嘛。'房间里的大象'说回头我去给他把这壮阳药换成泻药。'小赌怡情'说好啊，你去我就去，一起堵住那个一对一，查她的身份证，看她是哪儿的人，今年多大了，有没有资格当家教。'孤星飘落'说干吗呀恁俩，打算劫钱还是劫色呀？"培实好像讲述一段旅游见闻似的，越说越来劲，他自己也奇怪，这些平常不屑一看的内容，今天怎么讲起来兴味盎然的。他知道宋潜很少上QQ，他一面很尽兴地讲着这些内容，一面又怕宋潜对这些内容认真起来，于是补充说："宋潜，你可别当真，你不上QQ，不知道他们说话的风格，他们就是一帮贱货，谁越说得不着调就越能吸引大家，说白了就是哗众取宠。他们狗嘴里吐不出象牙,你别往心里去就是了。"

宋潜仰着脸看着培实,他真的一点儿也没生气,他就当培实说的是另一个人的事,听上去还蛮有趣的。QQ里的话像另一些宝石缀在另一片天空,这些话虚虚实实、闪闪烁烁,在阳光下像碎纸,像废渣,像发酵的烂苹果,让人热烈地感到生命的存在。培实已经讲完了,他还饥渴地寻找着什么,连他自己都没有意识到,他已经在寻找培实讲述这些内容的动机了。他觉得经过家庭变故的培实和原来有了很大的不同,目光变得躲闪、逃避,宋潜知道培实在努力骗他自己。宋潜想揭穿这个秘密,但看到培实的笑脸,他还是忍住了。

回家的路上,阳光依然强烈,身体却不觉得十分热,毕竟已是快入秋的天气了。宋潜步履轻快地走着,他从培实的遭遇中看到了自己的自由,他想,自己一直是很幸运的,为什么要天天哭丧着脸呢?他要求自己以后要多笑,开开心心地笑。对培实的遭遇,他很同情,但又觉得培实表现得太软弱了,像他这种自认为软弱的人都有些看不下去了。培实就是这样,心里有什么都完完全全地表现出来,一点儿也不装,这样的人虽然看上去痛苦,其实很健康——这种能力恰恰是宋潜所缺乏的——当然,宋潜也担心朋友被困难彻底击垮,从此一蹶不振。

宋潜在阳光下越走越快,他走到那条熟悉的小路上,前后看看没有人,索性学起竞走运动员的动作。快点儿,再快点儿,左脚和右脚比赛,看谁抢在前头,眼睛盯着脚尖,左右左右,快点儿,再快点儿,树影在移动,他感觉自己走得飞快。拐过弯到了临近小区的小广场,这里有不少年轻的妈妈推着童车在"遛宝宝"。宋潜在心里把妈妈们的这种行为称为"遛宝宝",因为宝宝们看上去确实跟小狗一样可爱,你越是靠近他们,越是惊讶于他们眼睛的无邪,仿佛在他们的眼底安装了一套灵敏的弹簧装置,一按,逼真的表情就弹射出来。走到栅栏下,一对母子吸引了宋潜的注意力,小男孩坐在车上要棒棒糖吃,妈妈不给。妈妈说:"宝宝不吃棒棒糖了,不吃了,今天已经吃了好几个了,再吃牙就要坏了。"小男孩点点头,也学着妈妈的口气说:"宝宝不吃棒棒糖了,不吃了,今天已经吃好几个了。"小男孩咽了口唾沫,仰着脸看着妈妈,一边嘴里喃喃着"再吃牙就要坏了",一边还是把小手伸得老高,摇晃着。妈妈不理他,推起小车向前,他转过脸来继续望着妈妈,用带着哭腔的声音继续喃喃着:"宝宝不吃棒棒糖了,宝宝就吃一个棒棒糖。"宋潜看得发呆,他绝不相信自己小时候会是这个样子的。

44

开学以后,宋潜已经是毕业班的学生了,他在心理上觉得自己一下子长大了好几岁。过去的照片不喜欢看了,过去的想法也想统统都抛掉,连听歌都换了风格,尽是些快节奏的。他几乎把精力全投在了学习上,目不斜视,心无旁骛,老师们也把更多的目光投向他,他从老师们的目光里看到了他们比原来更殷切的希望。秋天是收获的季节,学校和庄稼地一样期待着丰硕的收获,老师们走马灯似的进出教室,备课、上课、批改作业,剩下的时间就是拿眼睛盯着每一个学生。他们用温柔而又严厉的目光盯着这片趋近成熟的园地,心里盘算着今年的收成,一个,两个……他们在心里数着,有一些数据他们早已熟稔,而当他们偶尔不留神念出口时,无论学生还是他们的家人都不知道他们在数什么——这是属于老师们的幸福而又激动的秘密。

宋潜有时候觉得累了,无意地朝左右瞥一眼,没想到在这么紧张、忙碌的时刻,还有人在看《盗墓笔记》。"这些人心真馋,"他想,"他们就像那个要棒棒糖吃的宝宝一样。"他隔着几个同学身体的缝隙向培实望去,培实正趴着桌上打盹,开学以来,他已经不止一次看到培实这种萎靡不振的样子了。培实好像不是缺瞌睡,而是缺精神,他可能真的被家里的事搞垮了,这该怎么办呢?

宋潜最不擅长的就是帮助别人,一直以来,他都只和自己周旋,怎样才能帮助朋友脱离苦海,这样的问题他还是头一回遇到。别看他平时分析事情头头是道,可一旦动真格儿的,自己就先泄了气。比如说,现在至少应该先说点儿安慰的话,给培实鼓鼓劲,让他尽量往光明的一面看,其实也不需要说太多,短短几句就可能产生效果,但不知怎的,宋潜就是一句也说不出来。他太认真了,一认真话就不容易说出口了。他望望培实,培实望望他,他们之间交流的是一种无奈的情绪,这情绪默默地荡漾几天后,宋潜终于下定决心无论如何要腾出时间来为培实做点儿什么。他目前所能想到的最好的做法,就是带培实去苇草书屋参加读书会。苇草书屋并未被宋潜淡忘,他喜欢那里,那里蕴藏着巨大的吸引力,那里的书和人为他打开了一扇神奇的大门,沐老师的故事和思想像群山间的雾霭笼罩着他。他早就希望有时间再次走近沐老师,让沐老师用肆意挥洒的性格浸染他,使他更加成熟起来。

周六下午,初秋的爽朗天空中白云朵朵。宋潜和培实两人来到苇草书屋,宋潜远远就看见沐老师戴着草帽在门前菜地里忙碌。宋潜很讶异,书屋前怎会有一片菜地呢?上次来时他可一点儿也没有注意到。他走过去怯怯地叫了声沐老师,沐老师抬起头,招呼他和培实过来,他俩让来让去,不知道往哪儿站好。

沐老师让他俩蹲在菜地边，热心地给他们介绍："这是香菜，这是菠菜，那边是什么，能认出来吗？对，是苋菜。还有你们身后，这是茴香。还有这个，你们肯定认识，番茄，配上那边架上的丝瓜，做碗茄汁面，再放点儿香菜，好吃得很呢。"沐老师把锄头推给宋潜，来，锄锄这片地，沿着边，别锄着菜苗了。宋潜握锄把和农民握笔一样困难，全身都不协调，培实一看就笑了："来吧，看来你还不如我，好歹我还在田里吃过两天苦。"培实两手一抖，锄头驯服地落了下去，他锄得起劲，把浑身的力气都使上去了，像是刻意要表现给人看。宋潜从他的动作里读出他的委屈与释放，读出他压抑多日后喷薄而出的激情。宋潜想，培实和他都需要这样一片田，一片能让身体匍匐向大地的农田，在田地里比在教室里更能让他们挺直腰杆，像个顶天立地的青年。宋潜顺着沐老师手指的方向观察着这片菜地的角角落落，这块宝地面积也就四五十平方米，掩映在周围一丛丛的三角枫下，平平整整，松松软软，它是如此亲切，让宋潜觉得自己早已和它有了一世渊源。他激动地去抢夺培实手里的锄头，蓦然发现培实不知何时已泪水盈眶。沐老师递过来一把小铲，说："真是个孩子，能为把锄头哭了。"

他们来到书屋里，阳光透过斜上方的气窗，正好射在长桌中央的一盆秋兰上，宋潜明白自己又看到了另一个苇草书屋，和上次的很不一样。光线、气味和角度改变了人的心境，一种全新的感觉让他浑然忘却了培实、沐老师和周围所有人，他扑向芳香的书籍，像鱼儿摇动尾巴快活地潜入一汪秋水一样。

这边，沐老师冲着宋潜的背影笑笑，他领着培实入了座。在座的有不少新面孔,也有像祁老爷子这样的老面孔。祁老爷子眼神不好,还以为培实就是宋潜,不停地向他点头微笑,弄得培实莫名其妙。培实一个一个地打量这些面孔,他接触到友善与宽和的目光,那像是一份丰厚的礼物,让他感到受之有愧,不觉低下头去。这次读书会沐老师和大家分享了格拉宁的《奇特的一生》,培实被书中人物柳比歇夫深深地打动了,他没想到世上还有这样的人,将时间记录得如此精心,宛如水晶般晶莹、匀称。一颗灵魂如果有了伟大的韧力,枷锁就不再是枷锁,地狱也会变作天堂。培实的喜色从脸上溢出来,他恍然明白了宋潜带自己来这儿的目的,他充满感激地四下里寻找着宋潜。趁大家讨论正欢,他偷偷地溜出来,在宋潜身后拍了一下他的肩膀,将宋潜从本雅明的《单行道》中唤醒过来。宋潜拍拍那本书,啧啧称赞:"真是好书、奇书,相比之下我们家那些书太幼稚了,真该扔了。"培实也忍不住说:"他们刚才交流的是《奇特的一生》,你读过这本书吗?"宋潜点点头:"算是粗略地翻了下吧,不过,看得出那也是一位奇人,我们生活中真的很需要这种执着的奇人。"培实说:"是啊,我每次说一个新奇想法的时候,爸妈就会讽刺我痴人说梦。他们就知道过那种千万人都过腻了的生活,还美其名曰脚踏实地,我看分明就是死水一潭嘛。"

两个孩子从书堆里钻出来,浑身染了书的色彩和味道,当他们再次出现在大家面前时,他们眼睛明亮、精神焕发,如同刚刚从梦中醒来。

"哎呀,原来是两位帅哥,我刚才还以为是一个呢。"祁老爷子向后捋了捋满头白发,风趣地说,"小伙子们,觉得怎么样?"

"什么怎么样？"宋潜梦意未消。

"读书会的收获啊。哦，不过，宋潜，你可没参加交流啊。"祁老爷子侧着身子让宋潜入座。

"祁爷爷，今天我才好像刚刚认识了咱们书屋，想想前两回真是白来了，自己什么都不知道还瞎说一气。"

祁老爷子听宋潜这么说，又把椅子拉得更近些，对宋潜说："宋潜，不会白来的，每一次都有收获，读书就是从无知到有知的过程嘛。"他又扭脸对大家介绍说："知道吧，他就是宋潜，咱们的年轻书友。听见他刚才的感叹了吧？这就是读书的意义。读书不是让我们成为一个如何了不得的大人物，而是让我们知道自己很渺小，很无知，恰恰是这种自知无知才最能促进一个人的进步。不信大家等着瞧，今天我老人家敢负责任地说，十年之后，这个宋潜——就是你们眼前不起眼的小伙子，一定会在某方面成为出类拔萃的人物。"

宋潜听到这话很不好意思，脸"唰"地红了，他不相信自己会成为什么人物，祁爷爷给他戴的这顶帽子太大了，他实在承受不起。既然说读书的意义不是为了成为大人物，那为什么还要说他宋潜将来一定会成为出类拔萃的人物呢？"一定"这个口气不就透露出祁爷爷还是把成为大人物当作读书的意义了吗？

这时候，沐老师忽然站起来说："对了，宋潜同学今天是带了问题来的。本来上次他就已经把问题抛出来了，不过，很可惜，那次我打断了他。现在，我想请他把问题再重复一遍，大家耐心地听听，看看我们能不能帮他想想。"

"沐老师，不好意思，那个问题……已经没有了，"宋潜站起来抱歉地说，"经过这段时间，我重新认识了生活，我发现自己爱上生活了，那些虚无的问题留给生活去解释吧，现在我喜欢认真地读书、体会，让自己变得强大起来。"

沐老师有些诧异地看着宋潜："这么说，问题解决了?"宋潜点点头。有几个书友可能还有其他事情，看到这情况，便起身告退。店员过来收拾水杯，钢琴曲滑过耳际，李培实从口袋里掏出自行车钥匙，他想，今天的活动该圆满结束了。可是一位往外走的书友和迎面进来的人撞了个满怀，他手提袋里的几本书都掉到了地上，来人俯身帮他捡书，不迭地说对不起。大家侧目一瞧，乖乖，来人是余老师!

"春峰啊，不好意思，来晚了，来晚了，怎么，你们结束了?"余老师拉过一把椅子，边擦汗边瞅瞅屋里众人说，"你们只管进行，别管我，唉，又有几次没来了，我现在是身不由己，各学校的道德课堂、国学讲座、心理培训，还有什么教师专业成长、学生生涯指导，都请我去，我哪里忙得过来呀。你们坐，大家都坐下，聊聊近期收获，看看有没有什么值得探讨的问题。"

屋里众人缄口不语，都拿眼看沐老师，沐老师有点儿尴尬地笑笑说："老师，您确实来晚了，我们今天分享交流了《奇特的一生》这本书，刚结束。""不碍事，大家有事的去忙，没事的留下来，咱们再聊会儿，"余老师看见宋潜还站着，忽然想起他批评过这个小伙子，忙说，"这个小伙子，我们见过是吧? 请坐。如果我没记错的话，你上次抛出一个很厉害的问题，现在解决了吗?"

"不，没有。"宋潜有些紧张，"我是说，我没有问题了。"

"没有问题了，为什么这么紧张？小伙子，放松点儿，这又不是在课堂上。"余老师脸上的肉不自然地抖动了一下，"你有什么就说出来，让大家帮你梳理梳理。"

宋潜看着余老师忽然联想到辜老师，这两个人的表情怎么那么像，他有点儿不寒而栗，心中竟然涌起一份委屈。

"哟哟哟，这孩子怎么啦？谁欺负你了，怎么眼圈还红了呢？"余老师站起来想拉宋潜到自己身边坐下，但他发觉这孩子很倔，身子一动不动，好像和他较上劲了。沐老师赶紧过来解围，他冲宋潜使个眼色，示意宋潜有什么话坐下说。宋潜坐下来，他的心中再次蹦出强烈的声音："骗人的，这一切都是骗人的！我为什么要坐在这里呢？此刻的心情，我应该坐在自己的小屋里，独自享用，不管是骄傲也好，可怜也罢，那都是我自己的事，与外人没有半点儿关系。我坐在这里，和大家探讨什么？"

宋潜的不言不语倒是让众人感到了问题的存在，特别是几个之前见过宋潜的老朋友，都想说点儿什么。关键时候还是沐老师开了口。

45

"我看出来了，宋潜是个真性情的孩子，他看生活看得远，看得深，把自己的情感、梦想融在里面，总想从平凡生活的外表下看出不平凡的东西来，这很不简单。"沐老师说完这句话，又转过脸来朝向宋潜，接着说，"宋潜，你的问题既是问题也不是问题。想想，我们身边有多少人从来没有问过这样的问题，也照样过完了一生，可是，如果真要问起来，那还就是个难于回答的问题。哲学家克尔凯郭尔形容个人是一个隘口，美国诗人庞德说人类面对自身如同面对悬崖，都是这个道理，在我们身边，很多人羞于谈论真实的自己，因为恐惧，我们更愿意把目光投向他人，在忙碌的日常事务中将自己深深地隐藏起来。这样的做法是愚蠢而可笑的，问题并不是麻烦，它是我们内在动力的源泉，正因为有了问题的存在，我们的生命才更像一个真实的生命。"

沐老师的话得到不少人的共鸣，他们默默地点头，仿佛看见了那个问题。沐老师继续说："问题是双刃剑，一方面吸引着我们去探寻，带领我们领略这世界的无尽风光，另一方面它又显得那么迷离恍惚,让我们难以把握,甚至产生出强大的无力感、恐惧感,视它如洪水猛兽。看清楚问题的这些特点,大胆地迎难而上,顺势而行,我想这才是正确的态度。"

"春峰,对不起,我得打断你了。"余老师咳嗽了两声,迫不及待地插话,"我感到很失望,这么多年了,你依然固执地走在你的那条道上,一点儿也不肯回头。要知道你所谓的隘口、悬崖,纯粹是一些无聊文人捏造出来的东西,这种东西就像精神麻醉剂,侵蚀着我们健康的肌体。一个年轻人,好端端的,为什么非要把自己搞得伤春悲秋,跟林黛玉似的,这和我们这个伟大的时代相称吗?春峰,你倒是说说,像你这种瞻前顾后、畏首畏尾的思路,对孩子们将来的人生有什么帮助?"

余老师重重地叹了一口气,又对着宋潜说:"宋潜,你叫宋潜,我不知道你是前进的'前'呢,还是潜水的'潜',我希望你最好是前者,一直向前,冲锋陷阵,别那么前怕狼后怕虎的,如果你真的是后者,那我希望你赶快从水里露出头来,别再把自己闷死了。"他的话引起大家一阵轻松的笑声。

余老师的话还没完,他见不得别人处在蒙昧之中,讲话就一定要讲个痛快,他继续追问:"你既然是个中学生,我想你在学校肯定已经接受了很多这方面的教育了,正确的世界观、人生观、价值观,学校老师早就给你们讲过了,一定也考试过了,以你的学习成绩,应该也背得滚瓜烂熟,用得得心应手了,可为什么你依然有问题?这一点你想过吗?"

宋潜摇摇头。

"宋潜,至少有一点可以肯定,你没有相信你所学的东西,这是怎么回事？你在欺骗老师，欺骗你自己，当你遇到困难遇到麻烦的时候，你没有拿起所学的知识当作武器，而是反过来怀疑老师怀疑所学的一切。你觉得你很有思想，可以推翻前人，推翻那些伟大、光明、正确的东西，实际上呢，你吃了大亏，陷入了泥潭，自己说服不了自己——这就是你的问题。你说你被繁重的学习任务压得喘不过气来，事实上是这样吗？我看不是，如果是那样，你怎么还有时间和精力去思考那些假而空的问题，所以，你根本就是自己在制造问题。"

"余老师，抱歉，我尊重您是沐老师的老师，本不想打断您的话，但您的言论，我实在不能接受，您说我前怕狼后怕虎，制造假而空的问题，可是您了解当今的中学生吗？您出席各种会议、讲座，您和多少学生认真地聊过？您了解他们的爱好和心里的想法吗？他们正在流行什么？对未来的看法是什么？他们愿意走您指定的这条道路吗？这些您不清楚，但它是我正在经历的，我没有生活在真空里，我每天面对的都是实际的问题。"宋潜停下来喘口气，接着说，"我并不害怕任何问题，之所以拿出来问大家，一方面是想听听大家的看法，另一方面也想更真实地面对自己。我喜欢《瓦尔登湖》里面的一句话：'大多数人都生活在平静的绝望中。'而您，害怕问题，掩盖事实真相，总想用简单粗暴的说教让我们服气，可是问题并未消失。虽然我刚才说问题已经不存在了，但那只是我最近一段的感受，那并不表示问题就永远不会出现。"

"气死我了，春峰，这个孩子是从哪儿来的？实在是气死我了。"余老师捂住胸口，表情十分难看，咬着牙一字一顿地说，

"我们都说道路是曲折的,前途是光明的,一切困难都是可以战胜的,而这个宋潜,他怎么什么都不懂,他是不是觉得我们都应该像他一样陷到他那个黑暗的问题里去?谁想去,那,那就让他自寻死路去吧!"他说完这句话,头上汗流如注,脸色发白,嘴唇直哆嗦。祁老爷子发现余老师的状态不对,赶紧对春峰说:"快,快叫救护车,你老师的心梗又犯了。"一群人顿时手忙脚乱,掐人中,喂茶水,慌着联系救护车,搀扶余老师。救护车火速赶来,众人七手八脚地帮忙,宋潜只呆呆地、满含内疚地站在一旁,不知道自己该做什么。救护车红灯闪烁,鸣声揪心,他在夕阳余晖中,仿佛看见余老师和辜老师两张充满怒气的脸,贴在一起向一片如同燃烧着金色烈焰的街区冲过去。

宋潜从来没有见过一个人被他气成那样,他不明白余老师为什么会那么生气,一个教了几十年学,到处做报告的老教师怎么会这么容易生气呢?他站在那里,久久不能平静,培实从后面过来,握住他的手。他俩什么也没说,一起看着道路两旁渐次亮起的稀奇模糊的霓虹灯。

"我觉得自己像一个外星人,不太懂得人间的事。"宋潜说。

"我也是,不懂的事太多。"培实此刻很理解宋潜,"宋潜,你是不是特难过?"

"也没有,只是有些不理解。"停了一会儿,宋潜说,"我的内心有两个自我,一个乖乖的,不想跟任何人为敌,另一个,怎么说呢……想哭想笑想抱着大地亲吻。"

"你说的以前我不懂,现在好像懂了。"培实若有所思地点点头。

46

宋潜回到家，家里没有人，他在自己的书桌上见到爸爸写的一张字条。

潜潜：

爸爸妈妈在小区对面的缘来酒家二楼如梦令房间，回家后快过来吃饭。

宋潜把书包放好，去阳台收了中午洗的裤头和袜子，关了门默默地走出来，一股刻意保存的愁绪萦绕在他的心头。他沉浸在那股愁绪里，从一片夜色走向另一片夜色。

当他推开饭店的房门之后，他看到爸爸妈妈和几位叔叔阿姨坐在一起。这是一个小型聚会，来的都是爸爸中学时代的同学，其中有位叔叔就是上次夜里送他去医院的那位。宋潜怯生生地坐到妈妈身边，向大家点了个头。那位叔叔很吃惊地瞪眼看了他好半天："这是贵公子？几个月没见，长这么高了，有多高？一米八？"宋潜含含糊糊说不清，爸爸倒是准确地报出一米七八。那位叔叔羡慕地直咂嘴："你们给孩子吃什么了，长得这么快？我们家那个一年都没怎么长个儿，愁死了。现在我走到哪儿都注意别人的个头儿，心里好像有把尺子，见人就拿出来量一量，你还别说，现在的小孩个儿都高，像咱们这种半残废身材难找了。"宋潜觉得这个话题很无聊，好像是在谈论自家猫狗，可这位叔叔非常健谈，很快就把话题转到了黄晓明和 Angelababy（明星杨颖）身上，他从两人的身高谈到了他们的大婚，仿佛这两位娱乐明星是他家的亲戚似的。他说得起劲，完全忽略了周围人的眼神，直到有位阿姨家的孩子从桌子底下钻出来大声嚷嚷着肚子饿了，他才不好意思地停了下来。爸爸端起酒杯向大家致祝酒词，看得出他是这桌的核心人物，和平时在家的情形完全不同，他一改沉默寡言的个性，表现得能说会道，应付自如，相比之下，倒是妈妈言语不多，浮游在话题周围进不来。

宋潜就只管默默地夹菜，哪样菜到自己跟前就吃哪样，绝不向远一点儿的地方伸手。对面的那个小男孩有七八岁，调皮得很，他妈妈一会儿没看住，他就冲到门口把灯关了。起先大家不在意，小孩子嘛，都是这么淘气的，他们甚至觉得挺好玩的，但小家伙误以为自己的举动大受欢迎，干脆守在开关旁，不停地开了又关关了又开，这下他妈妈受不了了，把他抓过来紧紧地控制住。一桌人看着这情形都有些尴尬，宋潜相信他们都讨厌这孩子的举动，可他们都笑着打圆场，说没什么没什么，孩子嘛，让他玩玩就不玩了。那孩子在妈妈的怀里还不老实，一口饭也不吃，用一双机灵的眼睛向众人左看右看。宋潜觉得那孩子的目光极像猴子的目光，那目光一刻不停地研究着房间里的每一个人每一样东西，充满着对事物原理的饥渴和跃跃欲试的冲动。终于，那孩子又从妈妈的手里滑脱出去，这一下直接滑溜到了房间外面，他妈妈不好意思地冲大家笑笑，追了出去，大家在心里难受了一下又轻松起来。

宋潜吃了一阵，油水太大，他很快就饱了，他问妈妈能不能先回去，妈妈摇摇头，说再等等，他只好用筷子尖夹菜，一点一点地挨时间。从进来到现在，他渐渐听明白，这个同学会其实就是爸爸中学时代的哥们儿偕家人的聚会，他们中有些人一直在交往着，有些人才头一回重逢。爸爸的表情和话语显出他是一个组织者，他仿佛向人承诺过要对整个聚会负责似的，一直认真地关注着每个人的吃喝与心情，而妈妈则似乎信守着另一个承诺，将自己置身于热烈的氛围之外，这与她的个性不相符，她坐在那里很不自然。总之，他们两个的心思都不在吃饭上。

宋潜正想去上厕所，话题就迸溅到他身上来了。一个阿姨问妈妈，儿子在哪儿上学？妈妈说实验中学，那位阿姨马上"哇"了一声："成绩一定很好吧？"妈妈平静地答道："还行吧。"那位阿姨看妈妈话不多，就转而问宋潜："小伙子，上期期末考多少名？""第一。"宋潜用细得只有自己才能听得见的声音答道。没想到那位阿姨一下子就听清楚了，马上嚷嚷起来："第一吧，好厉害！"她眼睛里火花一跳，整个人都被点亮了。她是一个性格很外向的阿姨，而这个"第一"恰好又戳中了她的兴奋点，她马上就讲述了好几个最近听来的学霸的故事。阿姨讲故事眉飞色舞、声情并茂，把大家的注意力全都吸引了过来，她每讲到一处关键地方，就会停下来扔出一句口头禅："你知道接下来发生什么了吗？"接着她又"嗨"的一声吓大家一跳，于是大家就被那故事乖乖地俘虏了。宋潜心想，这位阿姨讲故事的本领真强。可接下来阿姨就开始询问他的情况，从几点起床、几点睡觉这样的细节问到单词怎么背、作文怎么练这样的技术层面上。宋潜隐隐地觉得她又在搜集故事素材了，这让他很不舒服，他喜欢听别人的故事，却一点儿也不喜欢人家把他编成故事，所以，他就故意随心所欲地乱答。这下，阿姨不停地张大嘴，吃惊不已，这样啊这样啊，她仿佛又大开了眼界，既惊奇又惊喜。

　　一餐饭的风头就这样被这位阿姨抢了去，其他几位叔叔阿姨原来还谈论着股票、楼市、自驾游和中医养生的话题，一下子全都汇聚到了教育孩子的话题下。尤其是刚才那个小男孩的爸爸妈妈现在积极地加入到话题中来，他们刚才已经把孩子送回家交给爷爷奶奶看管了。他们一提起自己的孩子就一个劲地叹气，两个人一边说着还一边互相攻击。这时候，妈妈也终于冲进了话题的圈子，她说："其实刚才那个孩子我倒挺喜欢的，活泼、好动，想到什么就去做，毫不犹豫毫不拘束，这样的孩子上学时候可能老师、家长不喜欢，可是到社会上一定很吃得开。"宋潜听妈妈这样说，也不禁点点头，他不是赞同妈妈的说法，而是觉得这话就是妈妈的心里话，妈妈就是这样的人。对面的叔叔表示反对，他说："这孩子活泼得有点儿过头了，就是说他缺乏规则意识，想到什么就做什么，这样很容易失控。"然后这位叔叔开始大谈自由的边界问题。原来他是一家报社的编辑，对自由这个话题很有研究。

宋潜听着每个人的发言,似懂非懂,他看到叔叔们开始抽烟,阿姨们开始聊起彼此的穿衣打扮,他忽然觉得刚才那个孩子以及自己都不过是他们眼中的猴子,他们并不真正关心猴子,他们关心的是如何让猴子听话,把猴子驯养成金牌猴子、猴王,为猴子设计出一款最合适的金箍。可能是他沉思的样子吸引了那位学霸爱好者阿姨,她好奇地问:"小帅哥,又在想什么呢?"宋潜挠挠头说:"阿姨,我想知道你们上中学的时候都想些什么?"满桌的人听到宋潜这么一问,都静了下来,仿佛宋潜的话狠狠地踹了他们一脚,把他们集体踹回到十几岁的年龄。

"是啊……"爸爸首先发出了感叹,"中学时代就像是昨天,一眨眼就没了,想起来像一场梦。我们喜欢的歌没人唱了,喜欢的明星老了,经常玩耍的地方也面目全非了,这就是时过境迁吧。各位,你们谁还记得那时候晚上睡前都想了些什么?不然这样,我提议每个人都说说,谁要是说不出来或者说的大家不满意,罚酒一杯,怎么样?"

别说,爸爸这一提议还真的赢得了大家的一致赞同,宋潜心想,嘿,这下有好戏看了!

47

"我来主持一下。"爸爸站起来,双手按着桌子,煞有介事地扫视一圈,"这样,从老张这儿开始,然后贵丽、德民、刘珂、长春、燕燕,然后是徐霞我们俩。"

"好,从我这儿开始,那我就讲个真事儿,对,当然得是真事儿。"老张叔叔抽出一支烟,还没点上,忍不住笑,"我讲老宋的事儿——"

"老张,这不行,你犯规了,讲你的事儿,扯上我干什么?"爸爸一听就急了。看到爸爸急的样子,宋潜觉得特好笑特过瘾,差点儿笑出声了。他偷眼瞧了一下妈妈,发现妈妈也竖起耳朵,来了精神。

"是这样,事儿是我的事儿,但跟老宋有关,既然孩子想知道咱们中学时候想些什么,咱就得说点儿实在的,不能蒙孩子,你们说是吧?"老张叔叔把那支烟放到鼻子底下嗅嗅,然后跷起二郎腿娓娓道来,"我记得那是咱们上高一的时候,有一天,老宋——宋清源同学到我家来玩,我家也没什么好玩的,我就把我的宝贝集邮册翻出来让他欣赏，没想到他一眼就相中了我的1981版《红楼梦——金陵十二钗》。你们不玩邮票不知道，这套票在当时可抢手了，拿到邮票市场一亮相，保准马上售出，而且价格不菲。关于纪念邮票，宋潜同学，这个我还真得给你普及点儿常识。那时候邮票既是收藏品，也是有价证券，普通邮票可以当货币流通，纪念邮票收藏起来能升值，当然还可以作为礼物送人。但是邮迷不是谁都能当的，集邮你得有钱，还得有关系，那种发行量小的或是特别有收藏价值的珍贵邮票，要提前预订，麻烦着呢。有人呢，就专门做这个买卖，提前凑钱多买，然后高价卖出，有时候好邮票半天就断货了，高价沽售是很容易挣一把的，这个说起来跟现如今的炒股、炒房也没什么区别。当时，宋清源同学看到我那套金陵十二钗邮票眼都直了，我心想这小子眼真毒，那几年除了猴票和徐悲鸿的马，我顶珍惜的就是这套了。不过那天我也不知道是心情高兴还是脑子犯糊涂，竟然善心大发，准备卖给他一套——我一共有三套。话说我们家离邮票公司特别近，出门就是，我爸在邮票公司又有熟人，你说这不是近水楼台先得月嘛，于是我就动了这败家的念头。我说，清源同学呀，这套邮票一共12枚，外带一张小型张，这枚"双玉读曲"的小型张我说什么也是不会卖的，其他的加一块儿原价是两块二毛八，我也不跟你多要，你给我三块钱吧，算哥们儿挣你点儿零花钱。他一听，说哪有挣自己哥们儿钱的道理啊，再说我兜里就这么多了。我说，你有多少？都掏出来数一数，结果他真掏出一把碎票带钢镚儿，数了数一共两块七毛三。我咬咬牙说，好吧，我今天做回大善人，成全你的贪欲。完了之后我一个人又算了半天，心说我亏大了，这么好一套票我才挣了四毛五。你们不知道那套票是著名画家刘旦宅的作品，他描绘的红楼人物清秀、雅致，我认为是最传神的了，前年又出了一套戴敦邦的红楼，我一看整个是水浒的味道嘛，女儿家一股侠气，哪像是水做的。扯远了，不过你们也该明白，为什么到现在我还清楚地记得这套邮票的价格了吧？你们别笑，其实最终这四毛五分钱，我也不知道花哪儿去了。印象中好像用剩下的钱买了一把香港四大天王的画片，也许那个时候四大天王比金陵十二钗更让我着迷吧。事情就是这样，一点儿不假。可是你们猜接下来发生了什么？我做梦也没想到，第二天这套邮票就全部到了宁依依手里。德民、长春你们都清楚，宁依依是何许人，那可是班花呢，反正我是想跟人家挨近一下都没机会，没想到清源同学这么有心机，竟然利用我的邮票实现了他的计划。弟妹，你别生气啊，那个时候咱们都年轻不是，一门心思想的就是怎么跟班花说句话，套个近乎，可以说各种手段都用尽了。你，德民，我记得有一次是不是故意从凳子上摔下来，然后借机抓了一把班花的裤腿，有这事没？好，好，当我没说，其实刘珂你也别用那种眼光看他，那句话怎么说的，哪个少年不钟情，哪个少女不怀春？咱接着说啊，那天晚上回去，我左思右想睡不着，我就琢磨怎么把班花的注意力从清源同学身上转移到我身上来。我想，邮票是我弄来的，我还得从邮票上动脑子，老天开眼让我想到一个绝妙的主意。第二天，我写了个字条偷偷塞到班花的文具盒里，你们猜，字条上写的是啥？长春你不能说，你是知情人，清源你也不能说，你是受害者。不，德民，恭喜你猜错了，我才不会干那么傻的事儿呢，我写的是:亲爱的宁依依同学,对不起,我欺骗了你,邮票是我从张志国同学那儿偷来的,被他发现了,现在要还给他。你以后要邮票还是找张志国同学吧,他爸爸有关系。落款署名:你的同学宋清源。哈哈,你们说这招高不高?"

老张叔叔讲到这儿,仿佛又回到了中学时代,他激动得手舞足蹈。几位阿姨也听得入了迷,尤其是妈妈,听着听着禁不住嚷嚷起来:"志国同学,你也太坏了吧,那后来呢?后来那班花有没有找清源同学?"

"找啦,当然要找他啦。班花很生气,把邮票甩给清源同学说,谁稀罕你这偷来的东西,老师教育我们做人要诚实。班花对清源同学说了一大堆话,我们本来是想看笑话的,看着看着却嫉妒起来。班花傲气得不得了,她可从来没有单独对哪个男生说那么多话,我们都恨不得变身成清源同学,坐在那儿让她骂一顿。可是,清源同学呢?他居然哭了,弟妹,这你就得问他了,也许那次他对班花是动了真心……"说到这儿,老张叔叔停下来瞅瞅爸爸,他已经完全入戏了,仿佛带着一丝至今仍未释怀的愧疚。爸爸和长春叔叔抽着烟,窃窃私语,他们对这个故事基本没有反应。老张叔叔这才放心地接着讲下去,"清源同学一哭,这事儿就变得复杂了,给我的感觉是清源同学似乎识破了我的伎俩,他故意扮演弱者,假戏真做以博取班花的同情,这样一来,班花倒乱了分寸,不知该怎么办才好了。我们一个个都假装不明就里,站得远远的,静观事态发展。这时候,班花走过去,捡起落在地上的邮票,用一种让我们感到酥麻的声音说,清源同学,拿去还给志国同学吧,做错事不要紧,改了就是好同学。哇,你们不知道那一刻，我相信班上所有男生的眼睛都嫉妒得发红。班花说完转身要回座位，这时候，清源同学你还记不记得接下来你做了什么？不记得了？你就装吧，鬼才信呢。各位同学，你们相不相信，他当时一把就抓住班花的手。我们心说，这小子胆儿也太大了吧，这是要干什么？结果清源同学抹着眼泪说，宁依依同学，请把那张字条还给我。"

"老张，你说的这是我们家老宋吗？我怎么听着都不像，我们家老宋见了女的就脸红绕着走，哪会像你说的这么有心机，我才不信呢。"妈妈笑着说。

"弟妹，你听清楚了，我讲的是清源同学，而不是老宋，懂不懂，你把他当成两个人来看就对了。"老张叔叔手里摆弄着打火机，接着讲，"后来，事情的发展越来越让我生气，班花根本没来找我，倒是有事没事向清源同学借本书啦，借个磁带啦，抄抄笔记啦。你想，本来我是要给自己搭桥的，没想到给清源同学搭好了一座桥，而且他们居然公开交往，同学们越不怀好意地笑，他们越大摇大摆地在一起，连老师都知道了，不信你们现在就可以打电话给吴老师，看我说的有没有假。你们想想这情况我生气不生气，我肺都气炸了。有一天，我实在忍不住了，就走到班花面前，直截了当地问她，宁依依同学，听说你喜欢邮票，要不要我给你带点儿好邮票，最近又发行了好几款新的呢。结果你们猜班花说什么？班花说，对不起，志国同学，我不喜欢邮票。"

老张叔叔说到这儿，满桌人哄堂大笑，几位阿姨笑得捂肚子，妈妈笑得筷子都掉到了地上。爸爸看了看宋潜，宋潜没笑。老张叔叔的故事讲得太精彩了，宋潜沉浸在这个故事里，心随情节而动,完全忘记了身边的一切。他恍惚来到故事发生的年代,和清源同学、志国同学、德民同学、长春同学成为亲密的伙伴。在他们中间,他一点儿也不感到陌生,仿佛他一直就是他们中的一员。那个年代,那种时光,那一抹残阳中,他也是一个人静静地待在教室里,忽然间一激灵,他会问自己:"我是谁?"这个疑问使他和整个世界拉开了距离。他仿佛知道了某个秘密却又被人打昏,就这样茫然地生长着。他是一如既往的聪明,在学习上保持着明显的优势,和同学的关系也特别好,完全是同龄孩子成长的范本。他以为他内心的那个疑问无人知晓,就像是上帝偷偷放在他头脑里的一个装置。这是一种默契,上帝和他早就订立了契约,谁也不能出卖谁。可奇怪的是,就在他的身旁咫尺远的地方,就有一个人仿佛洞悉了这一切,这个人是清源。清源看他的眼神总有一种说不出的诡秘,他看清源也是如此。清源的眼神仿佛在告诉他:我也有一个秘密,我也和上帝订立了一个契约呢。然而,他们谁都不能说,他们不能出卖上帝。他们就这样彼此怀着不可告人的心情观察着对方,欣赏着对方,直到彼此都感到有些过分了,才恋恋不舍地收回目光。宋潜在睡前感到心惊,难道我有同性恋倾向吗?清源到底什么地方吸引了我?然而,后来就发生了邮票事件,作为事件主角的清源和宁依依搅在了一起,这令宋潜措手不及。起先宋潜以为这不过是传闻,清源不可能和宁依依有什么的,后来慢慢发现不对劲:清源天天和宁依依在一起,他几乎忘记了宋潜。他眼中的神秘色彩正在一点点褪去,他即使没有出卖上帝,却也大大地亵渎了上帝。"事情不应该是这样的,"宋潜在内心喊道,"清源到底是谁?"一个谜底从他心中蹦了出来,在那电光火石的一瞬,他霍然瞥见了未来。哦,天啊,他明白了!他是清源的儿子,而他妈妈叫徐霞。他确实属于未来,此刻他根本没有出生。此刻,他不过是一只眼睛、一个念头、一段遐想而已。现在一切再清楚不过了,他要去告诉清源,他和宁依依不过是一个故事,不可能有任何结果的。他应该专心学习,以宋潜爸爸的身份回到他少年时代的正轨上来。

宋潜找来找去,在校医室里找到了清源,一把把他拉出来,他语无伦次地对清源说:"爸,我是宋潜,是你儿子啊,你想想,你忘了吗?"

清源打篮球碰肿了手指,正在换药,被宋潜劈头这么一句给搞蒙了,愣了两秒钟之后跳脚大笑:"哈哈哈,宋潜,你叫我什么?再叫一遍,真好听,哈哈哈!"

"爸,我是说真的,我,我就是你的儿子,你现在什么都不清楚。听我说,你一定要听我说。"宋潜扳住清源的肩膀,用力摇晃着他。

清源彻底傻了,他用手认真地摸了摸宋潜的额头:"坏了,宋潜,你病得不轻,赶快让校医给你看看。"

宋潜和清源各说各的,越说越急,两人都满脸通红。到后来,宋潜越喊爸清源越害怕,一圈人围着他们看热闹。碰巧政教主任从门口过,一看这成何体统,就把俩孩子带到了政教处,当着老师们的面,宋潜一声不吭,话都让清源说完了。最后政教主任听来听去,什么也没听明白,只好哭笑不得地把俩孩子放了,几个老师一齐大笑,说这都什么事呀,现在的孩子是不是都学傻了。

从政教处出来,清源似乎冷静了一些,他问宋潜:"你很讨厌我跟宁依依在一起吗?是不是志国找你来跟我捣乱的?"

"算了,你爱信不信,早晚你会后悔的。"宋潜沮丧地低下头,什么也不想说,但他很快又想到另一个问题,马上一把扯住清源的衣角,"不行,你绝对不能跟宁依依在一起,你必须保证现在就离开她。"

"为什么?"

"因为我妈不是宁依依,如果你跟宁依依在一起,就没我了。"

"神经病,我看你真是病得不轻。"

"不行,清源,你不能走,你必须答应我。"

"我凭什么要答应你?"

看到清源变得愤怒的眼神,宋潜忽然转念想,算了,干吗非要一条道走到黑,我就不能换个思路,想想别的办法吗?于是他放了清源:"好,你走吧,爱跟谁好就跟谁好去吧。"

清源走了,留宋潜一个人伫立在夕阳下,他单薄的身影像个幻象,一个执念攫住他的心灵。

48

宋潜远远地看到志国坐在乒乓球台上读书，他走过去。

"看什么书呢？"

"一本科普书——《从一到无穷大》，我越看越像一本科幻书。你听听这首诗：'年轻女郎名伯蕾，神行有术光难追。爱因斯坦来指点，今日出游昨夜归。'听明白没？觉不觉得很神奇？"

宋潜夺过来，默默地浏览了一会儿，忽然眉毛一挑，对志国说："这个不难，现在我就来指点你，让清源和宁依依重新回到路人状态。"

"什么？"志国大惑不解，宋潜这思路转得也太快了，他没跟上，"你的意思是——"

"我的意思是，志国，你可以故技重施，再模仿清源的笔迹写张字条，我保证清源和宁依依能掰了。至于你跟宁依依，那就要看造化了。"

"字条上写什么？"

"就写：徐霞，对不起，我没想到你真生气了，他们说的都是假的,我和那个宁依依什么关系也没有。我向你保证,她就是个神经病,走路都斜着走,这个大家都知道,不信你去问。落款署名:清源。"

"什么什么?"志国彻底被宋潜给搞糊涂了,"徐霞是谁?你让我写这字条给谁?"

"问那么多干什么,你知道徐霞是个女生就行了,至于字条给谁,你还不明白吗?趁清源不在的时候放他桌上,不管谁看见效果都一样,当然能让宁依依看见是最好。不过,有一点要注意,这张字条必须在清源看到之前让人看见——你自己看见,然后再嚷嚷出来也可以嘛。"

"哦……哦哦。"志国终于明白了,他晃了晃脑袋,"真高,你这招真高!"

第二天,事情进展得比宋潜预想的还要顺利,字条内容尽人皆知,清源纵有一千张嘴也说不清楚,宁依依气得把漂亮的三维塑料尺都折断了。

阴谋得逞的那一刻,宋潜忽然觉得自己很卑鄙,但他转念一想,这也是没有办法的事情。清源在梦里,什么都不知道,他只会任着自己的性子胡来,我如果不提醒他,规劝他,在必要的时候采取点儿非常手段,后果不堪设想啊。

清源和宁依依的故事已经成了历史,宋潜仍然每天不离清源左右,他比以前更加操清源的心。他常常当着众人的面阻止清源的行为,强令清源去学习,不许清源和任何女同学靠近,趁没人时叫清源爸,让清源赶快醒醒,别再执迷不悟。面对宋潜的反常举动,清源几乎要疯了,他骂宋潜踢宋潜对着宋潜喊,宋潜,你是我爸行不行？我求你别再缠着我了！

宋潜哭着说："爸，你要不是我爸，我才懒得理你。你看看你自己，成天都干了些什么：上学迟到，不交作业，上课溜出教室去打乒乓球，打扫卫生逃跑，还偷偷扎志国的车带……爸，这些你一点儿也不感到害臊吗？"

"我干什么我爸都不管，用得着你管？"清源任宋潜在那里哭，骑着车扬长而去。

可再强的好汉也架不住天天缠磨，宋潜用锲而不舍的精神劝爸学习，他的诚心终于有一天打动了清源。清源说："宋潜，你也别那么辛苦地跟着我了，从今天开始我好好学习，行吧？不信，你看我的行动，我保证期末考试成绩进入班级前十名。"

"爸，我相信你，努力加油吧！"

那天夜里，宋潜做了个奇怪的梦，他梦见清源成绩突飞猛进，他们俩高中毕业后考入了同一所名牌大学，后来又成了同一家企业的工程师。有一天，清源说咱们同事李工的妈妈王姨给我介绍了个对象，宋潜说我陪你去，清源说哪有两个大男人去见对象的？宋潜说那我不管，我必须去，清源没办法，只好说你去了可别插话，别越俎代庖行吗？宋潜说行啊。清源和宋潜到了王姨家，宋潜一眼就认出要见的对象正是妈妈徐霞，他拉过清源的手交到妈妈手里说，妈，我总算把爸给你平安送到了。说完这句话，宋潜就像一尊冰雕似的在阳光下融化了。爸爸妈妈看着宋潜，宋潜仿佛在天国里微笑——天国就在缘来酒家二楼如梦令房间。

"宋潜，又在瞎想啥呢？快，清蒸鲈鱼，肉嫩得很，多吃点儿。"妈妈用筷子给宋潜夹了一大块鱼肉。

"对,帅哥多吃点儿,再长壮些就更帅了。"阿姨们都说。

大家已经讲完了故事,在回忆的滋润下,每个人都显得红光满面意气风发。爸爸给每个人添满酒水,然后举起酒杯高兴地说:"今天咱们这几家欢聚一堂,度过了一个难忘的夜晚,青春虽然一去不复返了,可我祝愿大家内心永远年轻。我提议,以后咱们轮流做东,至少一年一聚,好不好?""好。"众人齐声响应。宋潜低声对妈妈说:"妈,我刚才好像做了个白日梦。""什么?"妈妈没听清。"我说我做了个白日梦。""什么?"妈妈还是没听清,"咱们走吧。"

"天国就是最庸俗的人间,"宋潜想,"一切发生的就如同从未发生。"他抓了一大把餐巾纸,用其中的一张擤鼻涕,一张擦嘴,剩下的揣进裤兜,跟着爸爸妈妈出了酒楼。在转出饭店玄关的时候,老张叔叔拍了拍宋潜的后背,"这孩子,越长越像你爸了。"宋潜低着头,却似乎看见了志国那熟悉的微笑。

回到家,宋潜的兴奋劲还没有完全消退,他冲着躺在沙发上醒酒的爸爸说:"爸,我刚才在饭桌上做了个白日梦。"

"那你梦见什么了?"

"梦见咱们俩是同学,然后我拼命地把你从那个宁依依同学身边拉回来。"

"老宋,那故事是真的?"妈妈一下子就抓住了实质。

"哪个故事?哦,你是说志国讲的那个故事啊,那不明摆着是瞎编的嘛。宁依依根本就不是班花,她是……是那种走路一顺儿,眼睛还有点儿斜视……你知道吧?"

"你就编吧,老宋。"妈妈洗了一盘葡萄,自己剥着吃,看了看宋潜,努努嘴,"潜潜,吃葡萄。"

宋潜不想讲那个白日梦了,他就只吃葡萄,闷着头吃,一直吃到盘里只剩下葡萄枝。爸爸歪着脑袋睡着了。妈妈摁开电视,电视里的一家人呱唧呱唧地不停说话,宋潜觉得那喧嚷声盖过了一切。有那么一会儿,宋潜没看电视,转过脸去看爸爸妈妈,他忽然觉得爸爸妈妈好像两个陌生人,他完全不认识他们。

夜里,宋潜似乎听见谁在轻声唤着依依,依依,他睁开眼睛,楼下响起一长串电动车报警器的声音。他翻了个身,迷迷糊糊又睡着了。

49

宋潜已经很久没有和小溪联系了,他躲在学习里,就像雏鸟守着巢窠。中秋那天晚上,他打开QQ,发现小溪在线,就马上发去讯息:

"在?"

"在。"

"好吗?"

"不好。"

"怎么啦?"

"…………"

"？？？"

"宋潜,不要理我了,我是个坏女孩。"

"到底怎么啦?"

"我不是学习的料,根本不是,所以,我现在是在混日子,等毕业证,你懂吧?"

"小溪,你没有那么差,只要努力,成绩能上去的。"

"靠,你是我爸吗?"

"你怎么啦,怎么这样?"

"因为你是傻×。"

"好,今天我不跟你聊了,等你什么时候清醒了,我再跟你聊。拜拜。"

下面小溪用傻×两个字刷屏,连句拜拜都没有。

一时间各种不好的想法摇撼着宋潜的心,他昏沉沉地倒在床上,像只被利箭射穿胸膛的小鸟。不知过了多久,他爬起来,裹着被子跟跟跄跄地在屋里转圈。他越是转圈就越是觉得心里空落落的,越是觉得心里空落落的就越是想抱住点柔软的东西,于是,他拉开衣柜门,从里面抽出两只蓬松的大枕头紧紧抱在怀里。他闭上眼睛在屋里转圈,直到把自己转得摔倒在床上,睁开眼发现枕头套已经被泪水洇湿了一片。"我这是怎么啦? 要死! 要死!"这时候,他眼里心里全都是小溪的形象,小溪一会儿是天使,一会儿是魔鬼,但即使她是魔鬼的时候,也是温柔的魔鬼、可爱的魔鬼。他一点儿也不能聚集起对她的恨,他的情感只能在无名的悲哀里流浪。

他拭干眼泪,重新坐到电脑桌前,向培实发出讯息:

"在吗?"

培实那边没有回应。宋潜趴在桌上睡着了,直到爸爸把他唤醒,让他上床去睡。第二天天蒙蒙亮的时候,宋潜就醒了,他打开电脑,发现培实和小溪的头像都在闪动。打开培实的窗口,只有一句话:"在,什么事?"打开小溪的窗口,却一下子蹦出十几条留言:

"宋潜,我醒了,刚才我说了什么?"

"我真该死! 今晚,不对,昨晚我喝多了,说的都是胡话,你千万别认真!"

"唉,我真不知道该怎么说自己了,我恨不得杀了我自己。"

"宋潜,你还在吗?"

"你在听我说话吗? 你一定不想理我了,我知道,我能理解。是我对不起你,不,其实我更对不起我自己。我说了那么多大话,还开导你,可是我没能跨过自己这道坎。这是你无法明白的事,就像我同样无法明白你一样。我们都生活在各自的世界里,我们还太小太幼稚,决定不了自己的未来。我们太容易被打倒,而且一旦被打倒就很难爬起来,因为有一种我们自己也看不清的惯性在推动着一切,我们不过是一粒微尘,风一吹就不知去哪里了。看我,总是说我们的,其实我是我,你是你,前途一片黯淡的是我,而你,从来都不缺乏光明。宋潜,我祝福你,祝你生活幸福! 要什么有什么,想什么得什么。"

"你忘了我吧。我很抱歉给你留下那么多不好的记忆。"

"我是个看起来美好,其实让人很讨厌,甚至连我自己都不喜欢的女孩。我配不上你,一直以来我不过是自作多情,我以为我们真的可以很快乐,但其实……算了,不说这些伤心话了。"

"你还是不要再联络我了,我怕再伤害到你。"

"明天我爸带我去少林寺玩,我给你烧炷香,祝你明年金榜题名。"

"我要睡了,我舍不得睡,害怕睡着了,你又给我回复。"

"你醒了吗?"

255

"夜好漫长……"

"宋潜,我永远都忘不了我们在小公园的那一晚,那晚的星星多么明亮,多么神奇!那时候我真该让你躺在我的怀里——唉,不知怎么的,我总觉得应该是你躺在我的怀里,而不是我躺在你的怀里——第六感告诉我,你更需要一个温暖的怀抱,我说得对吗?"

"我听培实说,你小时候有一次和父母走散了,被人贩子拐到农村,幸好那个人贩子被抓了,你才回到父母身边,这是真的吗?那件事对你造成了多大的影响?有空你给我说说吧。在QQ里说就可以,不用见我的面,我只是想知道想了解,因为我一直关心着你嘛。"

"算了,你不想讲也没什么,也许你早就忘了,或者根本就没有印象,又干吗要费劲去回忆呢。"

"宋潜,我困了,等不到你了,我要上床睡了,拜拜!"

"哦,我忘了告诉你,只要熬到毕业,我就去沐老师那里打工。我什么都不会,看书店总还可以,卖眼镜也行啊,没准我也要配一副眼镜,冒充文化人呢。"

"宋潜,我睡了,真的睡了。我的头好痛。让中秋的月亮祝我睡个好觉吧。"

宋潜读着这些内容泣不成声。他被纯洁的感情冲击着,浑身战栗。他在心中咒骂自己:为什么我总是这么狭隘这么悲观,总要误解她?

早上时间紧张,他赶紧头也不抬地回复:

"在吗?我起床了。"

"在。我一夜没睡。等你。"小溪的回复快得令人难以置信。宋潜揉揉眼，以为自己看错行了。

"我错怪你了。"

"你应该怪我，不，你应该痛快地骂我一顿。"

"我怕我爸妈一会儿起床了，先不说废话。说说你考学的事。我觉得你即使考不上学也没必要那么悲观，你不应该看轻自己。我一直认为你在好多方面都比我强，不，应该说除了学习，你哪方面都比我强。其实，学习又算得了什么呢？咱们都清楚，学习不过是为了父母的心愿，如果真说是为了前途，有前途没前途又怎样？前途是自己的事，别人管得着吗？"

"宋潜，我知道你是在安慰我，我也明白将来我不一定混得比某些人差，但我难过的是现在，我觉得我对不起父母，他们对我的期望那么高，而我只有这么一点点能力，而且，我发现自己的意志力真的很差，不喜欢的事说什么也坚持不下去。记得假期那次读书会后，我对你说我也决定要好好学习了，当时我真的很想学好，至少配得上跟你在一起，但是我高估了自己的能力，我的能力实在是太菜了。我拿着问题去问数学老师，数学老师讽刺我说，你应该回去好好看看小学四年级的课本，从那儿开始补起。听到这话，我立马崩溃了，我才发现自己不知不觉虚度了这么多年光阴，悔之晚矣！宋潜，你不知道，我进咱们班是我爸托熟人给校长掏了高价才进来的，不然以我的水平怎么可能跟你同学？因为这个原因，我就觉得特别对不起我爸妈。我们家不是有钱人，说出来你可能不信，我爸掏那两万多块钱当时就是我们家的家底。你平时看我大大咧咧，其实我可知道钱的珍贵。

257

还有,我为什么总和飞鱼这种人在一起,说白了也是傍大款,吃喝都是他们请客,我从来不花钱的。唉,现在我真的不敢看爸妈的眼神,他们的期望对我就像是残酷的刑罚,我实在受不了。"

"小溪,我也不知道该怎么劝你,但我想,现实总是要面对的,它再残酷,最终也总会过去的。关键是你将来怎么办?你准备怎么度过你的人生?"

"将来,走一步看一步吧。我跟你说过了,我可能会去给沐老师打工,我是说真的。"

"也好。我该吃早饭了,这样吧,我约你今晚八点在小公园北门口见面。到时候,我带你去个神秘的地方。"

"什么地方呀?"

"暂时保密。我去吃饭了。拜拜!"

"哇哦,好期待! 拜拜!"

50

好不容易挨到晚上七点半,宋潜对爸爸妈妈说他要去一趟培实家,为了不让他们起疑,宋潜特意给培实发了讯息,还带上了一本《便携背题本》。他来到小公园北门口,一看手表,才七点四十。时间过得比他想象的慢,不过这样也好,可以从容地调整一下心情。宋潜在台阶上坐下来,此刻,他的内心平静如水。他对自己说,现在,你需要注意三点:第一宽容,第二坚强,第三,他想了想——相信未来,是的,相信未来,未来我们一定会变得更好。

他抬起头,小溪已经来到他的面前。她穿了一条娃娃领的蓝色短裙,一双白色旅游鞋,宋潜觉得她如果手里再举着一根魔法棒,简直就是小仙女了。他站起身来开玩笑地说:"小仙女,你这是准备去奥兹国吗?"

"我可不知道奥兹国在哪里,你把我带到哪儿,哪儿就是奥兹国。"

宋潜和小溪骑车来到史诗路上的中天大酒店,他们把车停放好,宋潜用手指着楼顶的方向说:"小溪,我要带你上那儿去。"小溪惊喜地仰着头向上看:"怎么上去呢?"宋潜说:"你跟着我,别停,别犹豫,我们大大方方地往里走。"于是,两个人一前一后穿过侧门往酒店里面走,过了一段长长的走廊,没有遇见人。他们来到电梯前,宋潜说我也没来过,试试运气,看看能不能上去。电梯打开,宋潜直接按最高层——55层,可是电梯没反应,宋潜马上意识到不对,他拉着小溪跑出来。小溪问怎么啦?宋潜说这电梯估计是要用卡的,咱们没卡,别让它锁里头了。小溪问那怎么办?宋潜拉着小溪的手继续往前走,拐了一个弯,发现两部货运电梯,宋潜说,试试这个。这回电梯动了,亮着指示灯直奔55层而去,他俩有说不出的欣喜。55层到了,一下电梯就见一道小门,宋潜拉开小门,他俩侧身进去,里面一团漆黑,什么也看不见。小溪打开手机上的手电筒,照了照,身旁是一间客房,门牌上写着"总统套房",他俩偷偷地笑了。他们又蹑手蹑脚地在这一层摸了一圈,其他地方除了一扇封死的窗户,剩下的全都是墙壁。他们扫兴地从小门返回,这回宋潜按了54层,这一层又是什么呢?他俩屏住呼吸,仿佛在神秘的异度空间历险。到了54层一看,还是一道小门,拉开门,哇,灯火通明的一间大堂,装饰华丽,格调高雅。他们刚刚迈出几步就被迎面而来的服务员看见了,服务员很礼貌地鞠个躬:"请问你们有什么需要吗?"宋潜镇定地回答:"我们住在楼下,想上来看看夜景,这里能看到夜景吗?"服务员说:"哦,看夜景啊,来,你们这边请。"服务员把他们领到前面巨幅的窗帘前,一按遥控器,随着窗帘徐徐拉开,一座如璀璨星河般的夜的都市扑面而来。和上次在苇草书屋看到的夜景不同,这是一幅流淌着生活与理想的真实的画卷,这是一个千万人用美梦和汗水建造的舞台。

宋潜问服务员:"请问我们能到外面的阳台上去吗?"

"可以的。"

"您能帮我们照张相吗?"

"好的。"

宋潜和小溪在阳台上照了相,服务员对他俩说:"你们可以在这里看看夜景,注意不要攀爬。"他俩齐声说谢谢。

宋潜和小溪沐浴在清凉的晚风里,望着头顶那一轮令人惊异的月亮,宋潜说:"小溪,十五的月亮十六圆,这轮月亮是我送给你的礼物,你看,它多么明亮,像真的一样。"

"哈哈,它可不就是真的嘛。"

"它亮得让我想流泪。"

"我也是。"

"没有比这更好的夜晚了。"

"没有比这更神奇的夜晚了。宋潜,你真有办法。"

"我们离月亮那么近,你看,它那么清晰那么一尘不染。"

"它也有阴影啊。"

"那是它本身的,那阴影也是美好的,因为有了那些阴影,月亮才是真的,如果擦去这些阴影,你想,那该是多么空虚、多么无聊的一个圆。"

"你说得对,我喜欢你这个说法。我也爱那些阴影呢。"

"我真想我们就在这里,永远不要下去。"

"我也是。"小溪想了想又说,"不过,你不喜欢下面的这座城市吗？"

"喜欢。说实话，原来我有点儿讨厌，现在不了。现在我觉得这座城市和月亮一样，有一些真实的阴影，但它的光亮部分同样打动我的心。小溪，你不觉得你就是一轮月亮吗？"

"你太美化我了。我只希望做这座城市里一朵默默无闻的小花。"

"你说得好，默默无闻的小花，自在地开放，这——挺好的。"

月亮钻进淡墨色的云层里，宋潜仿佛看到一线紫色的光辉洒向大地。他和小溪都不说话了，此刻，一切烦恼忧愁都离得无限遥远。

宋潜笑着，他内心的问题此刻像剪纸在夜空飞舞，那不再是困扰他、羁绊他、折磨他的问题，而是一路同行的伙伴，是鼓励、是拥抱、是力量、是射向未来的飞行器。他像一个会行走的梦，从月光走向阳光、从黑夜走向黎明、从现实走向未来。城市有那么多的高架桥地铁轻轨、那么多的商场写字楼住宅小区、那么多的大街小巷公园广场、那么多的政府机关医院学校、那么多的物流港航空港列车编组站、那么多的运河人工湖污水处理厂、那么多的供电站网吧信号发射塔、那么多的电影院游泳池运动场、那么多的花卉基地蔬菜市场水果批发中心、那么多的书店药店二十四小时营业的快餐店、那么多的银行工商税务局证券交易所、那么多的公寓楼写字楼创业园区、那么多的超市购物中心会展中心、那么多的4S店健身中心娱乐总汇、那么多的教堂清真寺宗教协会、那么多的城隍庙博物馆科技馆、那么多的电缆线光纤网下水管道、那么多的电动车摩托车私家车、那么多的年龄肤色性别不同的人。宋潜属于这一切、属于这座城市哪怕最偏僻角落的一颗螺丝钉、属于每个人的每个念头的每一次碰撞,因为他无法知道明天将会发生什么、将会见到谁、将会把他带向何方。他可能快乐、可能悲伤、可能无动于衷,他还没有一个明确的理想、没有一副成熟的头脑、没有一项值得付出热情与生命为之奋斗的事业。他像个孩子、像一场哭闹、像夏天的雨、像需要加油的汽车、像无数帧真实镜头剪辑成的骗人的电影。

他笑了,笑得那么无忧无虑。

2016 年 5 月 3 日至 9 月 18 日初稿
2017 年 2 月 11 日修改完成